러브썸

2학년3반

러브썸(2학년 3반)·1

1판 1쇄 찍음 2015년 1월 20일
1판 1쇄 펴냄 2015년 1월 28일

지은이 | 이지은
펴낸이 | 고운숙
펴낸곳 | 봄 미디어

기획·편집 | 손수화, 정수경

출판등록 | 2014년 08월 25일 (제387-2014-000040호)
주소 | 경기도 부천시 원미구 소향로17, 304(두성프라자) (우)420-864
영업부 | 070-5015-0818 편집부 | 070-5015-0817 팩스 | 032-712-2815
E-mail | bommedia@naver.com
소식창 | http://blog.naver.com/bommedia

값 9,000원

ISBN 979-11-86093-86-3 04810
       979-11-86093-85-6 04810(세트)

※파본은 구입하신 서점에서 교환하여 드립니다.

이지은 장편 소설 vol·1

러브 썸
2학년3반

c·o·n·t·e·n·t·s

봄

해강고등학교 1학년 교실이 늘어선 한적한 복도에, 3교시 수업 종료를 알리는 종소리가 길게 울렸다.

탁, 탁, 탁.

수업을 끝낸 선생님들이 밖으로 나오기도 전에 교실 문이 제각기 벌컥벌컥 열리며 춘추복을 입은 아이들이 우르르 쏟아져 나왔다. 긴 복도는 순식간에 아수라장이 됐다.

까르르 웃으며 무리를 지어 화장실을 가는 여학생들과 매점으로 내달리는 아이들 사이, 서너 명의 남자아이들은 어슬렁거리며 창가로 모여들었다.

바쁘게 움직이는 학생들과는 대조적으로 여유로운 모습이 여타 아이들의 눈길을 잡아끌고 있었지만, 그마저도 그들은 전혀 의식하지 않는 듯 보였다.

"와, 씨. 수업 완전 지루해. 나 눈깔 뒤집히는 줄 알았잖아. 심하게 졸려서."

영원은 길게 하품을 하며 배를 창틀에 대고 창밖으로 고개를 내밀었다. 살랑살랑 불어오는 봄바람이 무거운 눈꺼풀을 시원하게 식혀 주었다.

"10년째 이 짓을 하고 있지만, 아직도 내가 왜 여기에 있어야 하는지 모르겠다니까. 누구 아는 새끼?"

희원이 가볍게 점프해 창틀에 걸터앉으며 투덜거렸다. 또랑또랑 선한 눈동자는 단정치 못한 교복과는 사뭇 어울리지 않아 악동 같은 느낌이 짙게 풍겼다.

"공부를 안 하니까 그런 거 아냐, 병신아. 이제 공부 좀 하지?"

팔꿈치를 바깥으로 굽혀 창틀에 기대고 있는 자세라 영 거만해 보이는 회승이 비죽거리며 희원을 놀렸다.

"얼굴만 잘생기면 뭐하냐고. 입은 개싸가지인데. 초딩 때까지만 해도 최준영보다 더한 재수탱이는 없을 줄 알았는데, 중학교 가서 그게 깨졌잖아. 네 새끼 때문에."

병신 소리를 들은 희원은 권투 자세를 취한 뒤 회승에게 주먹을 날렸다.

"뭐래? 싸가지는 최준영이 나보다 한 수 위 맞아. 내가 이 자식보다 우위에 있는 건 외모지."

피식 웃으며 희원의 주먹을 여유롭게 피한 회승은 반격하듯 희원의 얼굴이며 배와 옆구리에 주먹을 꽂아 넣었다. 물론, 아프지 않을 정도로 살짝살짝.

"아! ……아! ……아!"

몸을 비틀며 과장되게 아픔을 호소하는 희원 때문에 나머지 녀석들이 실실거렸다.

"아오, 새끼야. 왜 사냐."

옆에서 상황을 지켜보고 있던 영원은, 허리를 구부린 채 아픈 척 연기에 들어간 희원의 등을 팔꿈치로 쿡 찍어 눌렀다. 이제 희원은 영원에게 덤벼들었다.

"어이, 회장."

갑작스러운 회승의 부름에, 뿔테 안경을 쓴 남자아이가 주춤거리며 회승에게로 걸어왔다.

"매점 가나?"

주머니를 뒤지며 회승이 물었다.

"어? ……어."

"나 이온 음료 하나만."

매점 얘기를 꺼낼 때부터 회장의 얼굴은 사색이 되어 있었다. 빵 셔틀이 될 것 같은 불길한 직감 때문이었다. 아니나 다를까, 회승이 음료수 얘기를 꺼내자 회장은 알았다는 대답을 간신히 내놓고는 후다닥 그 자리를 벗어났다.

"어? 야! 돈 가져가, 새끼야!"

회승의 외침 뒤로 정적이 흐르는 복도에는 창을 타고 넘어온 봄바람만이 살랑거렸다. 미처 전해 주지 못한 천 원짜리 한 장을 내려다보며 회승이 적요하게 말했다.

"쟤 뭐냐?"

"푸하하하하."

"어떡하냐? 교내 봉사, 그런 거 하게 생겼네."

희원이 배를 잡고 웃음을 터뜨리자 옆에 있던 준영도 피식
거리며 말했다. 일그러진 회승의 표정을 살핀 영원 역시 이내
키득거리기 시작했다.

"에이. 중딩 때 쓰레기 줍고 그런 거 많이 해 봤는데, 뭐.
그치?"

"닥쳐라."

워낙 강한 인상이라 조금만 얼굴을 찌푸려도 위압감이 느
껴지는 회승이 음침하게 말했다. 하지만 막역한 사이인 그들
에게 그 협박이 통할 리 없다.

"어? 야. 저기, 성태린."

"어디!"

영원의 말에 그들의 시선이 일제히 한곳을 향해 쏠렸다.
작은 차이가 있다면 눈에서 하트를 쏟아 내고 있는 희원, 영
원과 달리 준영의 눈빛은 좀 건조했고 회승의 시선은 느른했
다.

태린은 친구와 얘기를 나누며 웃다가 교실로 들어갔다.
'강남 5대 얼짱' 중 한 명인 성태린의 얼굴을 더 볼 수 없게
되자, 영원의 입에서 아쉬움 섞인 탄식이 흘러나왔다.

"아, 꼴려. 고딩이 저렇게 성적 매력을 풍겨도 되는 거냐?
성태린은 교복 못 입게 해야 돼. 더 흥분되잖아."

"좋겠다, 구회승? 쟤가 너 좋아한다는 말이 있던데."

"좋기는. 날 안 좋아하는 애가 있어야, 뭐 좀 특별한 일이구나 해서 좋아하는 척이라도 하지."

거들먹대는 회승에게 재수 없다는 욕설이 날아들었다.

"야. 둬라, 둬. 인간들 따위하고는 견줄 외모가 아니시라는데 뭘 바래. 그나저나 최준영은 왜 말이 없어? 네 타입 아니냐?"

"에이, 최준영 스타일은 아니지."

"아니, 왜? 뭐가? 도대체 어떤 부분이?"

희원의 말에 영원은 '뭐 이런 자식이 다 있나' 하는 표정으로 흥분했다.

"싸 보여."

"큭…… 미친놈. 넌 참 고귀하게 생겼다?"

희원과 영원이 얼빠진 얼굴을 한 가운데, 회승이 웃음을 터트리며 준영을 갈구었다.

"굳이 고르자면, 난 저런 쪽?"

고갯짓으로 어딘가를 가리킨 준영이 메신저 알림 소리에 휴대전화로 시선을 고정했다.

"뭐야? 공제인이잖아?"

"아는 애냐?"

"크크큭. 어, 우리 반."

조금 전 수업 시간에서 일어났던 일이 생각난 영원은 웃음을 터트리며 대답했다.

"야, 예쁘냐? 저게? 그냥 착하게 생겼고만. 최준영, 의외로 쉽다?"

"예쁘다고 한 적 없어. 성태린보다 낫다는 거지."

영원과 희원은 말도 안 된다는 표정이었지만, 개중에 제일 냉정하고 이성적인 최준영이 한 말이었기에 혹시나 싶은 심정으로 제인을 꼼꼼히 살폈다.

막 화장실에서 나와 이쪽으로 걸어오고 있는 여자아이는 등 중간까지 오는 머리를 하나로 대충 묶은 모습이었다. 세수를 했는지 물기가 남아 있는 얼굴에 앞머리, 그리고 옆으로 빠져나온 애교머리까지 젖어 있었다.

교복은 다른 여자아이들에 비해 타이트하지 않았지만, 그렇다고 헐렁하지도 않아 적당한 키와 몸매에 잘 맞아 보였다. 무릎 바로 위까지 오는 치마 길이는 노는 아이들과는 확실히 거리가 멀어 보였다.

"근데 쟤 좀 어리바리한 게 귀엽기는 해. 전 시간에도 글쎄……."

이어진 영원의 말은 이러했다.

국사 시간, 선생님의 설명에 심취한 공제인은 뚜껑이 닫힌 빨간색 펜으로 입 주위에 원을 그리며 귀를 기울이고 있었는데, 선생님의 표정이 점점 황당하게 변해 갔다는 것이다. 그것도 공제인을 보며.

'너 뭐하니?'란 선생님의 물음에 아이들은 제인을 쳐다보았고, 일제히 웃음을 터트렸다는 것. 알고 보니 닫힌 줄 알았던 볼펜의 뚜껑은 뒤 꽁지에 얌전히 끼워져 있었던 것이다.

그리고 지금은, 애들이 웃을 때도 '왜 그러지?' 하는 멍한 표정이었다가 짝의 설명에 얼굴이 빨개져 화장실로 후다닥 뛰어가 세수를 하고 나온 후였다.

"순간 난 피에로가 앉아 있는 줄. 크크큭."

녀석들은 저마다 크거나 작게 웃음을 터트리며 다시 제인에게 주목했다. 제법 거리가 좁혀져 얼굴이 또렷이 보일 때쯤, 한 남자아이가 실실 웃으며 제인의 옆으로 다가가 말을 걸었다.

하지 마.

제인은 그렇게 말한 것 같았다. 웃는 얼굴이었지만 참는 듯 보였다. 쏙 들어간 보조개에 못 견디겠다는 눈빛이라니. 회승은 피식 웃음이 나왔다.

"아우. 저 새끼, 저거. 또 저기 가 깐족거리네."

영원이 피식 웃으며 말했다. 남자아이는 계속 제인을 약 올렸고, 제인은 입만 웃는 얼굴로 다시 한 번 '하지 마.' 라고 말했다.

"저러다 애 울리는 거 아냐?"

전혀 걱정스럽지 않은 희원의 말투에 아이들은 키득거리며 그녀를 지켜봤다.

"야. 주먹 쥐었어, 주먹."

남자아이의 놀림은 끝이 없었고, 영원의 말대로 두 주먹을 꽉 쥔 제인은 눈을 반쯤 감은 채 입을 꾹 다물어 버렸다. 그 모습이 집에 있는 마시마로 인형 같다고 회승은 생각했다.

"하지 말라고!"

"악!"

제인의 목소리에 이어 남자아이의 비명 소리가 복도를 크게 울렸다. 제인이 정강이를 차 버린 것이었다. 남자아이는 한쪽 정강이를 붙잡고 낑낑거렸다.

"어머, 어떡해! 나 진짜 차 버린 거야? ……미안! 많이 아파? 보건실 갈래?"

"아, 됐어! 병 주고 약 주고…… 누구 놀리냐?"

금세 울상이 돼 안절부절못하는 제인을 툭 밀어낸 남자아이는 복도 끝으로 걸어가 계단을 내려갔다.

"흥."

샐쭉하니 남자아이로부터 고개를 휙 돌린 제인은 다시 걷기 시작했다.

"큭. 야, 쟤 볼펜 자국 다 못 지웠어. 크크큭……."

"화장실 조명이 어둡긴 하지."

웃음이 없는 최준영까지 제법 크게 웃어 버렸다. 잘못한 것 없다는 듯, 고개를 꼿꼿이 들고 걷는 모습 때문에 웃음은 더 크게 번졌다.

그러는 동안 제인은 교실에서 나온 친구들과 얘기를 나눴고, 한참을 웃고 난 아이들의 관심은 더 이상 그녀에게 있지 않았다.

봄 햇살에 몸은 노곤해져 갔다. 무심코 고개를 돌리던 회승의 시야에 제인이 다시 들어왔다.

조금 더 가까워진 거리. 친구와 얘기를 나누던 제인은 손을 들어 고무줄을 슥 잡아당겼다. 어깨 위로 머리카락이 좌르륵 늘어졌다.

회승의 눈을 부시게 한 햇살은 제인에게도 도달해 그녀를 반짝이게 했다. 다시 머리를 묶자 드러난 하얀 목선이, 갑갑한 블라우스에 반쯤 가려져 있는 것이 회승은 내심 안타까웠다.

"회승아, 음료수⋯⋯."

"어, 고맙다."

회장이 건넨 음료수를 받고 돈을 주려는데, 이 자식이 또 휙 돌아서서 도망을 가 버린다.

"야!"

아이들은 다시 키득거렸고, 한숨을 쉬던 회승은 음료수 캔을 땄다. 한 모금을 마시며 제인이 있던 곳을 향해 고개를 돌렸을 때, 그 자리는 비워져 있었다. 대신 태린이 이쪽으로 걸어오고 있었다. 눈이 마주치자 태린은 예쁘게 웃었다.

"저기, 회승아⋯⋯."

한 발자국을 남기고 앞으로 다가선 태린이 수줍게 회승의 이름을 불렀다.

chapter 01

우리의 시작은 그렇게
달콤하지만은 않았어요

해강고등학교 2학년 3반.

살짝 열려 있던 교실 문을 더 벌리고 조심스럽게 안으로
들어섰다.

일 년 동안 사용하게 될 직사각형의 공간은 우리 학교 유
명인이자 '구느님'으로 불리고 있는 구회승의 무리 덕분에
왁자지껄했다.

하지만 그들을 제외한 다른 아이들 사이에서는 신학기가
주는 은근한 긴장감의 기운이 감돌고 있었다. 나처럼 말이다.
같은 공간에 있으면서도 어쩜 이렇게 물과 기름처럼 섞이지
않을 수 있는지.

일반인임에도 불구하고 팬 카페까지 있는 구회승. 그리고
녀석의 친구들. 그들이 만들어 내는 움직임과 웃음소리가 교

실을 압도했다. 나는 그들의 눈에 띄지 않길 바라며 재빨리
눈동자를 굴렸다.

'오이지, 김민주…… 저기 있다.'

이름 때문에 '오이지'라 불리는 은지와 민주가 내가 온 줄
도 모르고 떠들고 있었다. 둘의 위치를 점찍은 나는 빠르게
뒷자리로 갔다.

"왔나?"

"어, 왔어?"

나에게 머무는 김민주, 오은지의 시선, 0.1초.

그래도 친구라고 자리는 맡아 준 모양이지만, 창가 맨 뒷
자리인 회승과 그 친구들이 모여 있는 쪽을 힐끗거리는 민주
와 은지에게 나는 관심 밖이었다.

머리를 단발로 확 자르고 뿔테 안경까지 쓰고 나타나면 꽤
놀랄 줄 알았는데, 도통 관심이 없다. 지적으로 보인다고 해
줄 줄 알았는데.

하지만 이해는 갔다. 구회승 쪽을 힐끔거리지 않는 아이는
없었으니까.

"쟤네가 그렇게 좋아?"

나도 슬쩍 고개를 돌려 최준영과 김희원을 쳐다봤다. 그러
나 시선의 끝엔 구느님이 있었다. 아이들과의 대화에 끼기 위
해 어쩔 수 없이 봐 준다는 식이었지만 사실은 자연의 섭리마
냥 자동으로 고개가 돌아갔다.

"그럼 넌 안 좋니?"

'좋긴 좋네⋯⋯.'

난 안경을 슥, 올리며 애써 회승으로부터 고개를 돌리고 책을 꺼내 정리했다.

이제 고등학교 2학년. 공부에만 전념하기로 굳게 다짐하고 등교한 새 학기 첫날이다. 그래서 머리도 잘랐고, 안경도 썼다.

지금은 얼굴이 예뻐야 구회승 같은 애를 만난다지만, 2년만 지나면 나도 가능성이 있다고 생각한다.

대학 가면 예뻐지고 남친이 생긴다는 말은 믿을 것이 못 된다고 해도, 나는 연애 소설에 나올 법한 일이 나에게도 일어나리라 굳게 믿고 있었다.

그러니까 지금은 외모보다는 공부에 전념할 때다.

"헐⋯⋯. 봤어?"

민주의 기겁한 목소리에 이어 은지가 얼이 빠져 고개를 끄덕거렸다.

"왜에? 뭔데, 뭔데?"

공부해야 하는데, 왜 이렇게 궁금한 거지?

"회승이가 웃었어."

"되게 시크하게."

나야말로 '헐'이다, 이것들아. 그게 다야?

⋯⋯라고 말하고 싶었다. 하지만 그 미소, 분명 미소라고 할 수도 없는 피식거림이었겠지만, 그걸 놓친 것이 꽤나 아쉬웠다.

안타까운 마음에 난 회승을 또 슬쩍 훔쳐보았다. 그 잘난 모습을 한 번 눈에 담았을 뿐인데, 난 이미 집착증 환자였다.

'헉!'

눈이 마주쳐 버렸다. 그 많은 아이 중에 오로지 나에게만 닿은 것 같은 회승의 시선은 날 당황하게 하기 충분했다.

"민주야, 지금 회승이가 나 보는 거 맞지?"

"아니, 나잖아."

은지가 얼빠진 목소리로 물었고, 민주가 황홀감에 젖은 얼굴로 대답했다.

'역시. 내가 아니었어.'

민망함과 씁쓸함을 느끼며 나는 앞을 향해 고개를 돌렸다.

'날 보고 있을 리가 없지. 구느님이라 불리는 그 구회승이.'

구회승, 그가 누구인가.

빛나는 외모를 자랑하며 우리 학교를 넘고 지역구를 넘어 그를 모르는 아이는 간단하게 화성인을 만들어 버리는, 아주 아주 버라이어티하고 서프라이즈, 어메이징한 십팔 세 고딩.

중학교 때는 이 일대를 주름 잡는 일진으로 알려진 전설의 인물이었다. 하물며 그렇게 잘나갔을 때도 힘없는 아이들 실드를 쳐 주던, 그 정의로움과 의협심이 남달랐던 녀석은 정신 차리고 공부에 매진하여 전교 탑 10 안에 드는 성적으로 입학을 하였으니, 엄친아가 되어 돌아온 그는 선생님들마저도 우러러 보는 초초초 매력남이 되어 버린 것이었다.

그러니까 헛물켜지 말고 공부하는 게 맞다, 나는.

문제집을 펴고 샤프의 꽁지를 달칵, 누르는데 빈 옆자리가 눈에 들어왔다.

"근데 내 옆자리 누군지 알아?"

"아, 맞다. 제인아, 네 옆자리 성태린이야. 미안해. 우리가 자리를 못 잡는 바람에……."

뭐라고? 성태린? 설마, 거짓말이겠지.

"나한테 왜 이래? 놀리지 말고, 진짜 누군데?"

"진짜 성태린이야……."

"어차피 임시잖아. 조회 끝날 때까지만 참아."

그건 그렇지만, 난 그 잠깐도 용납하기 싫을 정도로 성태린에 대한 거부감이 들었다.

성태린은 예뻤다. 강남 5대 얼짱 중 한 명이었고, 회승의 여자 친구이기도 했다. 하지만 싸가지가 없어도 너무 없다는 말이 풍문으로 들려오는 애였다.

물론 직접 겪은 것은 아니지만 강한 애들에겐 약하고 약한 애들에겐 강한, 내가 제일 싫어하는 부류에 해당하는 이야기가 많이 나돌았다.

난 교실 뒤쪽에 붙은 시계를 확인하는 척하며 태린과 회승을 쳐다봤다. 태린은 회승의 책상에 걸터앉아 있었기에 둘의 모습이 한눈에 들어왔다. 태린이 눈웃음을 흘리며 회승의 단단할 것 같은 가슴팍을 토닥토닥 쳐 댔다.

미친……. 심히 부러웠다.

아, 이쯤에서 그만 고개를 돌려야 하는데…… 너무 오래 쳐다보면 안 되는데…….

이럴 줄 알았다. 회승을 보며 웃던 태린이 무심코 고개를 돌리다 나와 정면으로 눈이 마주쳤다.

'앗, 창피……!'

고개를 앞으로 돌리려던 순간이었다. 태린이 나에게 보란 듯이 회승에게 입을 맞췄다.

미친 거 아냐? 여기 교실인데?

내가 뽀뽀한 것도 아닌데 얼굴이 후끈거렸다. 하지만 그걸 가까이에서 목격한 회승의 친구들은 타박과 욕설을 내뱉을 뿐, 이내 다시 웃고 떠들었다.

여기 미쿡이야? 아, 떨려…….

입맞춤 정도였지만 그마저도 해 본 적이 없는 나는 콩닥콩 닥 뛰고 있는 가슴을 진정시키기 위해 괜히 분주하게 수업 준 비를 했다.

"근데 성태린, 요즘 우리 회승이한테 완전 매달린다며?"

은지가 꺼낸 회승의 얘기에 내 귀가 다시 솔깃해졌다. 아, 이 이성과 감성의 이율배반적인 작용이라니.

"진짜? 왜?"

볼펜과 형광펜을 색깔별로 나란히 줄 세우던 나는 은지에 게 고개까지 들이밀며 물었다.

"한음예고 박은혜 알지?"

"누군데?"

민주가 것도 모르냐는 눈길로 날 보더니 입을 연다.

"지난 학기 말에 경상도에서 온 전학생 있어. 5대 얼짱 중 한 명을 자동 탈락시킨다, 어쩐다 할 정도로 개예쁜 연예인 지망생. 너랑은 레벨이 다르고 나보단 한 단계 아래지."

'그래, 왜 아니겠어?' 하는 얼굴로 민주를 보며 웃었지만, 난 민주가 박은혜보다 몇 단계 아래라고 아주 똑바로 이해했다.

"회승이도 박은혜는 예쁘다고 인정했잖아. 콧대 높은 우리 구느님께서. 그걸 안 성태린이 지랄 발광을 해 대는 바람에 둘이 대판 싸우고, 회승이가 헤어지자 어쩌자 하니까 태린이가 울며불며 빌어서 다시 사귀는 거래. 그래서 설설 긴대, 지금."

은지는 휴대전화를 만지작거리더니 은혜의 사진까지 보여 주었다. 인터넷 팬 카페의 얼짱 사진 메뉴에 떡하니 걸린 박은혜는⋯⋯.

"세상에나. 연예인으로 대성할 애일세."

내 말에 민주와 은지는 웃어 댔지만, 난 씁쓸함을 달래 줄 달달함이 필요했다.

"아, 기분 저조해. 회승이 사진 보여 주면 안 돼?"

"그럴까?"

은지도 원했는지 얼른 카페 게시판 메뉴 중 '얼짱 남자'의 폴더를 열고 회승의 사진을 끄집어냈다.

셀카 찍는 것을 죽기보다 싫어한다는 회승의 모습은 다 도촬 컷이었는데, 난 그런 사진들이 더 좋았다.

귀여운 척 느끼한 표정을 하고 여자보다 더 예쁘게 나온 사진이 올라와 있는 애들이 있었는데, 정말이지 그건 꼴불견이지 싶다.

"근데 난 이 사진에서 회승이보다 우리 준영이가 더 좋은 것 같아."

사진을 내려다보던 은지가 황홀하게 말했다.

앞에 있던 관계로 준영의 얼굴이 크게 나오고 회승이 그 옆에서 살짝 인상을 쓴 상태로 찍힌 사진이었다. 둘의 케미스트리(Chemistry)가 웬만한 남녀 커플보다도 환상이었다.

"근데 은지야, 너 아까부터 계속 우리 회승이라고 한 거 기억 안 나?"

"내가? 내가 언제?"

눈을 동그랗게 뜨고 내미는 은지의 오리발에 나는 이해한다는 듯 어깨를 토닥여 주었다.

"난 준영인 너무 차가워 보여서……. 말도 별로 없고. 대하기 힘들지 않아?"

"그래도 싫다는 소리는 안 하지."

"아잉."

민주의 타박이 이어졌지만 사실이 사실인지라 웃음이 나왔다.

"회승이랑 친해질 수 있을까?"

"난 최준영."

은지와 마음이 맞아 손뼉을 쳐 댔다. 그런 우리를 보며 민주는 아예 고개를 돌려 버렸다. '너네는 너희가 뭐라고 생각해?' 란 철학적인 말을 남기고.

난 그걸 또 진지하게 받아들이곤 민주의 등판을 바라보며 생각했고 결론을 내렸다.

구회승을 가까이 하기엔, 난 여고생의 표본에서 한 치도 벗어나지 않는 평범한 학생인 것이다. 그것도 여학생이 아닌, 그냥 학생.

그래, 공부나 하자.

달팽이가 기듯 아주 느리게, 난 두 번 접혀 있는 쪽지를 펼쳤다.

"예!"

"왜, 왜?"

"나 창가야!"

쪽지에 적힌 번호와 칠판의 번호를 대조해 본 나는 기쁨의 소리를 질렀다. 창가, 그것도 맨 뒤에서 두 번째 자리. 명당이다.

"민주야, 넌 어디야?"

"네 옆자리."

"아, 응."

떨떠름한 은지의 대답에 민주가 째려보았다. 은지와 민주는 옆 분단이었다.

"공제인, 너 자꾸 웃는다? 우리랑 떨어져야 하는데 좋은가 봐?"

"그럴 리가. 그럼 난 이만."

난 웃음을 싹 지우며 슬픈 표정으로 대답하고는 얼른 책가방을 들고 자리를 옮겼다. 민주의 눈초리가 매서웠다.

'고교 생활의 로망, 창가 자리가 내 차지라니.'

난 기분 좋게 교과서를 정리하고 주위를 둘러보았다. 그러다가 옆 분단에 착석한 민주, 은지와 눈이 마주쳐 버렸다.

시샘 어린 눈빛에 '약 오르지?' 하는 표정으로 쳐다봐 줬더니 '혼자 놀고 싶어?'라는 민주의 말이 날아들었다. 난 '사랑해'라고 말하며 윙크와 함께 사랑의 총알을 쏴 줬는데 민주의 얼굴은 더 구겨져 갔다.

탁, 드디어 옆자리의 책상에 가방이 올려졌다.

"안……."

통성명이라도 할 생각에 고개를 트는 순간, 심장이 멎는 줄 알았다.

"……녕."

'진정 최준영이 내 옆인 거야?'

난 멍한 상태로 준영을 올려다봤다. 무료함을 담은 눈동자와 정통으로 마주치고 얼마 안 돼, 녀석은 표정을 살짝 일그러트리며 자리에 앉았다.

'얘 나한테 왜 이래?'

나는 얼른 고개를 틀었다. 명당자리가 아닐 수도 있다는 불길함이 급습했다. 짝의 이름을 한 번도 부르지 못하고 홀로 쓸쓸히 일 년을 보내게 될 것 같았다. 나도 모르게 한숨이 흘러나왔다.

담임은 학기 초에 한번 자리를 정하면 1년 동안 바꾸지 않는 것으로 유명했다. 이렇게 준영이 가로막고 있으니 수업 시간 중 쪽지 주고받기, 속닥거리기 등의 소소한 재미도 이젠 안녕이었다.

내 바람대로 진짜 공부만 열심히 하게 생겼는데, 마음에는 쓸쓸함이 담겼다.

"1교시가 뭐지?"

"잉글리시!"

담임의 질문에 내 뒤 대각선으로 앉아 있던 희원이 절대 유창하지 않은 발음으로 힘차게 대답했다.

옆은 최준영에, 뒤는 김희원이라. 나도 모르게 깊은 한숨이 터져 나왔다.

"구회승, 자리 바꾸기만 해. 그럼 열공하렴, 마이 베이비즈."

담임이 교실을 나갔다.

이름까지 콕 찍어 말하며 자리를 바꾸지 말라 했거늘, 구회승은 담임이 나가자마자 책가방을 한쪽 어깨에 걸쳐 멨다.

"저런 말 해도 바꿀 거 알면서. 여자는 나이가 들어도 내 앞에서 앙큼을 떨지요. 아, 피곤해."

구회승이 말을 마쳤을 때, 난 숨이 넘어가기 직전이었다. 웃겨서가 아니었다. 교실 문 쪽에 앉아 있던 회승이 내가 앉아 있는 분단 쪽으로 걸어왔기 때문이었다.

"아, 진짜. 넌 민망함을 모르지?"

준영이 거리를 좁혀 오는 회승을 쳐다보며 비아냥거렸다.

회승이 아무리 힘없는 애들을 감싸 주는 반쯤 착한 영혼의 소유자라 하더라도, 화가 나면 개 같은 성질로 변한다던데.

난 조금 걱정스러운 눈길로 준영과 회승을 곁눈질했다. 물론 교과서에 집중하는 척 고개를 살짝 숙인 상태였다.

"원래 잘나면 민망함 같은 건 몰라. 아, 넌 잘나 본 적이 없어서 모르지?"

회승도 준영에게 비웃음을 날리며 말했다. 그리곤 민수의 어깨에 척 하고 손을 올렸다.

"민수야, 뭐하냐? 안 일어나고?"

"……어?"

맨 뒷자리, 그러니까 바로 내 뒤에 앉아 있던 민수가 어리둥절한 표정으로 회승을 올려다봤다. 엉거주춤하는 그 행동은, 일어나야 할지 말아야 할지 갈피를 못 잡은 모습이었다.

"네가 나한테 텔레파시 보낸 거 아니었어? 자리 좀 바꿔 달라고. 나 그래서 이리로 온 건데?"

회승이 손가락을 까닥거렸다. 후딱 일어나란 제스처였다.

"아, 맞다. 내가 그랬지? 여기 앉아."

맞긴 뭐가 맞아? 진짜 텔레파시라도 보냈다는 거야?

"고맙다?"

민수가 후다닥 가방을 챙겨 들고 비켜 주자, 회승이 민수의 한쪽 어깨를 두어 번 두드렸다.

"어려운 일 있으면 말해. 형이 도와줄게."

"어? 어……. 고마워."

얼굴이 벌게진 민수는 원래 회승의 자리를 향해 빛의 속도로 이동했다.

"뭐냐? 일진 놀이 하냐?"

준영이 이죽거렸다.

내 말이. 삥을 안 뜯는다고 착한 건 아닌데, 왜 애들은 회승을 보고 인간미 넘친다고 하는 걸까? 그리고 왜 난 그 말을 의심치 않고 굳게 믿었지? 이런 행동, 나쁜 거 아냐?

"아, 쪽팔려. 구회승. 나이가 몇 갠데 아직도 일진 놀이냐?"

퍽.

희원이 킥킥거리며 회승을 놀리다 뒤통수를 한 대 얻어맞았다. 바로 죽여 버린다, 어쩐다 난리를 떨어 댔지만 회승이 무시해 버리자 다시 잠잠해졌다.

'얘네 무서워, 진짜…….'

머리를 책상과 더 가까이하고 교과서에 집중하는 척을 하는데, 바로 뒤에서 의자가 끌리는 소리와 함께 회승이 착석하는 것이 느껴졌다.

이로써 나는 김희원, 최준영, 구회승으로 연결된 삼각지대에 갇혀 버렸다. 이래서는 화장실도 편히 갈 수 없었다. 만약이 아이들의 시선이 다 나에게로 쏠린다면…… 으……. 같은 반이 된 것까지는 좋았지만 이건 아니었다.

"근데 최준영 짝은 공부 되게 좋아하나 봐? 크크크. 야, 너

교과서에 코 박고 죽을 것 같아. 고개 좀 들어."

'......?'

그 '야' 가 나?

"어라? 야, 야야야."

뚜벅뚜벅, 발걸음 소리가 들렸다. 아무래도 희원이 내 앞으로 오는 것 같았다.

어머, 나 맞나 봐! 어떡하지?

"계속 쌩까네? 무지 도도한가 봐, 너란 아이?"

난 그 '야' 가 제발 내가 아니길 바랐지만, 김희원의 손가락으로 추정되는 것이 내 턱에 닿았다.

"아, 아니야. 그럴 리가."

난 다급하게 말을 내뱉었다. 물론 고개는 들지 않았다. 내 턱에 닿은 김희원의 손가락에 힘이 들어갔다.

'얘 뭐야! 안 돼! 난 아직 마음에 준비가…….'

김희원의 손가락 힘은 대단했다. 녀석은 잔뜩 힘을 주고 있는 내 얼굴을 기어코 들어 올렸다.

"하하하, 안녕……."

웃으며 인사했지만, 김희원은 날 멀뚱멀뚱 쳐다보기만 했다.

"그러게. 이 얼굴로 도도하면 안 되겠지, 네가 생각해도?"

"아, 새끼. 졸라 웃겨."

희원의 말에 회승이 웃음을 터트렸다.

그게 그렇게 웃을 일이니? 나, 구회승 포기할까?

"너 머리 어디서 잘랐어?"

희원이 심각하게 물었다.

"……왜?"

"그 미용실 안 가려고. 가면 안 될 것 같아."

희원의 대답에 이제는 준영까지 피식거렸다.

가발이라도 맞춰야 하나?

도와달라는 눈빛으로 민주와 은지를 쳐다보았지만, 그녀들마저 날 슬며시 외면해 버렸다.

구회승과 최준영, 그리고 김희원까지. 본의 아니게 신경을 곤두세우고 있었더니 오후도 안 되어 다크서클이 턱 밑까지 내려오는 기분이었다.

아무리 회승의 잘난 얼굴을 가까이에서 볼 수 있다고 해도 바로 뒷자리란 사실은 신경을 갉아 먹었다.

그것뿐인가. 고운 자태를 보여 주기 위해 허리를 곧게 세우고 있었더니 담이라도 걸릴 것 같았다.

내가 눈 주위를 꾹꾹 누르며 관리에 들어간 사이, 녀석들은 다시 자신들만의 라이프스타일에 맞춰 욕이 간간이 섞인 수다와 장난들을 주고받았다. 나에게는 관심을 쏟지 않아 다행이었지만 너무 시끄러웠다.

결국 난 하루도 안 돼 결론을 내렸다. 공부하기는 틀렸다고. 그냥 자리를 바꾸는 게 최선이란 생각이 들었다.

근데 바꿔 줄 애가 있으려나?

시선이 자연스레 은지와 민주 쪽으로 향했다.

"야, 너 머리 겁나 크다? 나 애 때문에 앞이 안 보여."

'농담인 거지?'

농담이라 믿고 싶었지만, 그러기엔 다소 진지함이 묻어난 회승의 말에 주위가 웃음바다가 됐다.

앞자리의 아이들이 하나둘 나를 돌아봤다. 자신을 놀리는 말엔 잘도 반박하더니, 이번엔 같이 웃어젖히는 최준영이 한 없이 얄미워지는 순간이었다.

난 아주 천천히 회승을 돌아다봤다. 이렇게 무시당하라고 부모님이 학교 보내 주시는 게 아니니까 따질 건 따져야지. 그래야 또 무시를 안 당하지. 하지만…….

"나…… 그렇게 머리 안 큰데?"

생각과 다르게 목소리는 확실히 주눅이 들어 흘러나왔다.

뭐, 이렇게 조용조용한 목소리로 따질 수도 있는 거지. 저 것 봐. 난 따진 게 맞아. 그러니까 구회승이 저런 반응으로 날 쳐다보는…… 거겠지?

친구들과 웃다 말고 날 쳐다보고 있는 회승의 얼굴은 웃음 기가 싹 가신 채였다. 그리고 삐딱하게 날 응시하더니 말했 다.

"아닌데? 큰 거 맞는데? 다른 사람은 몰라도 나한테 거짓 말하면, 너 맞는데?"

아이들은 또 큰 소리를 내며 웃었다. 하지만 농담으로라도 때린다는 회승의 말에 난 심각해졌다.

"······안 보였다면, 미안."

웃는 것을 넘어 이제 아이들은 박장대소를 했다.

'이게 웃겨? 그럼 때린다는데 어쩌라고? 구회승, 이 나쁜 쉐키. 쉐키 쉐키 흔들어 버릴라.'

그렇게 마냥 좋던 구회승이 싫어졌다.

······조금.

수업 시간 내내 숨죽이고 있던 나는 점심은 신 나게 먹고 밖으로 나왔다.

말 많은 내가 김희원이 붙여 주는 몇 마디에 겨우 '아니', '어'로만 대답했으니 오죽 답답했겠느냔 말이다. 그나마 말을 붙여 주는 유일한 사람인 김희원이 고맙긴 했지만.

"김민주, 오이지. 내 머리가 그렇게 커?"

"에이, 아냐. 너 머리 그렇게 안 커. 회승이가 워낙 장난이 심하잖아. 그렇지, 민주야?"

"어."

춥다고 내내 들어가자며 몸을 웅크리던 민주가 마지못해 대답하는 것이 뻔히 보였다.

"괜찮으니까 솔직히 말해 봐. 내 머리, 커?"

"아, 안 크다고."

"진짜?"

"그렇다고 작다는 얘긴 아니고."

쿵, 어이없을 때 나오는 버릇인 코고는 소리를 내자 그제야 웃는 민주다.

"나 자리 바꿀까 봐. 숨도 못 쉬겠어."

"야, 이제 네 자리는 명당이 아냐. 누가 바꿔 주겠냐?"

"성태린! 걔가 바꿔 주지 않을까?"

"뭐 먹고 싶어?"

"안 돼, 그년은!"

민주는 어울리지 않게 뜬금없는 제안을 했고, 은지는 '년'
소리까지 했다.

왜 이러는 거지?

"왜?"

"당연히 눈꼴시니까! 찌찌뽕!"

민주와 은지는 '찌찌뽕'까지 동시에 외치더니 서로 볼을
잡아당기고 난리였다.

"그럼 난?"

"넌 회승이네와 우리를 연결해 주는 사랑의 메신저. 사랑
해."

믿어지지 않았지만 은지가 아닌 민주가 한 말이었다. 손으
로 만든 하트까지. 정말 가관이다.

"흥, 내 자리엔 오지도 않고."

"에이, 처음부터 어떻게 대놓고 막 가냐? 여자가 자존심이
있지."

민주가 긴 생머리를 흔들며 대답했다. 찰랑거리는 모습을
연출하려는 듯했지만 건조한 겨울 날씨 때문에 정전기가 일

어나 귀신 산발이 됐다. 덕분에 나는 오늘 처음으로 신 나게 웃을 수 있었다.

"근데 넌 도수도 없는 안경은 왜 쓰고 온 거냐? 머리는 또 뭐고. 그러니까 커 보이지."

"왜? 오이지, 나 안경 안 어울려? 지적으로 보이려고 쓴 건데."

"공부한다더니 이미지 메이킹만 하고 왔네. 그것도 왕 촌빨 날리게."

"어? 회승이네다!"

"어디!"

민주와 나는 티격태격하던 것을 멈추고 동시에 외쳤다.

"운동장. 축구하러 나왔나 봐."

"한 대씩 피우고 온 폼이네."

"쟤네 진짜 담배 피울까? 난 한 번도 못 봤는데."

"그럼 안 피우겠냐?"

춥다고, 아까부터 들어가자고 난리였던 민주가 아예 자리를 잡고 앉았다.

"넌 부정의 마스코트야. 안 피울 수도 있지."

"흐흐, 과연 그럴까?"

"너 봤구나?"

"사진을 봤지. 우연히 찍힌 것 같던데, 테이블에 담뱃갑이랑 라이터가 딱! 끝."

"근데 요즘 안 피우는 애들 별로 없어."

초콜릿 포장을 벗으며 나와 민주의 얘기를 가만히 듣고 있던 은지가 토론거리도 안 된다는 듯 정리를 해 버렸다. 제일 범생이처럼 생긴 것이 의외로 이런 면에선 관대하다.

"오이지야, 밥 먹은 지 얼마 되지도 않았는데 그게 또 들어가?"

"응. 너도 먹을 거잖아."

"어, 조금만."

난 은지가 주는 초콜릿을 냉큼 받아먹었다.

"오, 맛있다. 나 또 줘. 또 줘."

은지는 직접 초콜릿 한 조각을 먹여 주었다.

"구회승, 저 허접한 체육복 소화하는 것 좀 봐."

민주의 말에 난 운동장 쪽으로 다시 고개를 돌렸다. 회승이 체육복 지퍼를 턱 끝까지 채우고 있었다.

"근데 회승이 왜 체육복이야? 우리 체육 수업, 밖에서 한대?"

첫 시간이라 당연히 교실 수업이겠거니 생각하고 체육복을 챙기지 않은 난 걱정이 됐다.

"회승이 더러운 거 못 참잖아. 축구한 다음에 땀 난 교복 입고 있기 싫다는 거겠지."

아, 그래서 그렇게 좋은 향기가 났던 거구나? 뒷자리에서 이따금 넘어오는 향기가 회승의 것이라니. 가슴이 뭉클해졌다.

아니야, 이러면 안 돼. 정신 차렷! 구회승은 머리 크다고 놀린 놈이라고.

머리카락을 헤집으며 노력해 보았지만, 축구공을 톡톡 건드리며 몸을 풀고 있는 회승의 모습이 계속 눈길을 잡아끌었다.

"아, 춥다고, 시발! 나 들어간다!"

두 손을 바지 주머니에 찔러 넣고 어깨를 잔뜩 웅크린 준영이 고래고래 소리를 지르며 운동장을 벗어나려 했다.

"야, 저 자식 잡아!"

회승이 준영을 손가락질하며 소리쳤다.

"머릿수 안 맞다고! 서 있기만 해, 서 있기만!"

"젠장! 서 있을 거 뭐하러 하냐고! 병신이냐?"

희원이 준영을 뒤에서 꽉 끌어안으며 가지 못하게 막았고, 그 행동에 더 기겁한 준영은 미친 듯이 소리를 질렀다.

"악! 불쾌해! 이거 놔! 하면 될 거 아냐!"

"아, 귀여워. 애들."

은지가 요상한 웃음소리를 내며 말했다. 기분 좋을 때 헐크 같아지는 이상한 애다.

'어?'

탁, 동동동.

우리가 있는 스탠드를 넘어 날아간 축구공이 건물 벽에 맞고 내 앞으로 굴러 왔다.

척.

공을 세우기 위해 난 다리를 뻗었다.

데구루루.

이런. 내 다리는 생각보다 짧았다. 발은 아슬아슬하게 공
에 닿지 않았다. 창피했다. 난 얼른 쫙 벌어진 다리를 제자리
로 가져왔다. 마치 공을 잡으려고 한 적이 없었단 듯이.

"픕. 아, 웃겨."

"크크크. 그 뒤의 행동이 더 웃겨, 난."

민주와 은지는 기회를 놓치지 않고 비웃음을 날렸다. 난
가만히 허공을 응시했다.

"어? 얼짱! 공 좀 던져! 조금 전의 그건 못 본 걸로 해 줄
게!"

뛰어온 희원이 킥킥거리며 말했다.

또 본 사람이 있다니. 아니, 근데 쟤는 못 본 걸로 해 준다
면서 왜 웃는 건데? 그리고 얼짱 소리 좀 안 할 수 없나?

김희원이 말한 '얼짱'은 보통 사람들이 알고 있는 그 좋은
의미가 아니었다. '얼굴 짱 커'의 의미가 함축된 '얼짱'이었다.

'안 보였다면 미안.' 하고 사과한 후 김희원이 좋다고 붙여
준, 난 절대 좋아할 수 없는 새로운 별명이었다.

난 조용히 공을 주워 들며 씩 웃었다. 그리곤 공을 공중으
로 띄운 뒤 목표물, 김희원을 향해 뻥 차 버렸다.

"뭐야? 너 어디로 차! 야! 구회……승! 회승아!"

퍽!

"엄마야!"

회승의 머리가 앞으로 푹 꺾여 버렸다. 내가 찬 축구공이

긴 포물선을 그리며 김희원을 넘어 회승의 뒤통수를 날려 버린 까닭이었다.

어떡해. 도망갈까?

발을 떼려는 순간, 괜찮으냐고 안색을 살피는 아이들의 손을 쳐 낸 회승이 이쪽으로 서서히 고개를 돌렸다. 내 몸은 석고상처럼 굳어 버렸다. 꽤 먼 거리였지만, 회승은 사건의 범인인 날 똑바로 응시하고 있었다.

곧 녀석의 검지가 정확히 나를 가리켰다. 그리고는 까딱까딱, 움직였다.

"공제인, 그냥 가 보는 게 좋을 것 같은데."

"내 생각도 그래. 얼른 가 봐. 구회승 더 열 받기 전에."

민주와 은지가 안타까운 눈길을 보내며 말했다.

"그럼 나 살 수 있을까?"

살려 달라는 눈빛을 민주와 은지에게 보내며 물었지만, 아이들은 헛기침을 하며 내 시선을 피했다.

"안 뛰어와?"

벼락같은 회승이 외침에 난 반사적으로 녀석을 향해 뛰었다.

"미안……."

내려다보는 회승의 두 눈에서 날 태워 죽일 것 같은 벌건 불길이 치솟았다. 감히 녀석의 눈을 마주할 수가 없어 고개를 푹 숙였다.

"미안? 뭐 그런 노력 없는 사과가 다 있지?"

"그럴 리가……. 너무 미안해서 그러지. 아, 머리는 괜찮아?"

"그럴 리가. 안 괜찮아."

내 말을 따라 한 회승은 한 자, 한 자 또박또박 끊어서 말했다.

"그럼 보건실이라도 갈래?"

"미쳤어? 내가 너랑 둘이 거길 왜 가?"

"둘이 가자는 얘기는 아니었는데………."

"뭐?"

"아니, 보건실 꼭 가 보라고."

회승은 입꼬리를 올려 비딱하게 웃었다.

"너 조심해라. 내가 지켜본다."

"네……."

이것은 존댓말……. 미치겠다, 정말.

회승이 피식거렸다. 조금 전 헛발질을 했을 때보다 더 창피했다.

점심시간은 십여 분 남짓 남아 있었지만 우리는 얼른 교실로 들어갔다.

회승으로부터 멀리 떨어지고 싶기도 했고, 자리에 앉기 위해 준영에게 비켜 달란 말을 해야 하는 상황을 피하고 싶기도 했다.

왜, 남자애들은 자주 그러지 않는가. 책상으로부터 의자를 멀찍이 떨어뜨린 후 다리를 쭉 펴고 앉는 그런 행동 말이다.

은지와 민주가 소심하다 놀려 댔지만 어쩔 수 없었다. 그만큼 준영은 어려웠다. 쉽게 범접할 수 없는 존재다.

"야, 자리 좀 바꾸자."

막 자리에 앉는 내게 성태린이 다가와 말했다. 날 깔아 보는 표정과 말투가 사뭇 불량스러웠다.

에잇, 괜히 일찍 들어왔다. 나야말로 보건실이라도 가 있는 건데. 구회승 때문에 오히려 놀란 건 나니까. 청심환이라도 하나 먹었으면 좋았을 걸 그랬다.

"야."

회승의 무리가 아직 교실에 오기 전이었으므로 내 앞에 있던 민주가 나보다 빨리 반응을 보였다. '야'라는 말 한마디에서 이 상황을 좌시하지 않겠다는 의지가 엿보였다. 믿음직스러웠다.

"야? 지금 나한테 말한 거?"

태린이 실실 쪼개며 대꾸했다.

"어. 알면 모른 척 말고 네 자리로 그냥 가."

민주도 피식 웃으며 태린에게 대응했지만 문장의 맨 끝, '가'라는 표현에서 좀 웃을 뻔했다. 여기선 '꺼져'라고 해야 어울릴 것 같은데.

아무렇지 않은 척하지만 민주가 살짝 쫄아 있다는 것이 느껴졌다. 덕분에 내게도 다시 긴장감이 밀려들었다.

"다시 한 번 말해 볼래? 조금 전이랑 똑같이 되바라지게."

"에이, 친구끼리 왜 그래. 태린아, 나도 자리 바꿔 주고 싶은데 담임이 바꾸지 말라고 해서……. 미안."

내가 한 말이 아니라고 믿고 싶었다. 내 스스로가 듣기에도 멍청했다. 나를 바라보는 민주와 태린의 어이없는 표정에 책상 밑으로 들어가는 상상을 했다.

사실 태린이 앞으로 걸어왔을 때부터 흔쾌히 바꿔 주겠단 말을 하고 싶었는데, 민주가 나서는 바람에 타이밍을 놓쳐 바꿔 주겠다는 말을 할 수 없었던 것뿐인데.

"하하하, 애 뭐래니? 친구는 무슨 친구? 처절하다, 처절해. 야, 너 나 무섭지? 그럼 잔말 말고 자리 바꿔. 한 대 맞기 전에."

태린은 일진의 위력은 이런 것이라는 걸 잘 보여 주고 있었다. 손이 떨리고 가슴도 쿵쾅거렸다.

"뭐? 맞아? 너 말을 그따……."

"성태린, 거기서 뭐하냐?"

민주가 가슴을 내밀며 본격적으로 나서려던 참이었다. 큰 키의 준영이 어슬렁거리며 등장했다.

"별거 아니야. 자리 좀 바꿔 달라고."

태린은 갑자기 앞면을 싹 바꿔 웃는 얼굴로 준영을 대했다. 민주가 기가 막힌다는 듯 웃음을 뱉었다.

"누구?"

"어?"

"누구한테 바꿔 달랬는데?"

구겨진 미간 때문에 준영은 살짝 짜증이 난 것처럼 보였다. 멋있다. 녀석의 뒤에서 후광이 비쳤다.

"이 애."

태린이 검지로 나를 가리켰다. 웃는 얼굴에 침 뱉고 싶은 심정은 처음이다.

"미쳤냐?"

"……뭐?"

"네가 왜 내 옆에 앉아? 너랑 앉기 싫거든?"

"최준영, 너 웃긴다? 그럼 얘는 괜찮고?"

그러게? 민주와 은지까지 호기심 어린 눈빛으로 준영의 대답을 기다렸다.

"얜 적어도 너처럼 화장품 냄새가 역하진 않잖아. 얼굴 안 답답하냐? 서른쯤에는 썩겠다, 썩겠어."

준영은 다시는 짝 바꾸잔 얘기를 하지 말라고 일갈하듯 제자리에 풀썩 앉아 버렸다. 착각일지 모르겠지만 나에게 나갈 생각은 하지 말라고 바리케이드를 치는 것 같았다.

"나 비비크림밖에 안 발랐거든? 이건 향수야, 향수! 냄새가 아니라 향기!"

나를 포함한 민주와 은지가 깜짝 놀랐다. 저렇게 예쁜 얼굴이 어떻게 비비크림만 바른 결과물일 수가 있는지 믿어지지 않았다.

"시끄러워. 자리로 안 가냐?"

"들었지? 빨랑 짐 싸서 나와."

어이없게도 태린이 나에게 말했다. 이해력이 달리는 것 같지는 않았고 일부러 그러는 듯했다. 그렇게 해서라도 회승과 가까이에 있으려고.

'그냥 바꿔 줄까? 이렇게나 좋아하는데…….'

내가 그런 생각을 하는 사이 준영은 태린을 비웃듯 피식거렸다. 민주 역시 절대 이 싸움에서 물러설 생각이 없어 보이는 얼굴로 말했다.

"성태린, 귀 먹었냐? 아님 머리가 나빠서 그런가? 공제인이 아니라 너, 네 자리로 가라잖아. 시끄럽다고."

"아, 넌 좀 빠져!"

태린이 민주의 가슴과 어깨 사이를 확 밀치며 히스테릭하게 소리쳤다.

"너 지금 나 쳤냐?"

민주의 눈이 커졌다. 짝, 하고 태린의 고개가 돌아갔다. 민주가 다시 싸대기를 돌려받은 뒤로 둘은 붙어 버렸고 그 후론 아수라장이었다. 민주의 이름을 부르며 뜯어 말리던 나도 팔꿈치에 한 대 얻어맞고 말았다.

"아, 짜증……. 야, 그냥 선생님 불러와."

눈 하나 깜짝 안 하고 고개를 내젓던 준영이, 맞은 광대를 감싸고 있던 나와 눈이 마주치자 말했다.

속으론 준영이 좀 말려 주었으면 했지만 녀석은 방관자의 포스를 풍기고 있었다. 더 생각할 것도 없이 선생님을 불러오려고 몸을 돌리는데, 마침 회승과 희원이 교실 안으로 들어서고 있었다. 거리가 가까워질수록 비누 냄새가 진하게 풍겨 왔다.

"뭐냐?"

나를 없는 사람처럼 비껴간 회승이 준영에게 물었다. 지금 상황을 즐기기라도 하는 건지, 웃음기가 밴 목소리였다.

"보면 모르냐? 싸우잖아."

준영이 심드렁한 얼굴로 대답했다.

"야, 네 여친인데?"

"뭐?"

희원의 말에 그제야 싸우는 아이들의 얼굴을 확인했는지, 회승이 태린의 이름을 부르며 걸음을 옮겼다.

"오……. 감히 태린이한테 겁 없이 덤빈 저 용감한 여자는 누구? 아무튼 여자애들이 더 무섭다니까."

준영과 마찬가지로 희원도 굳이 말릴 생각은 없어 보였다.

가까이 다가간 회승이 태린을 한 대 치려는 민주의 팔을 잡아챘고, 그 바람에 되레 민주가 크게 한 방 맞고 말았다.

"아, 좀 말려 줘! 우리 민주 맞잖아! 너희 편만 안 맞으면 다야?"

흥분한 나는 희원을 향해 소리를 질러 버렸다. 개중에는 그래도 김희원이 제일로 만만했으니까.

"어? 어……."

미친 소처럼 광분해 있는 내가 무서웠는지 희원이 어리바리하게 대꾸하고는 슬그머니 둘을 떼어 놓는 일에 동참했다.

'말리려면 지 여자 친구나 잡을 것이지!'

난 회승을 노려본 후 민주의 상태를 체크했다. 민주와 태린은 다시 붙을 엄두는 안 나면서 자존심을 버리지는 못하겠는지, 달려들 기세로 서로를 노려보고 있었다.

"성태린, 그만하라고!"

결국 회승이 태린을 뒤에서 포박하듯 끌어안고 교실 밖으로 나간 뒤에야 상황은 종결되었다.

민주가 분을 못 이겨 씩씩거렸다. 따지고 보면 나 때문에 일어난 일이라 정말 미안했다. 그리고 회승은 물론, 방관만 한 최준영과 말려 준 김희원까지, 그럴 수만 있다면 다시는 보고 싶지 않았다.

"괜찮아?"

화장실로 들어오자마자 잔뜩 헝클어진 민주의 머리와 교복을 정리해 주며 다친 곳이 없나 살폈다.

보건실로 데려갔었지만 안에는 이미 회승과 태린이 있었기에 나와야 했다.

화장실은 더럽고 냄새는 좀 났지만 곧 수업 시작이라 한적했고, 손톱에 뜯겨 묻어 난 피도 씻어야 했다.

"구회승만 아니었으면……. 아오, 진짜!"

"민주야, 너 여기 멍든 것 같아……."

민주의 팔뚝에서 푸르뎅뎅하게 변하고 있는 자국과 손톱에 긁힌 흔적을 발견한 나는 더 의기소침해졌다.

"미안해. 괜히 나 때문에……."

"됐어. 그나저나 봤냐? 회승이가 뒤에서 끌어안고 나갈 때 성태린 표정? 좋아 죽더라, 죽어. 미친……."

내가 무안할까 봐 오버하고 있는 민주를 보자 안 되겠다는 생각이 들었다.

"여기서 조금만 기다려."

"왜? 어디 가?"

"보건실 가서 연고라도 좀 가져올게."

"야! 공제인!"

민주가 말리려는 걸 모른 척, 난 얼른 화장실을 빠져나와 보건실로 향했다.

"말했지? 내 앞에서 친구들 욕하지 말라고."

"그래서 지금 내가 잘못했다는 거야?"

보건실 문을 벌컥 엶과 동시에 회승의 말소리와 태린의 앙칼진 목소리가 튀어나왔다. 둘의 시선이 동시에 나에게 박혔다.

일그러진 표정의 태린과 인상을 쓴 회승의 모습에 그 안으로 들어가고 싶진 않았지만, 난 과감히 그들을 지나쳐 밴드와 연고를 찾았다.

화장실에서 혼자 기다리고 있을 민주의 모습이, 못마땅한 듯 날 쳐다보는 시선들을 무시할 수 있게 했다.

오은지는 하필 이럴 때 배탈이 날 게 뭐란 말인가. 화장실에서 민주와 진지하게 얘기를 나눌 때도 칸에 들어가 낑낑거렸으니 말 다하긴 했지만.

'근데 양호 쌤은 청소하다 말고 어디를 가신 거야?'

기다란 수납장 위에는 시커멓게 젖은 손걸레가 구정물로 변해 버린 세숫대야에 걸쳐진 채 놓여 있었고, 바닥은 금방 물청소가 끝난 듯 젖어 있었다.

"야, 넌 눈치도 없어?"

태린의 날카로운 목소리에도 나는 묵묵히 손을 움직였다.

친구가 나 때문에 다쳤는데 눈치 보게 생겼니?

알아채지 못할 정도로 태린을 째려본 나는 때마침 발견한 밴드와 연고를 집어 들었다.

"간다."

회승은 이 상황이 몹시 피곤하다는 듯 그리 말하고 몸을 돌렸다.

"나, 이대로 두고 간다고?"

"그럼 너도 따라 나오든가!"

회승의 고함에 놀라 들고 나가려던 밴드가 땅에 떨어졌다. 적막이 흘렀다.

그냥 자리 바꿔 줄 걸 그랬나? 아, 내가 왜 계속 불편함을 느껴야 하는 거냐고……. 이리 치이고, 저리 치이고. 울고 싶다, 진짜.

"구회승!"

태린의 히스테릭한 음성에 움찔거린 난 얼른 밴드를 주워 들었다. 그리고 문을 향해 걸어가려던 순간······.

회승과 부딪힌 나는 비틀거리다 걸레통을 녀석에게 엎어 버리고 말았다.

"야! 너 미쳤어?"

무슨 일이 일어난 건가 싶어 멍하게 서 있는데 태린의 비명이 들려왔다. 회승은 구정물을 뒤집어쓴 채 날 노려보고 있었다. 찢어 죽일 듯한 눈빛이었다.

"너······ 죽고 싶냐, 진짜?"

회승은 아주 천천히 날 압박하며 거리를 좁혀 오기 시작했다.

그럴 리가. 고개를 도리도리 저으며 뒷걸음질 치던 나는 그 문제의 수납장에 막혀 버리고 말았다. 하지만 회승은 걸음을 멈추지 않았다. 회승이 몸이 내 몸에 닿을 것 같았다.

이러다 가슴 닿는 거 아냐?

난 두 손을 뻗었다. 회승과의 간격은 겨우 한 뼘 남짓이어서 팔꿈치를 몸에 붙여야만 했다. 덕분에 손등이 가슴에 바짝 붙고, 손바닥은 녀석의 가슴팍에 닿았다.

"너 뭐하냐?"

"가슴, 닿을까 봐······. 아무래도 이거······ 성희롱 같은 거······ 같은데?"

"뭐?"

회승의 짙은 눈썹이 위로 휘어졌다.

"······야, 성희롱은 내 가슴에 닿은 네 손이 벌이고 있는 중

이거든? 만지니까 좋아?"

탄탄하긴 하…… 헙! 난 얼른 손을 떨어뜨렸다. 방어 차원에서 한 일인데, 억울하다.

"그럼 좀 비켜……."

"야! 너네 안 떨어져? 구회승! 내 앞에서 뭐하는 짓이야!"

태린이 소리쳤다. 그녀의 꽉 쥔 주먹이 부들부들 떨렸다.

'나도 이러고 있는 걸 원하지 않는 건 마찬가지라고.'

이젠 나도 속이 부글부글 끓었다.

"저기, 나 빨리 가 봐야 돼. 비켜 줘. 세탁비 변상할게."

"세탁비?"

회승은 내가 보기에도 심하다 싶을 정도로 얼룩진 교복을 내려다봤다.

"어. 세탁비."

네가 그걸 벗어 주는 걸 기다렸다가 빨아다 주는 것도 좀 웃기니까…….

"너 돈 많냐?"

"……."

잠깐만…… 얘 지금 뭔가 오해하고 있는 건가?

"예상외로 꽤 재수 없네, 시발……."

뭐, 뭐라? 재……수?

녀석의 말을 제대로 인식하기도 전에 양호실 문이 쾅 하고 닫혔다. 태린도 굳어진 나를 지나쳐 회승을 따라 나가 버렸다.

난 뒤늦게 깨달았다. 녀석이 나에게 어마무시한 욕을 했다는 것을.

야! 이 쉐키 쉐키 흔들어 버릴 쉐키야! 이건 재수도 시발도 아닌, 사고라고 하는 거거든!

chapter 02

행복은 성적순이 아니잖아요

"정말 되는 일이 하나도 없네!"

왜 하필 학기 첫날 이사를 한단 말인가. 길치인 까닭에 돌고 돌아 간신히 집에 도착한 나는 정신이 하나도 없었다.

"헐! 너 진짜 그러고 학교 갔다 온 거냐?"

거실로 들어서자, 제 몸보다 훨씬 작아 보이는 캐리어를 끙끙대며 옮기던 공다운이 날 위아래로 훑어보며 인상을 썼다.

"미쳤어? 그 머리가 지금 누나 너랑 어울린다고 생각해? 그 촌스런 안경은 또 뭐고. 너 어디 가서 내 누나라고 하기만 해 봐."

"시끄럽고. 내 방 어디야?"

"어우, 진짜……. 저기."

공다운이 고갯짓으로 베란다 쪽을 가리켰다.

"여기 어디?"

베란다 쪽으로 갔지만 방은 보이지 않았다.

"아, 거기 있잖아! 못생긴 누나야!"

"없다고!"

"있잖아! 베란다!"

"이씨……. 죽을래?"

그렇지 않아도 심란해 죽겠는데 동생 놈까지 성질을 돋운다.

"워워. 진정해, 이 마녀야. 너보다 공부 잘하고 잘난 동생을 죽일 셈이야? 엄마 아빠의 기대를 한 몸에 받고 있는 나를?"

"네 방 어디야?"

말을 말아야지. 저 녀석까지 상대할 기운도 없다.

"현관에서 제일 가까운 쪽 방."

공다운 말과는 반대로, 엄마 아빠가 있는 안방과 화장실을 제외한 나머지 방으로 향했다. 공다운이 좋은 방을 먼저 차지한 것이 틀림없었다.

"엄마! 내가 양보했는데도 공제인이 굳이 저 방을 쓰겠다네?"

"어머, 그래? 제인아, 너 2학년이라서 넓은 방 주려고 했는데. 정말 괜찮겠어?"

날 생각해 주는 것 같은 말임에도 불구하고 난 엄마가 안도하고 있음을 느꼈다.

이런 젠장. 쓸데없이 머리만 좋은 공다운 돼지 새끼.

"찌질하게 무르고 이런 거 없는 거 알지? 아무튼 요게 나 빠서 참 큰일이에요, 우리 누나는."

어느새 다가온 공다운이 머리통을 검지로 톡톡 건드리며 작게 속삭였다. 하지만 싸울 기운도 없는 나는 깔끔하게 무시하고는 내 방이 될 곳으로 향했다.

만년 2등인 동생 녀석이 전교 1등으로 올라서는 것은, 나를 제외한 가족의 꿈이자 희망이었기에 찬물을 끼얹고 싶지 않았다. 그래야 공다운 돼지도 방 평계를 대며 지랄하지 않을 테니까.

집에서조차 성적으로 대우가 달라지는 이 더러운 세상.

난 책상 위에 무거운 책가방을 올려두고 침대에 몸을 맡겼다.

"예상외로 꽤 재수 없네, 시발……."

구회승의 말이 머릿속을 붕붕 떠다녔다. 민주한테 빨리 가 봐야 했고, 미안하니까 세탁비 얘기가 먼저 나온 건데…….

양호실에서 사라진 구회승은 종례 시간이 끝나도록 보이지 않았다. 희원이 축구를 하다가 다쳤다고 둘러댄 터라 출석에 지장이 있을 것 같진 않았지만, 난 전교생의 책가방을 지고 있는 것마냥 마음이 무거웠다.

3일의 시간이 흘렀다. 3년 같은 3일이었다.

구회승에게 구정물을 엎어 버린 다음 날, 사과할 기회를 노렸지만 쉽지 않았다.

태린이 레이저를 쏘아 대며 노려보고 있었고 그 와중에 기회를 틈타 구회승을 쳐다보면, 눈이 마주친 녀석은 살벌하게 인상을 썼다.

그렇게 다가갈 엄두조차 내질 못하고 눈치만 보다 사과할 타이밍을 놓쳐 버리고 말았다.

이제는 최대한 회승을 피해 다니는 일에 주력하고 있었다.

복도에서 마주치면 친구의 등 뒤로 숨거나 왔던 길로 되돌아가기, 수업 시간에 모두의 이목이 회승에게 집중되는 일이 있어도 고개를 돌리지 않고 꿋꿋이 앞만 보기, 회승이 급식을 먹는 시간은 최대한 피하기, 그게 어려울 경우에는 최대한 멀리 떨어져서 등지고 앉기 등이었다.

그리고 이런 나를 신이 불쌍히 여기셨는지, 불행 중 다행인 일이 하나 있었다. 태린이 예전처럼 나를 까칠하게 대하지 않는다는 것이었다.

그것은 조별 과제에서 비롯되었다. 자리 위치상 회승과 한 조로 엮여 버렸을 때, 내가 먼저 태린에게 조를 바꾸자고 권유한 것이다.

덕분에 난 회승만 잘 피하면 그럭저럭 명랑 쾌활한 여고생의 모습을 연출할 수 있었다. 물론 회승을 피하는 일이 점점 피곤하게 느껴지긴 했지만.

나만의 느낌인지는 모르겠으나, 날 보는 녀석의 시선이 날이 갈수록 날카로움에 날카로움을 더해 가는 것 같았다.

"동아리, 어디 들어갈지 정했어?"

"아니."

은지의 말에 간단히 대답하고 다시 바나나 우유를 쪽쪽 빨았다. 동아리야 은지, 민주와 함께 들어가면 된다는 생각에 딱히 정해 놓은 상태가 아니었다. 구회승만 같은 동아리가 아니면 된다.

"오늘 점심시간에 마감한대. 빨리 내."

"이거 먹고 들어가서 내자."

또 쪽쪽, 빨대를 빨았다.

"우리 냈는데?"

"켁! 뭐?"

"댄스 동아리. 너 저번에 싫다고 그래서 그냥 우리끼리 냈어."

"제인아, 너도 할 거면 지금 가서 내자. 아까 보니까 남는 자리 있더라."

아니, 어떻게 저렇게 대수롭지 않다는 듯이 말을 할 수 있지? 동아리는 당연히 같이하는 것 아니었어? 난 서운함에 벌어진 입을 다물지 못했다.

"나 먼저 들어갈게……."

힘없이 자리에서 일어섰다. 은지와 민주의 표정이 염려스럽게 변한 것을 보았지만, 상처받은 내 마음을 위로하기엔 턱없이 부족했다.

아무리 댄스 동아리가 싫다고 외쳤어도 그렇지. 자기들끼리 쏙 내고. 친구도 아냐!

현관 입구에 쓰레기통이 보였다. 조금 남아 있던 바나나 우유를 마저 쏙쏙 빨아 먹고는 빈 갑을 확 던져 버렸다.

"왜 이렇게 짜증이 났어요?"

옆에서 툭 튀어나온 목소리의 주인공은 김희원이었다. 유명 광고 코멘트를 따라 하는 걸로도 모자라, 표정까지 따라 하는 모양새가 좀 웃겼다.

"바나나 우유 다 처먹었다고? 아, 더 먹고 싶은데? 그거…… 다 네 먹성 때문인데."

큭, 하고 웃음이 터졌다.

나한테 왜 이러지? 우리가 친했던가? 그런 생각을 잠시 했지만 쟤 원래 이런 애였지, 라는 결론에 도달하자 별로 이상할 것도 없어졌다.

"너 동아리 정했어?"

"동아리?"

김희원은 갑자기 뭔 동아리 얘기냐는 표정이었다.

"어. 뭐 들었어?"

"왜, 나랑 같은 동아리 하고 싶어? 나 인기 많은데, 좋아해도 괜찮겠어? 상처 안 받을 자신 있고?"

내가 티 나게 비웃음을 짓고 있어도 김희원은 제 말에 심취해 크게 웃기까지 했다. 아무렇지 않게 오두방정을 떠는 것을 보니, 한 몇 년은 알아 온 친구 같았다.

"뭐 들었냐고."

전보다 힘을 실어 말했다.

"나? 댄스."

아……. 민주와 은지가 댄스 동아리에 든 이유를 알 것도 같다. 대답을 끝낸 김희원은 발재간을 부렸다. 크록하 스텝이었다.

"혹시…… 최준영도?"

"응. 내가 몰래 이름 적어 냈지롱."

역시. 민주와 은지의 댄스 동아리 가입 이유가 확실해졌다.

"근데 너 뭐야? 나도 좋고 최준영도 좋아? 하긴, 나한테도 동시에 두 여자를 좋아하기란 너무 쉬운 일이니까."

뭐래?

"저기…… 그럼 구회승도 같은 동아리? 걔 작년엔 밴드부 아니었나?"

최준영과 김희원까지는 괜찮았다. 다른 동아리로 가서 아웃사이더처럼 혼자 있는 것보단 그래도 친구들과 함께하는 편이 낫겠다 싶었다. 하지만 아무래도 구회승은 걸린다.

"뭐? 이젠 구회승까지? 하긴, 동시에 세 여자를 좋아하는 것도 똥 싸는 일만큼이나 쉬우니까. 이해한다."

"같은 동아리라는 거야, 아니라는 거야?"

"아, 회승인 수학반. 미친놈이지. 공부하겠다고 밴드부까지 버리긴 했는데, 얼마나 가려는지."

"그래? 고맙다!"

댄스 동아리다! 난 얼굴에 화색을 띤 채 교실로 달렸다. 그리고 회장의 자리에 댄스 동아리 신청서를 올려놓고 과학실로 향했다.

아, 맞다! 신관.

문을 열기 전, 나는 예전 과학실로 와 버렸다는 걸 깨달았다. 신설된 건물로 가야 된다고 회장이 그렇게 얘기를 했는데, 괜히 혼자 움직이다 헛걸음을 했다.

"그만 좀 하자. 질린다, 진짜."

"뭐? 질려? 그게 지금 할 소리야?"

발길을 돌리려던 순간, 과학실 안에서 말소리가 들려왔다. 저음의 목소리와 반대되는 여자의 하이 톤 목소리는 상대적으로 컸다.

"어, 할 소리야."

"구회승! 너 진짜 이럴래?"

구회승? 그렇다면 여자는 성태린? 목소리를 떠올리니 맞는 것 같았다.

"내가 뭘 어쨌는데?"

구회승 이 자식, 짜증을 숨기지 않고 있었다. 반면 소리를 지르곤 있었지만 태린에게서는 절박함이 묻어 나왔다.

"박은혜랑 키스했잖아, 너! 다 들었다고! 애들한테 그 소리

듣는 내 기분이 어땠을 것 같아?"

뭐? 박은혜랑 키스? 대박! 구회승 완전 나쁜 남자!

물론 엿듣는 것도 나쁜 일이라는 건 알았지만, 중독성 있는 대화였다. 자력으로는 끊기가 힘든.

"네 기분? 이제 알고 싶지도 않지만, 박은혜 뺨 때렸다며? 그럼 된 거 아냐? 내가 먼저 키스했냐? 걔가 술 먹고 들이댔다고 몇 번을 말해?"

아, 그렇게 된 거였구나. 내 귀는 이제 문에 완전히 밀착된 상태였다.

"피했어야지! 일부러 가만있었던 거 내가 모를 줄 알아? 너 박은혜 좋아하잖아! 그래서 같이 논 거 아니냐고!"

악다구니에 가까운 태린의 목소리가 내 귀를 문에서 떨어지게 했다.

"아, 진짜⋯⋯. 야, 그만하자. 나 욕 나올라 그래."

"왜 피해! 변명이라도 해 보라고, 이 나쁜 새끼야!"

태린이 회승을 붙잡고 늘어지는 것 같았다.

"했잖아, 변명! 네가 못 믿는 걸 나더러 어쩌라고!"

이크. 회승도 소리를 버럭 질렀다.

"너 같으면 믿겠어?"

"믿든지 말든지 네 마음대로 해. 못 믿는다고 나랑 헤어질 것도 아니잖아?"

그 뒤로 태린의 말소리는 들리지 않았다. 대신 울음소리가 터져 나왔다.

"……헤어져."

약간의 시간이 흐른 뒤, 흐느낌과 함께 태린의 목소리가 다시 들렸다.

"그러든가, 그럼."

저 나쁜! 여자 맘을 그렇게도 몰…….

쾅!

문이 열렸다.

"하……. 또 너냐? 넌 진짜……."

창피함에 얼굴로 열이 몰렸다. 스스로 머리를 쥐어박고 싶었다.

미안하다고, 못 들은 걸로 하겠다고 말할까?

망설이는데 회승의 음침하게 내리깔린 목소리가 들렸다.

"안 비켜?"

저승사자가 이보다 무서울까. 슬그머니 옆으로 비켜서자 회승은 신경질적인 보폭으로 자리를 벗어났다.

농담 툭툭 던지던 그 구회승 맞아? 완전 얼음장이네.

과학실 안에서 태린의 엉엉거리는 울음소리가 들려왔다. 들어가서 위로라도 해 줄까 잠시 생각했지만, 내가 태린의 어깨를 감싸고 토닥여 주는 장면을 떠올리자 고개가 저어졌다.

'성태린이 좋아할 리 없지…….'

돌아서기 전 태린에게 시선이 한 번 더 가긴 했지만 나도 곧 그곳을 벗어났다.

＊　　　　＊　　　　＊

　추워 죽겠는데 머리도 못 말리고 아파트 단지를 나섰다. 이게 다 공다운 때문이다. 저녁을 새 모이만큼 먹더니, 군것 질이 당긴단다. 그런데 공부를 한다고 나갈 시간이 없다나?

　"나도 밥 다 먹으면 바로 공부할 건데. 우리 열심히 해 보자, 동생아."

　나오기 싫은 것도 있었지만 진짜로 공부할 생각이었다. 그 래서 엄마 들으란 듯이 크게 얘길 했었고. 하지만 엄마는 '어 머, 그럼 우리 제인이도 전체 수석 할 수 있겠네?' 라고 말했다.
　'공다운은 만년 2등이지 수석은 아니잖아, 엄마?' 라고 말 하고 싶었지만 피는 물보다 진하다고, 공다운 입장을 생각하 니 그 말이 튀어 나가질 않았다.
　아빠가 있었다면 내 편에 서 주었을 텐데. 아쉽게도 딸보 다 아주 조금 더 담배를 좋아하는 아빠는 집 안에 없었다.

　"씻고 갔다 올게."

　대신 젖은 머리카락을 보여 주면 꽃샘추위에 설마 나가라 고 하겠냐는 생각을 했었다. 그래서 부러 물이 똑똑 떨어지는 머리카락을 흔들었더니, 엄마는 마른 수건을 가져와 머리를 말려 주며 잘 갔다 오라고 했다.

좋은 동네로 이사 온 덕분에 밤길 위험하진 않다고, 아파트랑 가까우니 얼른 갔다 오라고.

앞으로 콩나물이니, 두부니 하는 심부름은 전부 내 차지가 됐다는 걸 실감한 순간이었다.

'행복은 성적순이 아니잖아요!'

속으로 외치며 외투의 앞섶을 여미고 달리려던 순간이었다.

구회승이다!

우리 집에서는 아파트 정문보다 후문이 가까웠다. 그쪽으로 나가면 골목길 느낌을 주는 한적한 2차선 도로가 나온다. 그 건너편, 등하굣길에 넋을 놓고 보던 잔디 깔린 이층집에서 회승이 나왔다.

트레이닝복을 입고 있었는데 유명 모델이 스포츠 광고를 찍기 위해 입고 있는 것 같았다.

난 회승과 눈이라도 마주칠세라 후드에 달린 모자를 뒤집어쓰고 얼른 슈퍼로 향했다. 그리곤 노란 바구니에 고열량의 과자만 골라 담았다. 통통을 넘어 뚱뚱으로 가고 있는 동생 놈에게 주는 누나의 애교 넘치는 복수였다.

"전교 1등도 아니고 만년 2등인 주제에 누나 머리 위에서 놀려고 하다니. 버릇없는 공돼지, 나에게 깊은 빡침을 선물한 너를 더 살찌워 버리겠어. 음…… 어디 보자. 칼로리가…… 요게 더 높네. 그럼 요걸로."

제법 많은 양의 과자를 담고 카운터 옆의 냉장고로 이동했다. 사 와도 이런 것만 사 왔냐고 구시렁거리겠지만, 공다운이 신신당부한 다이어트 콜라가 아닌 일반 콜라를 꺼냈다.

"다이어트 콜라나 그냥 콜라나. 그렇게 살찌는 게 걱정되면 이 밤에 먹긴 왜 먹어? 아니면 자기가 직접 사러 오든가! 이 간장에 밥만 비벼 먹어도 뒤룩뒤룩 살찔 놈. 뭐? 나중에 빼? 와, 세상에서 최고로 웃겨."

마지막으로 아이스크림 냉장고에서 내가 먹을 콘 하나를 꺼냈다.

"이거 먼저 계산……."

"예쁜 언니, 나 오백 원만 꿔 주라."

계산을 기다리며 먹고 있을 요량으로 아이스크림을 내미는데, 긴 손가락과 이어진 곱디고운 손바닥이 내 앞으로 쑥 들어왔다. 언제 왔는지 모를 구회승이 카운터 앞에 서서 날 보며 웃고 있었다.

'뭐? 예, 예쁜 언니? 얘가 날 몰라본 건가, 진실로? 안경 하나 벗었을 뿐인데? 아니, 그것보다 지금 나 삥 뜯기는 건가?'

"……없는데요."

"이만 팔천칠백 원."

네? 뭐라고요?

"이만 팔천칠백 원 나왔다고, 학생."

멍한 얼굴을 하자 사장님은 내가 못 알아들었다고 생각하신 모양이었다. 하지만 절대 그렇지 않았다.

난 이만 팔천칠백 원이라는 소리를 똑똑히 들었다. 그래서 큰 문제가 생겨 버린 거고. 내 주머니 속에는 만 원짜리 세 장이 있었기 때문이다.

삼만 원을 내면 천삼백 원을 거슬러 받을 거고, 그러면 오백 원이 훨씬 넘는 돈이 생겨 버린다는 것.

"저기…… 외상도…… 되나요?"

나에게 시발, 시발거린 놈에게 돈을 빌려 줄 순 없다.

"우리 집은 외상 거래 안 해."

"아, 네."

단호박 같은 사장님이다. 그렇다면…….

"어? 저기, 쥐! 쥐다, 쥐!"

"아, 씨바! 어디! 어디?"

회승과 사장님의 시선이 내가 가리킨 곳으로 향했다. 난 잽싸게 사장님 눈앞으로 삼만 원을 내밀고, 입모양만으로 '계산 빨리요.'라고 말했다. 다행히 사장님은 구회승이 진정되기 전에 내 돈을 받아 주셨다.

"여기, 거스름돈 천삼백 원."

이런, 허무하다. 사장님은 눈치가 없으시구나. 아니, 어쩌면 눈치가 좋아 그 타이밍에 거스름돈을 내민 건가? 하나라도 더 팔려고.

"어? 뭐야, 그깟 오백 원을 안 빌려 주려고? 와, 이 언니 뭐지? 새롭네?"

'그깟 오백 원이라니. 그깟 오백 원이 없어 빌려 달라고 한 사람이 누군데.'

곁눈질로 회승을 힐끔 올려다보니 씩 웃고 있다. '빨리 좀 주지?' 라는 눈빛을 하고서.

웃는 얼굴로 삥을 뜯다니. 역시 전설의 일진답다. 아름답다!

"하하…… 여기."

천 원짜리 지폐를 소심하게 내밀고 먼저 슈퍼 밖으로 나와 회승을 기다렸다. 곧 뒤따라 나온 녀석은 입구를 피해 서 있는 날 당연하다는 듯 내려다봤다.

왜 저렇게 쳐다봐? 혹시 내가 여기 서 있는 이유, 착각하고 있는 거 아냐?

"오백 원."

널 기다린 이유는 딱 오백 원, 그거 외엔 없다는 것을 분명히 하고 싶었다.

"어?"

미간을 찌푸린 회승은 어이없다는 표정이었다. 그래, 민망하겠지.

"오백 원은 거슬러 받았을 거 아냐. 천 원 줬잖아."

"아아…… 지폐로 꿨으니까 지폐로 갚으려고 했는데. 싫다면 여기."

회승이 동전을 툭 던졌다. 엉겁결에 두 손으로 받아 내긴 했지만 건방진 행동거지에 할 말을 잃었다. 괜히 오버해서 삥을 뜯네, 마네 의심한 건가 미안했는데 그런 마음이 한순간에 싹 사라져 버렸다.

"내일 이 시간에 나와, 언니. 나머지 줄게. 오. 백. 원."

피식 웃으며 말한 회승은 내 대답은 듣지도 않고 가 버렸다.

역시 오백 원 가지고 너무 쪼잔했나? 에잇, 모르겠다. 그냥 받지 말고 끝내자. 내일 다시 녀석을 보는 것도 썩 반갑지 않다.

근데 쟤 나 몰라보는 거 맞나? 혹시 일부러 모른 척하고 내일 다시 보면 골탕 먹일 작전 같은 거 짜고 있는 거 아니야?

"저기……."

내 목소리에 걸어가던 회승이 다시 날 돌아봤다.

"괜찮아. 안 줘도 돼. 학생 가져, 그 오백 원."

나이 많은 누나로 봤다면 좀 충격이긴 했지만, 날 다른 사람으로 알고 있다는 사실에 녀석을 좀 더 편하게 대할 수 있었다. 학교에서보다 목소리에 힘이 실렸다.

……는 착각일지도.

녀석이 뚜벅뚜벅 나를 향해 오자 다시 온몸이 오그라듦을 느꼈다. 학교에서처럼.

"왜…… 왜?"

구회승이 몸을 구부려 날 지그시 내려다봤다.

"근데 우리 어디서 본 적 있지 않아?"

당연히 본 적 있지. 같은 반이니까.

"그럴 리가. 난 오늘 이사 왔는걸."

"그럼 이사 오기 전에 봤겠지. 좀 익숙한 얼굴인데?"

회승은 내 얼굴을 꼼꼼히 살피는 듯했다. 난 얼른 후드 모자에 달린 줄을 꽉 잡아당겨 얼굴을 가렸다.

"내 얼굴이 좀 흔해. 그럼 안녕. 집에 빨리 가 봐야 해서…… 어머!"

얼른 자리를 피하려는 날 회승이 잡았다. 얇은 내 손목을 잡고 휙 돌려세운…… 건 아니고, 후드 모자를 휙 잡아 돌려세웠다.

"저번 주 토요일, 홍대 제라 클럽 갔었지?"

난 아니지만, 넌 갔었나 보네. 학생 주제에.

"아니……. 나 그런 데 안 다녀."

아직은.

"그래? 아무튼 나와, 내일. 그리고 이렇게 촉촉하게 해 가지고 다니면 위험하거든요? 내일은 다 말리고 나와, 언니."

'이걸 믿어 줘? 말아?' 하는 눈빛으로 날 내려다본 회승은 내 볼을 슥, 손톱으로 긁더니 돌아섰다.

'화장한 거 아니네?' 라는 말을 남기고.

만진 게 아니라 긁다니.

호흡을 멈추고 있던 난 가슴을 치며 숨을 훅훅, 거칠게 들이마시고 내뱉었다. 마치 한 마리의 고릴라처럼.

chapter 03

운동화 밑창에 눌어붙은 껌 딱지

"그럼 조별로 프린트에 있는 문제 풀어 보고, 모르는 조원
이 있다면 서로 도와서 숙지할 수 있도록. 시작."

수학 선생님의 박수 소리를 시작으로 난 프린트의 제일 첫
문제를 노트에 옮겨 적었다.

김희원, 최준영은 그렇다 치더라도 구회승과 한 조라니.
그것도 마주 보고 앉을 게 뭐람.

어제 본의 아니게 녀석을 속인 것 때문에 내 마음은 편치
가 않았다.

그냥 아는 척을 할 걸 그랬나?

"순서대로 다 풀 거 없잖아? 하나씩 나눠서 풀자."

"그러든지."

뭐? 난 벌써 1번 문제 풀기 시작했다고!

회승과 준영의 대화에 머리카락이 쭈뼛 선다.

딱 봐도 1번이 제일 쉬운데…….

"야, 난 빼 줘. 내가 이걸 어떻게 풀어? 회승 형, 내 거 대신 풀어 주실 거죠?"

김희원은 송아지 같은 눈망울을 빛내며 회승에게 아부했다.

……부럽다.

"1번 풀어. 근데 그것도 못 풀면, 진짜 수준 떨어져서 너랑 못 논다. 알간?"

뭐가 좋은지, 피식거리며 웃는 회승이 그렇게 얄미울 수가 없었다. 공부 잘한다고 잘난 체하는 것처럼 보였다.

"그래? 1번이 그렇게 쉬워?"

희원이 어울리지 않게 문제 풀기에 돌입했다.

"저기…… 내가 1번 반 넘게 풀었는데……."

녀석들의 시선이 내게 모였다.

희원은 '그래? 그럼 푼 거 나 줘, 나.' 하는 소리를 해 댔고, 준영은 심드렁한 눈빛을, 턱을 괸 회승은 삐딱한 시선으로 날 쳐다봤다. 그러더니 '근데 어쩌라고?' 라는 말로 기를 죽였다.

나쁘다. 게다가 뭔 고등학생이 저런 눈빛을 하고 있는지. 서른쯤 먹은 조폭이나 가질 수 있는 카리스마다, 저건. 다른 여자애들한텐 실실대며 장난도 잘 치던데…….

"아니…… 그러니까 내가 1번을 마저 풀면……."

"2번 풀어. 최준영 3번, 나 4번. 오케이?"

안 오케이. 구정물 쏟은 게 언제 적 일인데, 지금까지 꽁해 있는지.

"좀 꼬아 놔서 그렇지, 풀기는 2번이 더 쉽네."

준영이 검지로 톡톡, 종이를 두드리며 말했다.

그래?

나는 흐뭇해진 마음으로 1번 문제 밑에 자를 대고 밑줄을 긋고, 그 아래에 2번 문제를 적었다.

"선 긋는 것 봐라. 건축 도면 그리냐?"

네 문제나 풀라고! 내가 선을 긋든 뭘 하든 뭔 상관이냐고! 신중한 성격이 뭐가 나빠!

웃으며 말하는 회승의 주둥이를 니킥으로 차 주고 싶었다.

"회승이 형, 나 이거 모르겠쩌요."

"그러세요? 자랑이세요."

회승의 대답에 준영처럼 킥킥대며 웃고 싶었지만, 난 지금 그럴 여력이 없었다. 준영의 말마따나 쉽다고 생각했던 문제가…… 풀리지 않았다.

"아잉, 혀엉. 딸기 우유 콜?"

"하……. 딸기 우유 같은 소리 하고 자빠졌네."

"왜, 너 딸기 우유 좋아하잖아."

"매점, 콜?"

"에이, 진짜. 공부 못하는 것도 서러운데. 알았다, 인마. 콜!"

"딜."

여유만만한 녀석들의 웃음소리에 난 진땀이 솟구쳤다.

알 것도 같은 것이 풀릴 듯 풀릴 듯하면서 좀처럼 풀리지 않았다. 이젠 노트를 노려보는 수준에 이르렀다. 그러는 와중에 녀석들은 맡은 몫의 문제를 다 풀었는지 다른 문제도 풀기 시작했다.

이거 못 풀면 창피한데!

고심하는 사이 째깍째깍, 시간은 잘도 흘러갔다.

"어? 나 풀었다! 답 마이너스 2 맞지?"

"웬일이냐, 네가?"

뭐라고? 진짜 김희원이 푼 답이 맞다고?

"구회승, 매점 취소다. 크크크."

"꺼져. 안 먹어. 최준영, 내가 쏜다. 이 자식 빼고 가자."

유치해. 그렇지 않아도 안 풀리는데 녀석들의 말 한마디, 한마디가 귀에 쏙쏙 들어와 훼방을 놓는다.

"아냐! 내가 산다, 최준영. 음하하하하."

"둘 다 사시구요. 시끄러우니까 문제나 마저 푸세요."

문제에 집중한 준영이 희원은 쳐다보지도 않고 대답했다. 회승도 희원에게 일일이 반응해 주는 것이 무의미하다 판단했는지, 문제가 적힌 종이를 내려다보고 있었다.

"제인아, 잘 풀려?"

"어? 어······."

보면 모르냐? 이게 잘 풀리는 얼굴인 것 같아? 어?

희원은 그새를 못 참고 심심했는지, 이젠 대놓고 꽃받침을 만들어 얼굴을 괴고는 날 공략했다.

차라리 얘처럼 대놓고 공부 못하는 이미지로 나갔다면, 이렇게 오금이 저리진 않을 텐데. 똑 떨어지는 단발에 안경까지 끼고 못 풀겠다고 하려니 죽을 맛이다. 역시 모범생 코스프레는 하는 게 아니었어. 흑흑.

"야."

"……."

"야, 야."

"……어?"

문제에 골머리를 앓고 있느라 부르는 것을 흘려들었나 보다. 누군가 발을 툭툭 치는 느낌에 고개를 드니, 회승이 무료한 눈으로 빤히 쳐다보고 있었다.

아니, 이 녀석은 왜 또 연인 사이에서나 할 법한 '발 톡톡'을 한 거람? 설레게.

"왜에?"

"너, 언니 있냐?"

자다가 봉창 두드리는 것도 아니고 웬 언니? ……아! 혹시, 어제 그 슈퍼?

"……있어. 왜?"

또 해 버렸다. 거짓말.

속이 뜨끔했지만, 난 태연한 척을 할 수밖에 없었다. 이제와 모든 사실을 밝힌다고 해도 구회승의 화를 잠재우진 못할 것 같았다.

"그래?"

녀석이 시큰둥하게 대답하더니 손가락으로 책상을 딱딱딱, 두드렸다.

"야."

"또 왜?"

"거짓말하면 죽는다?"

헐. 곧 죽게 생겼네.

"다 풀었지?"

나를 슥 쳐다보며 준영이 물었다. 나이스 타이밍이다.

"내 거 여기."

대답을 못 하고 우물쭈물하고 있는 사이, 회승이 자기 프린트를 가운데로 휙 날렸다.

저게 글씨야, 지렁이야?

풀이는 알아보기 힘든 것을 떠나, 알아보고 싶지도 않을 만큼 휘갈겨져 있었다. 그러나 자신의 프린트와 맞춰 보는 준영의 덤덤한 표정을 보아하니 답은 맞는 듯했다.

그래. 내가 누굴 걱정해, 지금. 이거 하나도 못 풀고 있는데. 울고 싶다.

"공제인, 답 맞아?"

침착하자, 침착. 저렇게 날 믿고 있는 준영을 실망하게 하면 안 되는 거야. 그래, 이건 하얀 거짓말이라고.

"어."

웃으며 대답하자 준영은 별 의심 없이 고개를 끄덕였다.

"나머지 것도 다 풀었어?"

"어? 어……."

챙겨 주는 건 고마운데 지금만큼은 그러지 말아 줄래, 준영아? 너 안 그랬잖아?

"야, 이리 줘 봐."

"안……."

회승이 내 노트를 확 채 갔다.

원숭이야? 팔이 왜 이렇게 길어?

난 두 눈을 꼭 감았다.

"하, 뭐야? 틀렸잖아? 다른 건 뭐, 건드리지도 못했네."

한쪽 입꼬리만 올려 비웃는 꼬락서니하고는. 나쁘다.

"공부 좀 해라. 언니가 걱정하겠다."

이 천하에 둘도 없는 개. 새. 끼!

복수해야겠다.

"으."

정류장에서 버스를 기다리는데 운동화 밑창에 시커먼 껌 딱지가 눌어붙었다. 구회승에게 치욕을 겪은 수학 시간 이후 김희원에게 수학 바보라는 소리를 내내 들어 신경이 곤두서 있는데 껌 딱지까지 날 괴롭혔다. 되는 일이 없다.

"나 안경 쓴 거랑, 벗은 거랑 그렇게 달라?"

껌 딱지를 떼어 내기 위해 발을 이리저리 비비며 물었다.

"어!"

스마트 폰에 고개를 파묻은 민주와 은지가 한목소리로 대답했다.

그렇단 말이지······.

머릿속에 죽이는 아이디어 하나가 떠올랐다. 구회승에게 복수할 기막힌 방법.

집으로 돌아온 나는 엄마가 저녁을 준비하고 있는 틈을 타 엄마의 화장품을 몰래 내 방으로 가져다 놨다. 그 뒤 태연히 저녁을 먹고, 감기 기운이 있다는 핑계로 일찍 자겠다며 방으로 들어와 거울 앞에 앉았다.

"어? 아이섀도 잘못 가져왔다."

황금빛 컬러를 바르려고 했는데, 연한 베이지색 아이섀도를 가져와 버렸다.

뭐, 별 차이 있겠어?

파운데이션과 파우더를 바른 얼굴에 섀도를 조심스럽게 펴 발랐다. 마스카라와 립스틱으로 마무리하고 거울을 봤다.

"······."

안 예뻤다.

내가 기대했던 얼굴은 이게 아니었는데. 지우고 다시 할까?

난 휴대전화 버튼을 눌러 시간을 확인했다. 지금 나가야 했다.

에이, 몰라. 애교로 승부하자.

난 준비해 놓은 옷으로 후다닥 갈아입고, 가족들 몰래 집을 빠져나왔다.

"에취! 으…… 추워. 얜 언제 오는 거야?"

어제 구회승이 나오라고 한 시각에서 이십 분이 지났다. 그리고 십 분이 지나고, 또 십 분이 지났다. 녀석은 나타나지 않았다. 꼭 나를 물 먹일 계획을 한 사람처럼.

나는 바보다. 구회승을 꼬실 수 있을 거라 생각하다니.

"에취!"

어젯밤에 이어, 학교에서도 재채기와 함께 콧물이 줄줄 흘렀다.

이동 수업이 끝나고 교실로 가기 위해 계단을 오를 때까지만 해도, 난 다시는 구회승을 꼬시겠다는 무지한 생각은 하지 않겠다고 다짐하고 있었다.

하지만 교실로 들어서고, 멋진 풍경이 표지인 책을 보고 있는 회승이 눈에 들어오자 마음이 급격하게 흔들렸다.

어제 왜 안 나온 건지만 알아내자. 억울하지 않게.

"저기…… 에취!"

회승이 책에서 눈을 떼고 날 돌아봤다.

"야, 불렀음 말을 해. 코 닦는 거 보라고 불렀냐?"

"아니, 그게 아니고……. 어제 네가 우리 언니 얘기했었잖아."

난 얼른 휴지로 코를 닦고 말을 꺼냈다. 코맹맹이 소리는 여전했다.

"그게 왜?"

"아는 사이야?"

회승은 질문에 대답은 하지 않고 날 빤히 바라봤다.

"어? 알아?"

"……알고 싶어?"

난 얼른 고개를 끄덕였다.

"그럼 코맹맹이 소리 내지 마."

뭐래? 누구 때문에 내가 지금 이러고 있는데.

난 회승으로부터 몸을 돌려 노트에 '어떻게 알아?' 라고 적은 뒤 녀석에게 내밀었다.

"머리 좋다?"

올바른 대답을 해 달라고. 난 노트를 톡톡 건드렸다.

"고백하던데, 나한테."

"거짓말!"

회승은 회심의 미소를 지었다.

"거짓말인지 아닌지 어떻게 알아?"

"언니가 슈퍼에서 오백 원을 빌려 준 남학생이 있다던데 인상착의가 딱 너더라. 그래서 물어본 거야."

"그래?"

"오백 원, 언제 돌려줄 건지 언니가 무척 궁금해하고 있어."

"잔돈 생기면 준다고 그래."

회승은 다시 책으로 시선을 돌렸다.

이 자식아! 그럴 거였으면 어제 나오라는 말은 왜 했어!

약이 올랐지만 난 아무런 내색도 할 수 없었다.

"제인아, 약 타 왔어. 여기."

"고마워."

은지와 민주가 보건실에서 받은 약과 간식거리를 건네주었다.

물과 함께 약을 삼키고, 사 온 과자를 몇 개 집어먹고 나니 수업 시작종이 울렸다. 곧 담임이 교실로 들어오고 수업이 시작됐다. 약 기운 때문인지, 난 수업 시간 내내 몽롱함에 빠져 있었다.

수업 시간을 약 이십 분 정도 남겨 놓고, 선생님은 프린트를 꺼냈다.

"쌤 믿지? 비밀 보장 확실히 해 준다. 나는 돈 같은 건 꿔 주고 싶지 않았지만 어떤 보이지 않는 힘에 의해 그렇게 했다, 혹은 그런 일이 일어날 것 같다, 또는 그런 일을 목격했다, 하면 그 종이에 적는 거야. 하지만 이도 보복의 위험이 있다 싶으면 따로 찾아와도 좋아. 물론 문자와 전화를 이용하는 방법도 있겠지? 자, 그럼 뒤로 돌려."

형식상의 범인 찾기 시간이 돌아왔구나 싶었다. 담임의 눈빛과 말투는 신중했지만, 난 그저 잠을 자고 싶을 뿐이었다.

'어? 두 장이네?'

한 장만 뺀다는 것이 하나가 더 딸려 온 모양이었다.

'한 장만 내면 되지, 뭐⋯⋯.'

난 지금껏 해 왔던 대로 대충 답변을 작성했다. 그리고 책상에 엎드려 잠을 청하려는데, 나머지 한 장의 종이가 눈에 들어왔다.

'그래. 복수도 제대로 못 했는데 분풀이나 하자.'

난 팔을 베고 엎드린 상태에서 구회승에게 삥을 뜯겼노라 적었다. 당연히 오백 원이라는 구체적인 액수는 적지 않았다. 그리고 두 장의 종이를 한데 모아 뒤집어 놓고는 킥킥거리며 눈을 감았다. 물론 분풀이한 종이는 제출하지 않을 생각이었다.

'……어?'

깊게 잠이 들었나 보다. 눈을 뜨니 아이들이 떠드는 소리가 점점 크게 들려왔다. 난 허리를 펴고 주위를 둘러봤다. 책상 위는 깨끗했다.

"야, 공제인. 너 침까지 흘리고 잘 자더라? 그래서 이 오빠가 대신 내 줬다. 종이에 침 자국이 흥건…… 윽, 더러워."

희원이 자랑스레 떠벌리더니 다시 다른 아이들과 시끄럽게 떠들었다.

"내 앞에서 침까지 흘리면서 자다니. 특이해, 아무튼."

말소리를 따라 뒷자리로 고개를 돌렸다.

"침 닦아라."

의자에 삐딱하게 기대 앉아 있던 회승이 미간을 구긴 채 말했다. 난 얼른 손으로 입가를 훔쳤다. 녀석의 얼굴은 더욱 구겨졌고, 나는 씩 웃었다. 진즉에 이런 식으로 복수하는 건데 그랬다.

*　　　*　　　*

바람이 날리고 있는 적막한 운동장 쪽에서 모래를 가르는 자동차의 마찰음이 들렸다.

아이들은 이미 반 이상 졸고 있었고, 수업에 집중할 수 없었던 나는 창밖으로 고개를 돌렸다.

학교란 장소와는 어울리지 않는 빨간 스포츠카 한 대가 제법 빠른 속도로 운동장 한가운데를 가로지르며 들어서고 있었다.

누구지? 저런 차를 몰게 되면 저런 행동을 스스럼없이 할 수 있는 건가?

무례한 행동이라 생각하면서도, 한편으로는 내가 가질 수 없는 부와 그로 인해 얻게 되는 대담성이 부럽기도 했다.

운전석의 문이 평범하지 않게 열렸다. 위로 올라가며 햇빛에 반사되는 스틸의 반짝임이 눈부셨다.

곧 모래 바닥으로 내딛어지는 하이힐에서 범접하기 힘든 분위기가 풍겨져 나왔다. 처음 보인 것이 남자의 구두코였다면 이만큼 인상 깊지는 못했을 거란 느낌이 들었다.

드디어 여자의 모습이 완전히 드러났다.

제법 키가 큰 여자의 걸음걸이는 우아하면서도 힘이 실려 있었다. 롱코트에 가려진 늘씬한 여자의 다리가 한 걸음씩 내딛을 때마다 코트 사이로 드러났다.

내 시선이 조금 더 위로 올라갔다. 여자의 얼굴은 선글라스에 가려져 있었지만 아쉽진 않았다. 오히려 무척이나 어울려, 선글라스를 벗었을 때의 얼굴이 궁금하지 않을 정도였다.

"누구야? 누구야?"

나처럼 창가 자리에 앉아 있던 아이들이 수군거렸다.

"우리 회승이 어머님이시지. 캬, 멋지지 않냐?"

자기 엄마가 아닌데도 희원이 뻐기듯 말했고, 아이들은 감탄사를 연발했다. 좋지 않은 예감에 나의 간은 오그라들기 시작했다.

회승의 자리를 힐끗 돌아봤다. 텅 빈 자리가, 날 한계가 없는 불안의 나락으로 끌고 가고 있었다. 며칠 전으로 시간을 되돌리고 싶었다.

그날 내가 잠들지만 않았어도, 아니, 침만 흘리지 않았어도 종이 두 장이 붙어 버리진 않았을 텐데!

오백 원 때문에 구회승이 학생부실로 끌려가고, 녀석의 어머니가 학교에 출두하다니. 일이 너무 커져 버렸다.

난 자리에서 벌떡 일어섰다. 수업 중이던 선생님과 반 아이들 모두 '너 뭐냐?' 하는 눈빛으로 쳐다봤지만 교실 문을 박차고 나가는 나의 발을 멈추게 하지는 못했다.

나는 학생 지도실의 문을 조심스레, 아주 조심스레 조금만 열었다.

"아, 진짜. 저 아니라고요!"

회승의 목소리가 들렸다. 자리만 아니었다면, 욕을 수십

번 뱉어내고도 남을 기세였다.

"아들, 캄다운(Calm down)."

아, 저런 목소리였구나. 파티션 때문에 안에 있는 사람들의 모습을 볼 수는 없었지만, 회승 어머니의 목소리에서는 세련미가 넘쳐흘렀다. 영어 발음도 원어민 같았다.

"선생님들, 저 좀 한번 보시죠."

회승 어머니의 말이 이어지자 난 안으로 들어섰다. 파티션 뒤에서 나설 타이밍을 기다리기로 했다.

"그렇죠? 보셔도 모르겠죠? 제 머리부터 발끝까지가, 알아보는 사람이 드물 정도의 고가 브랜드란 말이죠. 과장 조금 보태서 아파트 전세 값이랍니다. 근데 제 아들이 돈이 아쉬워서 삥을 뜯었다고요?"

"어머님, 회승이를 의심하는 건 아니지만 간혹 돈과는 상관없이 그런 일을 하는 아이들이 있기도 합니다."

학생부 선생님의 목소리였다.

"의심하는 건 아니라고 하시는데, 그렇게 들리네요?"

"흐흠, 그렇게 들리셨다면 죄송합니다."

"아니에요. 생각해 보니 뭐 그럴 수도 있겠네요. 하지만 제가 아는 구회승은 그렇게 인간성이 바닥이진 않거든요. 삥을 뜯었다면 삥을 뜯었다, 당당하게 인정할 아이랍니다. 그렇지, 구회승?"

"아, 삥 안 뜯었다니까!"

지금이야.

난 눈을 꼭 감고, 파티션 앞으로 걸어 나갔다.

"선생님……."

"어? 제인아?"

선글라스를 벗은 회승의 어머니는 생각했던 것보다 훨씬 더 미인이었다. 그냥 '미인'이란 카테고리 안으로 넣어 버리는 게 미안할 정도였다.

"죄송해요……. 그게 어떻게 된 일이냐 하면요……."

난 슈퍼에서 처음 회승을 만났던 일과, 침으로 붙어 버린 종이 사건을 이야기했다. 물론 슈퍼 사건 이후 녀석을 꼬시기 위해 기다렸다는 이야기는 뺐다.

내 이야기를 들으신 선생님들은 한숨을 내쉬었고, 크게 나무랄 줄 알았던 회승의 어머니는 손뼉을 치며 말씀하셨다.

"브라보."

"뭐가 브라보야! 야, 너 죽고 싶냐?"

회승이 목을 긋는 시늉을 해 보이며 물었다. 대답 대신 난 딸꾹질을 했다. 손을 들어 입을 가려 봤지만 계속 터져 나왔다.

"호호, 귀여워라. 여학생이 용기도 있고, 제법이네?"

"감, 딸꾹…… 사합니다."

"감사하면 회승이랑 우리 집에 놀러 와. 꼭."

회승 어머니의 부처와 같은 너그러움 덕분에 선생님들도 크게 문제 삼지 않는 분위기가 되었다. 구회승은 아닌 것 같았지만.

날 노려보는 녀석의 눈매가 먹이를 찾아 산기슭을 헤매는 하이에나와 같이 매서웠다.

운영위원회가 되어 달라는, 교장 선생님의 아부가 왕창 섞인 청을 '전 거기에 속한 언니들하고 안 맞더라고요. 무섭기도 하고. 잘 아시잖아요, 호호호.'라며 가볍게 까 낸 아줌마는 문이 위로 열리는 차에 기품 있게 올라타며 말했다.

"회승아, 제인이 꼭 집으로 초대해. 알았지, 아들?"

"왜? 장례 치러 주게?"

"야, 이 새끼…… 어머. 호호호호."

순간 난 내 귀를 의심했다. 저렇게 입에 짝짝 붙는 욕이라니. 대단하다.

"그게 무슨 말이니, 아들?"

"내가 오늘 얠 죽일 거거든."

진짜 죽일 것 같았다. 도망치고 싶었지만 회승은 내 손목을 꽉 쥐고 있었다.

"제인아."

"네?"

회승의 손목을 물어뜯을까 생각하던 난 아줌마의 갑작스러운 부름에 화들짝 놀라 대답했다.

"여자의 무기는 미인계란다. 알지? 그럼 아들, 집에서 봐."

모래 바람을 일으키며 빨간 스포츠카가 교문을 벗어났다.

"큭. 미인계? 얘가 하면 살인계지, 무슨."

아오! 무릎이라도 꿇을 수 있을 것처럼 미안했던 감정이 불시에 사라졌다.

"그럼 난 먼저 교실로 가 볼게."

"야."

구회승이 내 팔목을 잡아 돌려세웠다.

"왜에?"

이런. 왜냐고 묻는 내 목소리엔 어떤 기대 같은 것이 들어가 있었다. 그리고 녀석도 그걸 놓치지 않았다.

"뭐냐, 너?"

"왜 그러는데?"

창피함에 자연적으로 말투가 무뚝뚝해져서 다행이었다.

"사과 안 하냐?"

"……미안해."

"됐고. 안경 좀 벗어 봐."

지그시 내려다보는 녀석의 잘난 얼굴이 심히 부담스러웠다.

"아, 왜. 나 빨리 수업 들어가야 하는데."

돌아서려 하자 녀석은 다시 날 돌려세웠고, 내 얼굴에서 안경을 확 거둬 갔다.

"야!"

소리를 지르면서도 생각했다. 이 녀석이 안경 벗은 나에게 반하면 어떡하지? 고백이라도 하면? 사귀겠다고 해야 하…….

"역시. 밝은 데서 보면 딴판이라니까. 클럽에서도 내가 몇 번 속았잖아."

"……삥 뜯긴 거 말고 클럽에 갔다는 걸 썼어야 했는데."

"네 침에 종이 붙은 게 웃겨서 그냥 넘어가 줬더니, 정신 못 차리지?"

그 혼잣말을 또 어떻게 들었는지, 회승은 걸어가는 내 옆으로 바짝 따라붙었다.

"근데 너 나한테 사과할 거 또 있지 않냐?"

또? ……아, 구정물!

"그땐 진짜 미안했어. 사과하려고 했는데, 네가 너무 무서운 얼굴로 확 가 버리는 바람에……."

"잘해라, 어? 그리고 웬만하면 화장은 하지 마."

녀석이 내 머리를 쓰다듬더니 앞질러 가 버렸다.

뭔가 굉장히 언짢은 이 기분……. 야! 내가 개냐! 으……어, 잠깐. 화장? 그럼 그날 나오긴 했었는데, 설마 화장한 내 얼굴을 보고 도로 가 버린…….

"난 쌩얼이 예쁜 거지, 뭐."

그렇게 생각하니, 기분이 심하게 나쁘진 않았다.

긴장해서일까. 점심 먹은 직후 배가 살살 아팠다.

"아무래도 안 되겠어. 너희끼리 가, 매점."

"왜?"

"배 아파……."

"진짜? 많이?"

가던 길을 멈춰 서서 배를 문지르고 있자 은지와 민주의 표정이 심각해졌다.

"좀 쉬면 괜찮아질 것 같아. 교실에 있을 테니까 갔다 와. 이삭이 기다리겠다."

이삭이는 우리가 다니는 교회 목사님 아들로, 이번에 입학한 아이였다.

"그래, 그럼. 똥 싸고 괜찮아지면 와."

"아, 그 배였어? 난 또. 크크큭."

"양호실이 아닌, 교실로 간다고 할 때 알아봤지."

민주가 은지에게 손가락으로 브이 자를 만들어 보였다.

그게 자랑거리가 돼? 이 시간에 양호실은 만원이거든?

애석하게도 똥 싸면 괜찮아지는 배는 아니었지만, 변명하기도 귀찮아 난 그냥 손을 휘저어 보이곤 교실로 향했다.

생각보다 교실은 조용했고 나는 곧장 책상 위로 엎드렸다. 그리고 시간이 좀 지나 선잠이 들었는데, 의자 끄는 소리와 함께 말소리가 들리자 의식이 또렷해졌다. 말소리는 뒷자리에서 계속 들려왔다.

"오빠, 전화번호 주시면 안 돼요?"

"어. 안 돼."

"아이, 오빠아……."

여자애는 단순히 농담이라고 생각했는지 웃음 섞인 음색으로 애교스럽게 말했다.

"왜 안 돼요? 오빠 이제 여자 친구 없잖아요."

태린과 헤어졌다는 소문을 들은 모양이었다. 요즘 부쩍 반까지 회승을 찾아오는 여자아이들이 많아졌다.

"계속 메시지 보내고, 왜 답 안 하냐고 귀찮게 하고, 그다음엔 찾아와서 울 거잖아."

"하하하. 전 안 그래요. 안 그럴게요. 진짜! 약속!"

잠이 다 깰 정도로 처절했다. 저렇게까지 해야 하나 싶은 마음에 그만하라고 말해 주고 싶었다.

"걔네도 처음엔 다 너처럼 말했어."

"아이, 오빠. 한 번만요. 네?"

"야, 전화번호가 한 번 가르쳐 주면 끝이지. 똑같은 걸 두 번, 세 번 가르쳐 주는 멍청이도 있냐?"

"아, 그런가?"

여자애가 헤헤헤 웃었다. 순진한 걸 넘어 속이 없어 보였다.

"가, 빨리. 오빠 공부해야 돼."

전에 없이 힘이 실린 회승의 목소리. 짜증 내면서 싸가지 없게 말한 건 아니었지만, 거부하기 힘든 위압감 같은 것이 느껴졌다. 여자애도 민망했는지 어물쩍거리다 인사를 하고는 후다닥 교실을 빠져나갔다.

"어? 뭐야. 또 번호?"

실눈을 뜨자 김희원의 등이 보였다. 시끄러워지겠다. 나는 더 자는 것을 포기하고 일어나 앉았다.

"공제인, 봤어? 구회승 번호 따 간 여자애? 예뻐?"

옆자리에 앉은 김희원은 아예 내 쪽으로 몸을 틀고 물었다.

"아니. 근데 엄청 저자세더라. 듣고 있는 내가 다 민망할 정도로."

"크크큭. 거의 다 그래, 저 자식 번호 딸 때."

"그 열과 성을 다해 공부를 하면 전교……."

"공제인."

낮게 깔린 회승의 목소리가 나는 물론이거니와, 녀석의 절친인 김희원마저 얼어붙게 하였다.

"대답 안 하냐?"

희원과 눈빛을 교환하는 사이, 무덤덤해서 더 무섭게 느껴지는 회승의 음성이 다시 한 번 날아들었다. 왜 나한테 일진 포스를 뿜어내는 건데? 대체 왜? 이제 일진 아니라며.

"……왜?"

표정 관리를 하며 고개를 돌려 회승을 쳐다봤다.

"질투하냐?"

풉! 김희원이 웃음을 터트렸다. 나도 희원을 따라 '뭔 개소리야?' 하며 웃고 싶었지만 그러기엔 회승의 표정이 너무 진지했다. 하지만 조금 전보다 긴장을 늦추게 할 만한 말이긴 했다.

"그럴 리가."

내 대답에 회승은 비릿하게 웃었다.

"그런데 걔 왜 까냐? 걔가 너한테 피해 준 거 있어?"

"야, 이 새끼! 엄청 예뻤구나?"

희원은 현금 다발을 발견한 것마냥 신이 나 떠들었지만 날 뚫어져라 보고 있는 회승의 시선은 흔들림이 없었다. 처음엔 나도 희원에 말에 그런가 하는 추리를 했지만, 역시 그건 아닌 것 같았다.

"에이, 새꺄. 그래도 그렇지, 제인이가 나랑 농담처럼 한 말을 가지고⋯⋯."

"넌 좀 빠져 봐."

"어라? 야⋯⋯."

"열과 성을 다해 공부하면 전교 1등도 하겠다고?"

'전교 10등 안에서 놀 수도 있겠다' 라고 말하려던 것이었지만, 난 잠자코 있었다. 회승의 말대로 나에게 피해 준 것도 없는 애를 뒤에서 흉본 건 맞으니까.

"공부는 열과 성을 다해도 되는데, 맘에 드는 사람 전화번호는 열과 성을 다해 따면 안 돼?"

말이⋯⋯ 그렇게 되나? 인정은 하겠는데, 왜 눈물이 나올 것 같지?

"넌 마음에 드는 사람 전화번호, 물어볼 용기 있어?"

"구회승, 그만해."

희원의 목소리가 아니었다. 나를 두둔해 주는 것 같은 목소리는⋯⋯ 최준영이었다.

근데 왜 난 더 울컥하는 거지?

"공제인! 너 울어?"

"아니⋯⋯."

김희원, 아무튼 도움이 안 돼. 옆에 딱 버티고 앉아 있어 화장실로 뛸 수도 없다.

할 수 없이 난 천장을 올려다봤다. 눈물이 떨어지는 걸 막기 위해서였다. 전 일진의 말발은 내 자존심을 꺾는 것에 있어 역시나 화려했다.

"야, 너 뭐해?"

희원이 진심으로 궁금하다는 투로 물었다. 준영이 작게 웃는 소리가 들렸다. 내가 이러고 있는 이유를 아는 모양이었다.

"공제인 우냐? 잘한다, 새끼야. 작작 좀 하지."

준영이 웃음기 밴 목소리로 말했다.

"풉⋯⋯. 지금 눈물 나서 이러고 있는 거야? 개웃기네. 아, 그러게! 나랑 같이 떠들었는데 왜 얘한테만 뭐라고 하냐, 구회승 이 나쁜 새끼. 공제인, 울지 마. 학교 끝나고 내가 구회승 패 줄게."

김희원까지 위로해 주다니, 고마웠다. 우이씨⋯⋯.

"아오!"

머리를 박박 긁는 소리가 났다. 아마도 구회승이겠지.

"야, 진짜 우냐?"

"아니."

회승의 물음에 얼른 대꾸했다. 우는 것도 창피한 상황에서 잘난 놈들의 관심과 집중은 사양이다.

최대한 빨리 걸었다. 하지만 나를 쫓는 발걸음은 더 빨라졌고, 무서운 속도로 가까워지고 있었다. 다리 긴 남자가 여자의 보폭을 따라잡기란 너무나 쉬웠다.

안 되겠다. 뛰자!

난 가방끈을 잡은 양손에 더욱 힘을 주고 달리기 시작했다. 100m를 14초대에 끊을 수 있을 만큼 뜀박질에는 자신이 있었다.

"야! 좋은 말로 할 때 거기 서."

뒤에서 회승의 목소리가 들렸지만 난 더 속도를 높였다. 근데 왜 하필 오르막길 시작이냐고!

바로 등 뒤에서 발소리가 들렸다. 발에 모터를 달았나? 구르는 두 다리에 박차를 가해 보았지만, 어느 순간 앞으로 나가지 않았다. 반동으로 몸이 휘청했다.

"으악!"

"서라고 했지, 내가."

구회승이 내 가방을 잡은 채 으르렁거렸다.

"아, 왜 그러는데!"

가방을 잡힌 채 거칠게 돌려세워지자 나도 소리가 커졌다.

"그러게 왜 사과도 제대로 안 받고 튀냐고. 맘 불편하게."

사과할 거였음 처음부터 싸가지 없게 굴지를 말든가. 하지만 후회와 걱정이 담긴 녀석의 눈빛에 마음이 좀 풀렸다.

"⋯⋯창피해서."

"아⋯⋯. 운 거?"

녀석이 피식 웃는다. 흩날리는 벚꽃 잎 속에 그려진 순정 만화 주인공 같았다.

"……그것도 그렇고. 김희원이랑 떠든 거……."

회승의 말을 들었을 때, 내가 옳지 못한 가치관을 가지고 있음을 깨달았던 건 사실이다.

"됐어. 나도 미안해. 여자 울리는 거 아닌데."

애가 원래 이런 이미지였나? 구회승의 잘생긴 얼굴을 좋아하긴 했지만, 제 잘난 맛에 여자들 막 만나고 다니고 그런 애인 줄 알았는데…….

"성태린도 울렸잖아."

헙. 나도 모르게 튀어나온 말이다. 이러니 눈치가 없다는 소리를 듣지. 틀린 말은 아니니 그렇게 쫄 것 없다고 나 자신을 위로해 보았지만, 괜한 말을 했구나 싶어 미안한 마음이 들었다.

"아, 그거는……. 됐다. 너한테 할 얘긴 아니다."

잘생긴 애가 입도 무겁다. 구회승을 향한 마음을 포기하려고 했는데, 이래선 좋을 게 하나도 없다.

chapter 04

풀리지 않는 수학 문제

점심시간을 이용해 은지와 민주는 이삭을 만나러 가 버렸고, 난 어제 풀던 수학 문제집을 붙잡고 앉아 있었다.

"실수 x, y에 대하여 A는…… 에이씨. 도대체 똑같은 문제를 몇 번이나 읽고 있는 거냐고. 아, 졸려……."

"자라, 자. 그냥."

"어?"

문제집 옆으로 캔 커피가 탁, 놓였다. 교복 넥타이가 헐렁하게 풀어진 채, 회승이 한심스럽다는 듯 날 내려다보고 있다.

"너, 눈이 반쯤 풀린 건 알고 있냐?"

"그랬어? 근데 웬 거야?"

아, 이렇듯 자연스럽게 얘길 주고받는 날이 오다니. 은지랑 민주가 알면 배 아프겠다.

"아, 진짜……. 야!"

회승이 갑자기 소리를 지르는 탓에 깜짝 놀라 쳐다보자, 녀석은 미간을 구긴 채 날 내려다보고 있었다.

"너 캔 커피로 맞아 본 적 있냐?"

"아니……. 근데 나 때리게?"

난 눈짓으로 캔 커피를 가리켰다.

"귀여운 척 안 하면 때릴 일도 없어. 눈웃음도 치지 마. 웃을 때 보조개 또 집어넣으면 죽을 줄 알아라."

억울했다. 민주와 은지에게서도 눈웃음치지 말라는 말을 자주 듣는데, 그건 웃을 때 허락도 없이 추락해 버리는 눈초리 때문이지 절대 내 탓이 아니다. 보조개도 마찬가지고.

"아무튼 잘 마실게. 근데 이거 어디서 난 거야?"

난 웃지 않게 주의하며 물었다.

"복도 지나가면 여자애들이 그런 거 막 줘, 나는. 먹기 싫어서 너한테 버린 거니까 좋아하지 마."

"아, 네. 근데 이런 거 조심해야 돼. 뉴스 보니까 독극물이 들어 있고 그러던데?"

'감히 누가 나한테 그런 짓을 해?' 하는 눈초리로 날 비웃던 회승은 순간 정겨운 미소를 지으며 말했다.

"그래서 너 준 거잖아."

캔을 따던 내 손길이 딱 멈췄다.

"안 마셔?"

회승은 실실 웃고 있었다.

"……갑자기 배가 아프네? 좀 이따가 먹을게. 어쨌든 고마워."

괜히 꼭지를 땄다고 후회하며 난 커피를 창틀에 올려 두었다.

"걱정 말고 마셔. 그거 준 애 이름 외워 뒀으니까."

"됐어! 어차피 나는 죽는데 그게 무슨 상관이야?"

나보곤 눈웃음치지 말라더니 자기는 잘도 웃는다.

"먹어. 명령이야."

"넌 전생에 히틀러였을 거야."

"히틀러 풀 네임도 모르는 게."

"……풀 네임? 뭐였더라? 갑자기 물으니까 생각이 안 나네."

난 조용히 커피를 마시며 말했다. 다행히 아무 일도 일어나지 않았다.

"아돌프 히틀러."

"아, 맞다. 아돌프."

"몰랐던 거 티 다 나."

회승이 정색하며 말했다.

"깜빡한 거라니까……. 그것보다 오백 원 빌려 간 거, 이걸로 갚은 셈 칠게."

난 커피 캔을 흔들어 보이며 말했다.

"그러시든가요. 그깟 오백 원, 잊지도 않네."

회승은 비죽거리며 자기 자리로 갔다.

"그깟이라니? 우리 아빠는 오백 원을 벌기 위해……."

"네, 네. 알았다고요. 아, 이 자식들은 왜 안 와."

건성건성 대꾸한 회승은 책상에 널브러져 휴대폰을 만지기 시작했다. 녀석의 결 고운 까만 머리카락이 시야에 들어왔다.

무슨 머리카락까지 예쁘냐. 햇빛에 반짝거리는 게, 내 머릿결과 비교해 보니 윤기가 좌르르 흐른다. 참기름 발라 놓은 김처럼.

"애들 어디 갔는데?"

시무룩해하고 있는 얼굴조차 귀여움이 흘러 말을 걸고 싶어졌다. 회승은 나를 흘깃 쳐다보더니 다시 휴대폰으로 시선을 돌리며 말했다.

"몰라도 돼."

귀엽긴 개뿔.

반쯤 녀석을 향해 있던 몸을 돌린 난 문제집에 집중하기로 했다.

"야."

날 부르는 것 같았지만, 나도 녀석을 무시하자 마음먹었다.

"야, 야야야. 공제인."

어디 계속 불러 봐. 내가 대답하나.

"삐쳤냐?"

삐치든 말든. 너도 몰라도 되는데.

"너, 전화번호 뭐냐?"

샤프를 쥔 채 바쁘게 움직이던 손이 딱 멈췄다. 슬며시 고개를 드니, 반에 있던 몇몇 아이들이 나와 회승을 쳐다보고 있었다. 그중엔 성태린도 있었다. 앙칼진 눈초리가 한겨울 고드름보다도 매서웠다.

"내 전화번호는 왜?"

태린의 눈치를 보다 머뭇거리며 물었다. 후환이 두렵긴 했지만 전화번호를 왜 묻는 건지 궁금했다.

"여자애들, 삐쳤을 때 전화번호 물어보면 풀리던데? 너도 그런 것 같긴 하다?"

"……아닌데. 나 아직 삐쳐 있는데?"

"어떻게 하면 풀리는데, 그럼?"

"……"

내 심장은 생선이 아닌데, 팔딱팔딱 뛰기 시작했다. 뭐라 대답해야 할지 모르겠다. 머릿속을 백지장처럼 만들어 놓은 회승이 한가롭게 휴대폰을 들여다보고 있는 것만 눈에 들어왔다. 그 밖의 것들은 모두 소강상태였다.

의자가 끌리고 책상이 뒤집히는 굉음이 아니었다면, 내가 회승에게 빠져 있다는 것을 반 아이들 전부가 알았을 것이다.

책상을 뒤집어 놓으며 정신을 번쩍 들게 한 것은 역시 태린이었다. 그 난리를 쳤는데도, 회승은 태린을 힐끗 쳐다보고는 아무 일도 없었다는 듯 휴대폰을 다시 만졌다.

"야, 공제인. 나 좀 봐."

"……어?"

누가 좀 말려 주길 기대하며 우물쭈물하고 있는 사이 내 쪽으로 온 태린이 팔을 잡아끌었다.

"나가자고!"

얼마나 세게 잡아끄는지 신음이 새어 나왔다. 연약한 척하려던 것 아니었지만 참 난처한 상황이 되어 버렸다.

"알았어. 일단 이거 좀 놓고……."

"너 뭐하냐?"

한 대 얻어맞더라도 남들 없는 데서 맞는 게 덜 창피하겠다 싶어 막 자리에서 일어서던 순간이었다. 휴대폰을 책상 위로 툭 던져 버린 회승이 태린을 같잖다는 듯이 쳐다봤다.

"누가 너랑 얘기하재? 얘랑 얘기하겠다는데 왜 네가 난리야?"

"나랑 얘기 중이었거든?"

"뭐?"

"알았으면 이제 그만 꺼져라."

내 팔목을 쥐고 있던 태린의 손에서 힘이 풀렸다. 툭, 하고 손이 아래로 떨어졌다.

"구회승, 너 진짜……. 잔인한 새끼."

"뭐가?"

회승은 차가웠다.

"됐어……."

팔목으로 눈물을 훔친 태린이 교실 밖으로 나갔다. 그런 태린의 뒷모습을 잠시 눈으로 좇았던 회승은 짜증스런 한숨을 내쉬었다.

회승과 대화를 이어 갈 수 있는 분위기가 아니라 다시 조용히 문제집에 집중하려 했지만, 문제가 머리에 들어올 리 없었다.

버스를 타기 위해 은지, 민주와 함께 정류장으로 향하는 길이었다. 그녀들은 오늘따라 더 소란스러웠다.

"진짜 대박, 대박!"

"야, 구회승이 너한테 관심 있는 거 아냐?"

"정말 그렇게 생각해?"

"아니."

그럼 그렇지. 민주는 날 놀리고 히죽 웃었다.

"왜? 난 그런 것 같기도 한데? 회장 후보에 추천도 해 주고, 전화번호도 물어봤다며?"

"얘기 들어보니까 전화번호는 태린이 자극하려고 그런 것 같던데? 오히려 태린이한테 아직 미련 있는 거 아냐?"

"에이, 회승이가 왜?"

"질투심 유발."

"아…… 그럼 우리 제인이 회장 추천한 것도?"

정작 사건의 당사자인 나는 가만히 있는데, 둘은 날 사이에 두고 신 나게 떠들었다.

"그건……."

"뭐, 뭐? 회승이가 너 좋대?"

그새를 못 참고 은지가 호들갑이다. 민주의 초롱초롱한 눈빛도 참 낯설었다.

"아니, 감투라도 써야 대학 갈 때 유리하다고. 성적이 달리니까 그런 걸로 가산점이라도 받으라고 비웃으면서 말하던데? 한마디로, 날 놀린 거지."

"아……."

"근데 너, 회승이랑 많이 친해졌나 봐?"

"에이, 무슨."

그렇다 하면 또 욕할 거면서.

난 설레발을 치며 대답했다. 하지만 나조차도 그 문젠 아리송했다. 한 가지 분명한 건, 내게 회승과 친해지고 싶은 마음이 있다는 것이다. 그리고 하루에 주고받는 말수가 는 것을 보면 좀 친해지지 않았나 하는 생각도 들었다.

"아무튼 부회장 축하해."

은지가 호들갑을 떨었다. 애들도 많이 지나다니는 길거리에서.

"어어. 고맙다, 오이지."

이를 앙다물며 말한 나는 은지의 격한 반응을 막았다.

"픔! 근데 다섯 표로 부회장이 될 수도 있구나."

그게 내가 부회장이 된 걸 자랑스럽게 여기지 못하는 이유란다, 민주야.

회장 후보에서 떨어진 사람이 부회장이 되는 방식이었는데, 후보는 달랑 둘. 회장은 거의 몰표를 받다시피 했다.

"너, 나, 오이지, 그리고 회승이. 이렇게 네 표. 그럼 한 표
는 누구지?"

"어? 그러게?"

"김희원인가?"

민주와 은지도 그런가 보다 하는 반응이었다.

하긴, 희원은 깐죽깐죽하면서도 내가 따돌림 아닌 따돌림
을 당하고 있을 때 먼저 말을 걸어 준 아이였다. 물론 지금도
우리 분단에서 제일 많은 대화를 나누고 있는 아이고.

"김희원이네."

우린 더 생각해 볼 것도 없다고 확신했다.

기념일과 평상시의 중간쯤이라고 할 수 있는 반찬 수를 내
려다보고 있는 나는 어안이 벙벙했다.

"뭘 그렇게 보고만 있어? 얼른 앉아."

"어? 어."

대답하며 식탁에 자리하긴 했지만, 역시 이 반찬 수는 이
상하다.

"다운인 학원 끊었어. 아빤 오늘 늦으시고."

우리 둘뿐일 땐 항상 라면, 아니면 찬밥으로 만든 볶음밥
정도니 더 놀랄 노 자다.

"아빠 갑자기 약속 생기셨대?"

"아니. 왜?"

"그냥……."

혹 아빠의 늦은 퇴근이 사전에 얘기되지 않은 것이어서 이런 식탁이 차려진 건 아닐까 의심했다. 하지만 그것도 아니라니. 보기에도 좋은 음식들을 눈앞에 두고 어째 막 먹으면 안 될 것 같은 기분이 드는 건 왜일까.

"야자는 언제부터 해?"

"다음 주."

"그래? 아! 제인아, 너 스마트 폰으로 바꿔 줄까?"

젓가락으로 뜬 밥이 뚝, 떨어졌다.

"나한테 왜 이래, 엄마?"

"얘는. 내가 뭘?"

엄마는 내가 왜 그런 말을 하는지 모른다는 표정이었지만, 그 속은 그렇지 않다는 걸 엄마도 나도 알고 있었다.

"그래서 싫어? 요즘 애들 다 스마트 폰이라며?"

그건 그렇다. 공다운만 해도 스마트 폰이고.

물론 공다운이 스마트 폰으로 갈아탈 때, 난 공부를 한다는 명목으로 기존의 것을 고집했기에 억울할 것이 없었다.

하지만 문자와 통화만으론 친구들과의 소통이 뜸해질 수 있다는 것을 깨달은 요즘, 스마트 폰으로 바꿔 달라고 할까 고민해 오던 중이었다.

"아니. 난 괜찮아."

권력자 쪽에서 제안이 왔으니 지금이 최적의 시기였지만 그러고 싶지 않았다. 내 똥고집이 또 나온 것이다.

덥석 바꾸겠다고 하자니, 그동안 공다운과 비교당하며 엄마에게 섭섭함을 느꼈던 일들이 떠올랐다.

앞으로도 그런 일은 종종 일어날 것이고, 그럴 때마다 스마트 폰을 사 주었다는 사실 하나만으로 참고 넘기기는 싫었다.

가족들은 내가 이런 꽁한 마음을 먹고 있다는 걸 모르겠지만 이건 나 자신과의 싸움이었다. 그동안 지켜 왔던 자존심을 버리고 불의와 타협하느냐, 마느냐. 이것만은 양보할 수 없다.

"정말 싫어? 왜? 엄마가 최신 모델로 바꿔 줄게."

"이번엔 또 뭔데? 다운이한테 해 줄 거 있으면 그냥 해 줘. 내 눈치 보지 말고."

"어머, 애! 그런 거 아냐!"

"아니면 말고."

난 다시 밥을 뜨고 시금치나물을 집어 입에 넣었다. 뜨끔해하는 엄마의 표정을 한 번 보고는 불고기를 집어 또 오물오물 씹었다.

"아니, 이사 와서 알게 된 다운이 친구 엄마가 좋은 과외 선생을 안다기에……. 근데 남학생을 편하게 생각한다고 해서……. 엄마가 우리 딸 3학년 되면 꼭 과외 시켜 줄게."

과외였구나?

"어."

엄마의 기분에 맞춰 대충 대꾸하고는 밥 먹는 것에 열중했다.

엄마가 그 약속을 지킬 거라는 기대는 물론 하지 않았다.

그리고 내 노력은 아니었지만, 어쩌면 엄마가 좋아하는 척이라도 해 줄 수 있는 부회장이 됐다는 소식도 알리지 않았다.

✳   ✳   ✳

목이 말라 풀고 있던 수학 문제 번호에 체크를 해 놓고 거실로 나왔다.

"그럼 제인이는? 제인이 이제 고2야. 내년이면 고3이고."

"그러니까 내년에 제인이 시키고 올해까지는 다운이 해 주자, 여보."

살짝 열린 안방 문에서 환한 빛과 함께 아빠 엄마의 대화 소리가 불 꺼진 거실로 흘러나왔다. 나를 의식해서인지 억눌린 목소리였지만 작다고는 할 수 없었다. 그만큼 두 분 다 흥분하신 상태였다.

"당신, 작년에 뭐라 그랬어? 과외 같은 거 이제 안 시키겠다고 했지?"

"그러려고 했어. 근데 다운이가 정말 열심히 하잖아. 만년 2등만 하는 애, 가엽지도 않아?"

엄마의 말처럼 가여운 면도 있었다. 해도 해도 전교 2등 아니면 3등이니 얼마나 스트레스를 받겠는가.

하지만 문제는, 다운이 혼자 오롯이 그 짐을 짊어지는 게 아니라는 점이었다. 은근히 가족들에게 유세를 떨어 대고 짜증을 부렸다.

"제인이는 뭐 놀아? 오늘도 봐. 동생은 학원 가 있는데 집에서 군소리 않고 공부하는 거!"

"이 아파트, 대출 받아 옮겼으니까……."

"내가 옮기자 그랬어? 다운이 학군 때문에 당신이 일방적으로 옮긴 거지! 나도 힘들다, 여보. 늘어난 대출금 이자에, 교육비에. 정신이 없다, 정말."

"나는 뭐 이러고 싶어 이러는 줄 알아? 작은 아파트 나온 게 없었잖아."

"휴……. 그만하자. 아무튼 다운이 과외는 안 돼. 하려면 차라리 제인이를……."

"제인이 과외 시켜 주면 다운이만큼 한대? 될 애한테 투자를……."

"애들이 무슨 펀드야?"

쿡, 우울한 가운데서도 웃음이 났다. 역시 우리 아빠다. 내가 듣고 있었다는 사실을 안 엄마의 미안해하는 얼굴을 보고 싶었지만 아빠를 생각하면 그럴 수 없었다.

난 기척을 내지 않도록 발꿈치를 들고 다시 방으로 돌아가 책상 앞에 앉았다. 샤프를 손에 쥐고 문제에 집중하려 했지만 소용없는 일이었다.

"휴……."

다운일 위해서라면, 난 공부를 아주 못하는 게 나을지도 모르겠다. 민주나 은지처럼 공부 말고 다른 분야를 잘하든가. 할 수 있는 건 공부밖에 없고, 그마저도 썩 잘하지 못하는 내가 한심스럽다.

째깍째깍.

10시가 다 돼 가는 시각. 꾸준히 돌아가는 초침 소리가 답답함을 고조시켰다. 작은 방 안이 감옥 같다. 갇혀 있는 기분이 들었다.

공부하기를 포기한 나는 외투를 들고 조용히 밖으로 나왔다. 시원한 밤공기에 숨통이 트였다. 외투 주머니에 두 손을 찔러 넣고 편의점으로 향했다. 컵라면 하나를 골라 물을 부어 밖으로 가지고 나왔다.

엄마가 차려 준 진수성찬은 반 공기도 비우지 않았기에 속이 헛헛했다. 별 하나 보이지 않는 까만 밤하늘이었지만, 위로를 받은 나는 언제 그랬냐는 듯 우울함을 털고 라면 뚜껑을 열었다.

하얀 김과 함께 입맛을 당기는 얼큰한 냄새가 코를 자극했다. 면을 호호 불어 입에 넣는데 코트 주머니에서 휴대전화가 윙윙 울렸다.

모르는 번호다. 라면을 씹으며 수신 보류 버튼을 눌렀다. 플라스틱 테이블 위에 올려 둔 휴대전화가 다시 진동 소리를 만들어 냈다.

"여보세요?"

다 씹은 라면을 삼킨 나는 그제야 전화를 받았다.

―죽을래?

이 밤중에 죽을래라니? 난 얼른 전화를 끊었다. 휴대전화를 주머니에 넣고, 양손에 컵라면과 젓가락을 든 채 면을 입에 넣으며 자리에서 일어나려 했다. 그 순간 내 어깨를 누군가가 확 눌러 도로 앉혔다.

"으악!"

화들짝 놀라 다시 일어서려는데 왼쪽 귓가로 범인의 얼굴이 쑥 들어오며 속삭였다.

"내 전화 씹었냐, 지금?"

어? 익숙한 목소리다.

슥, 고개를 돌리자 회승이 사악하게 입꼬리만 올려 웃고 있었다.

"그게…… 모르는 번호라서. 하하하……."

내 옆에 막 앉으려던 회승의 움직임이 멈췄다.

"내놔 봐."

"응. 여기."

회승이 내민 손바닥 위로 난 컵라면을 척 하니 올렸다. 녀석의 눈썹이 꿈틀거리며 위로 치켜 올라갔다.

"핸드폰 달라고, 핸드폰!"

"아아……. 근데 왜에?"

영문을 몰라 물으니 컵라면을 탁, 내려놓은 회승은 이를 앙다문 채 억지웃음을 지으며 말했다.

"나, 이 라면 다 먹는다?"

"여기."

난 바로 휴대전화와 라면을 맞바꿨다.

"진짜 내 번호 저장 안 돼 있네? 와. 새롭다, 너."

"내가 좀 신선한가?"

라면을 후루룩 먹으며 말하자 회승은 인상을 쓸 듯 말 듯한 얼굴을 했다.

"내 번호 왜 저장 안 했냐?"

"그거야 당연히 네 번호를 몰랐으니까……."

"아니, 그러니까 내 말은, 다른 애들한테 막 물어보거나 해서 저장하지 않았다는 거야? 다른 애들은 보통, 나랑 같은 반이 됐다 그러면 나한테 물어보거나 알아서 번호를 입력해 놓고 그러잖아? 게다가 너는 아까, 내가 네 전화로 나한테 직접 전화까지 걸어서 번호를 줬잖아?"

"아……. 그게, 저장하려고 했지. 근데 내가 일이 좀 있어서……."

그 자리에서 좋다고 회승의 번호를 저장하는 일이 쑥스러워서 그랬던 거다. 집에 와서는 그럴 정신이 없었고.

"진짠데."

말이 끝나도 아무런 대답이 없던 회승은 의자에 푹 기댄 채 날 빤히 바라봤다. 그리고 한참 있다가 꺼낸 말은 날 의자 뒤로 넘어가게 할 뻔했다.

"너…… 지금 나 꼬시는 중이지?"

으응? 뭐라는겨? 그 복수는 이미 한참 전에 접었다고.

"……그럴 리가."

"아니라고?"

"응."

난 눈동자에 진실을 담아 회승을 바라보며 고개까지 크게 끄덕였다.

"그럼 내가 왜 이래?"

회승은 넋 나간 얼굴로 중얼거렸다. 순간 난 그런 의심이 생겼다. 회승이 나처럼, 나로 인해 가슴이 설레거나 떨리는 건 아닌가 하는.

"왜? 어떤데?"

먼 곳을 응시하던 회승은 시선을 돌려 날 쳐다봤다.

왜 나는 얼굴이 붉어지는 걸까?

"몰라도 돼. 마음 정리되면, 그때 얘기해 줄게."

"응. 그러든지."

난 태연히 대답하고 행동하려 했지만, 마음 정리가 무엇에 관한 것인지 무척이나 궁금했다.

설마…… 진짜로 러브러브?

난 라면 국물을 마시며 회승을 응시했다.

저렇게 잘생긴 애가? 나하고? 아니, 구회승과의 러브러브는 확실히 말이 안 된다.

"근데 너 자꾸 밤중에 돌아다닌다? 겁도 없이."

지는. 회승의 말은 참으로 어이가 없었다.

"그래도 나는 클럽은 안 다녀."

말을 하고 씩 웃었다. 회승이 어이없다는 표정을 짓더니 피식 웃었다. 어이없는 건 난데.

"근데 너 아까 라면 들고 도망가려고 하더라?"

"아깝잖아. 죽인다는 말에 무섭기는 하고. 가면서 먹을 생각이었지."

"대단하다, 진짜."

내 대답에 회승은 허허로운 소리를 내며 웃었다.

"가자. 데려다 줄게."

"안 되는데."

"데려다 주는 게 안 된다는 거야, 집에 가는 게 안 된다는 거야?"

자리에서 일어서려던 회승이 도로 앉으며 물었다.

"둘 다 아니야. 그냥, 아직 못 먹은 게 있어서."

"뭔데?"

"아이스크림."

가지가지 한다는 회승의 눈빛이 정확히 읽혔다.

"후식."

뻘쭘한 기분에 덧붙이자 회승은 피식 웃더니 편의점 안으로 들어갔다. 왜 저러나 싶어 바라보다 슬슬 뒷정리를 하는데, 회승이 콘 두 개를 사 들고 나왔다. 이천 원을 호가하는 프리미엄 콘이었다!

"어? 내가 좋아하는 건데!"

"그래?"

"어!"

날 위해 사 온 거겠지, 하는 생각으로 씩씩하게 대답했다.

하지만 회승은 하나만 포장을 벗긴 뒤 혼자 맛있게 먹기 시작했다.

"안 가? 가자."

난 곧 주겠지, 하는 생각을 하며 회승을 따라 걸었다.

"맛있어?"

"엄청."

날 내려다보며 대답한 회승은 내 표정이 웃긴지 풋, 하고 웃었다.

"한입 줘?"

"아니야. 나 그 맛 알아."

치사하게 한입이 뭐냐. 난 우울하게 대답했다. 돌아가서 아이스크림을 사 올까 했지만, 원래 먹으려고 했던 아이스크림은 이제 성에 차지 않았다. 그렇다고 구회승이 먹고 있는 콘을 살 수 있을 만큼의 돈은 주머니에 없었다.

"자."

진짜?

난 덥석, 회승이 내미는 콘을 손에 쥐었다. 배알 같은 건 없는 게 행복하다.

"들어가, 그럼."

"벌써 다 왔네? 이거 고마워. 잘 가."

아이스크림을 반쯤 먹었을 땐 아파트 입구에 도착해 있었다. 난 아이스크림을 살짝 흔들며 인사했다.

"들어가자마자 내 번호 저장해라. 내일 검사한다."

"아까 저장 안 했어? 그럼 그냥 지금……."

"네가 해. 하트 하나까진 허용해 줄게."

하트를 집어넣을 생각은 없었는데. 자기가 말해 놓고 웃긴지 회승이 큭큭 웃어 버렸다. 그 미소에 나도 따라 웃었다.

"너는 나 뭐로 저장했어?"

"안 알려 줌."

"그럼 그냥 구회승이라고 해야지."

"야, 아이스크림도 사 줬는데 잘 생각해서 채워 넣어라. 진짜 검사한다, 나. 내가 봤을 때 전혀 기쁘지 않다, 그러면 각오해. 괴롭혀 주겠어."

진짜 괴롭힐 것 같았다, 구회승이라면.

"알았어. 노력해 볼게. 안녕."

"어. 가."

난 한 번 웃어 주고 뒤돌아섰다. 그리고 단지로 향하는데 회승의 목소리가 다시 들렸다.

"잘 자."

어머! 잘 자래.

"너……."

놀란 가슴을 추스르느라 약간의 시간을 두고 돌아서던 나는 '너도'라는 말을 끝까지 할 수 없었다. 회승은 이미 뒷모습을 보이며 저 멀리 걸어가고 있었다. 인사를 하기 위해 막 들었던 팔을 휙 내려 버렸다.

그냥 굿나잇 인사에 두근두근해 버린 자신이 창피했다. 하지만 입구로 들어서는 내 입가엔 웃음이 감돌았다. 답답했던 가슴은 확 풀어졌고, 허기를 느끼던 속도 채워졌다. 뭔가 따뜻했다.

✲ ✲ ✲

교복 위의 코트를 벗었다. 추위는 풀리는 듯했고 교실 내아이들의 관계도 이젠 서먹함이 보이지 않았다. 몇 년을 알고 지내 온 것처럼 물 흐르듯 자연스럽게 서로를 대하고 있었다.

점심시간이 십 분 정도 남은 떠들썩한 교실을 응시하고 있던 나는 창밖으로 고개를 돌렸다. 화단에 핀 미친 개나리가 고개를 내밀고 햇빛을 만끽하고 있었다. 나처럼. 그럼 나도 꽃?

"야, 공부한다더니 뭐하냐? 이삭이가 너 보고 싶단다."

"너네 걔 또 만났어?"

"이번엔 우연히. 이젠 제법 남자 태가 나. 흐흐흐."

웃는 은지가 무서웠다. 이제껏 연하만 만나 온 그녀. 내동생 공다운이 돼지라서 천만다행이다.

"야. 근데 우리 옆 반 요즘 장난 아니래, 분위기."

"왜?"

민주와 은지는 한층 목소리를 죽이고 내 쪽으로 몸을 가까이했다.

"작년에 구회승이랑 같은 반이던, 아! 너도 알겠다, 한동준."

"응, 알아."

난 계속 얘기해 보라는 뜻으로 고개를 끄덕였다.

"그 나쁜 새끼가 반 분위기 다 흐린단다. 빵 셔틀 시키고 장난도 아니래."

"작년엔 회승이 때문에 조용하더니 자기보다 센 애 없으니까 기고만장해진 거지."

우리 반에도 회승이가 없었다면 한동준 같은 부류가 나왔을까? 교실을 둘러본 나는 한두 명 정도는 그럴 가능성이 보이지 않나 하고 생각했다.

우리 반 아이들은 끈으로 균형을 잡을 수 있는 저울 같은 것에 올라가 있고, 그 끈을 균형 있게 잡고 있는 것은 회승. 그런 그림이 떠올랐다.

민주와 은지의 얘기는 계속됐다. 한동준에 관한 것이었고 대부분이 비난조였다. 나 또한 씁쓸하게 웃으며 간간이 맞장구를 쳤다.

그때 쾅, 하고 교실 문이 열렸다.

"야, 구회승. 이 새끼 어디 있냐?"

한동준이었다. 차라리 호랑이를 봤다면 이보다는 덜 놀랐을 것이다. 우리는 바쁘게 놀리던 입을 한순간 다물고 바짝 얼어붙었다. 교실에 있던 다른 아이들도 우리와 같은 모습이었다.

"이것들이…… 야! 거기 안경!"

아, 왜 나냐고. 진짜 안경을 벗든가 해야지.

한동준은 아무도 자신의 말에 대답을 하지 않은 것에 더 화가 난 듯했다. 기에 눌려 대답을 할 수 없던 것뿐인데.

한동준과 눈이 마주친 나는 마른침을 삼켰다. 얼른 대답을 해야 편하다는 걸 잘 알았지만, 입이 떨어지질 않았다.

"잘 모르겠는데?"

민주가 대신 대답을 했다. 역시 의리녀다.

"잘 몰라? 자랑이다. 같은 반 친군데 관심 좀 갖고 살자, 어?"

이죽거리던 한동준은 다행히 별 탈 없이 반을 떠났다. 반 분위기는 소란스러움을 보태며 원래대로 되돌아왔다.

"지랄. 자기나 잘하라 그래. 애들 삥이나 뜯는 주제에."

"쟤 뭐야, 진짜? 무서워 죽는 줄 알았네. 회승아, 빨리 와 주라. 흑흑흑."

민주는 시부렁거렸고 은지는 눈물을 짜내는 척했다.

"그나저나 한동준, 우리 구느님이랑 한판 뜰 기세지?"

은지가 심각한 표정으로 말했다.

"헉, 싸움이라도 나면 어떡해? 그러다 대학 못 가는 거 아냐?"

상위권 대학은 따 놓은 당상인 회승이 괜히 성질 못 죽이고 큰일에 휩싸일까 걱정이 됐다.

"애 봐라? 공제인, 회승이랑 좀 친해졌다 이거냐? 대놓고 걱정도 해 주시고."

자기는 안 친한 것처럼 말하는 민주를 보며 난 코 고는 소리를 냈다.

준영, 희원과 같은 동아리인 덕분에 민주와 은지도 어느새 너석들과 말을 많이 섞고 장난도 치는 사이가 되어 있었다. 뭐, 그 덕분에 태린의 앙칼진 눈초리도 나에게만 집중되지 않아 한결 살 것 같긴 했지만.

"애들 왔다."

은지의 말에 돌아보니 회승과 준영, 희원이 막 교실 문을 넘고 있었다.

"다음 시간 뭐냐?"

"다음 시간이 문제냐? 야자하기 졸라 싫어."

준영이 영 피곤한 표정으로 물었고, 회승이 하품을 하며 대답했다.

"쨀래?"

그리고 희원인 언제나처럼 까불거리는 모습이었다.

"야, 얼짱. 다음 시간 뭐야?"

"얼짱이라고 하지 말랬지?"

난 입만 웃고 있는 쳐키의 표정으로 회승을 서서히 돌아다보며 말했다.

"어? 우리 얼짱이 그런 말을 했었나? 얼짱, 언제 그랬어? 내가 요즘 공부에 너무 집중하다 보니 깜박깜박하네. 미안해, 얼짱?"

난 약을 슬슬 올리는 구회승에게서 시선을 돌려 키득거리고 있는 아이들을 쭉 훑었다. 웃음소리가 줄어들긴 했지만 만족할 만한 성과는 아니었다.

"난 머리가 큰 거지, 얼굴이 큰 게 아니라니까."

"뭐 다르냐?"

"어! 달라."

강단 있게 대답했건만, 슬쩍 웃음기를 내뿜고 있는 녀석의 표정은 날 지치게 했다.

"우쭈쭈쭈, 삐쳤어요?"

"됐다, 됐어. 수업 준비나 해."

"그러지, 뭐. 얼짱."

으으……. 일부러 한숨을 크게 내쉰 나는 교과서를 꺼냈다. 때마침 수업 종이 울렸고, 민주와 은지가 자리로 돌아가기 위해 일어섰다.

"참, 구회승. 한동준이 찾아왔었어."

"언제?"

회승이 아닌 준영이 민주를 올려다보곤 물었다.

"조금 전에. 한판 붙을 기세던데?"

민주의 말에 회승이 큭, 하고 웃었다. 같잖다는 표정이었다.

"아이고……. 붙어 주면. 쪽팔려서 학교 어떻게 다니려고 그러지, 걔가?"

"야, 진짜 붙게? 너 싸움 안 한 지 오래됐잖아. 처맞는 거 아냐? 크크큭."

"너야말로 나한테 처맞는 거 아냐? 그리고 뭘 싸워. 어느 정도 수준이 맞아야 상대할 마음도 생기는 거야."

"애들 말 들으니까 좀 심하게 나대고 다니긴 한다던데."

심하긴 개뿔. 녀석들의 무료한 얼굴을 보면 전혀 그렇지 않아 보인다.

"하여간 병신이야, 그 새끼. 나이가 몇 갠데 정신을 못 차리고."

회승이 심드렁하니 말했다. 저 여유라니. 역시 사회에선 능력 아니면 돈, 학교에선 공부 아니면 주먹인가? 나 같은 평범한 인간은 이래저래 참 살아가기 힘든 나라다.

"괜히 나서서 피 보지 말고 가만히 있어. 학교에서 알아서 하겠지."

가만히 듣고 있던 준영이 한마디 했다.

"얼씨구, 범생이 다 되셨어요? 언제 학교에서 이런 거 알아서 하디?"

"대학 가기 싫으면 맘대로 해, 새끼야. 한동준, 동네 건달들 밑에 있다는 소리가 있어."

"진짜가!"

희원과 마찬가지로, 은지와 나 또한 하고 있던 행동을 멈출 만큼 놀랐다. 하지만 의자에 등을 한껏 기댄 회승은 '하, 새끼. 미쳤네.' 라고 하더니 입매를 슥, 올리며 웃었다.

그걸 본 준영이 뭐라 한마디 더 하려는 것 같았지만 선생님의 등장으로 일단 묻어 두는 것 같았다.

수업이 시작됐다. 선생님의 설명에 집중하고 있었던 나는 교복 치마 주머니에서 느껴지는 진동으로 살짝, 아주 살짝 몸을 떨었다.

"야, 하다 하다 이젠 바지에 오줌까지 싸냐?"

아주 살짝이었지만 그걸 또 언제 봤는지 뒤에서 구회승이 작은 목소리로 깐죽댔다.

난 꼭 네가 바지에 똥 싸는 모습을 본 다음에 죽을 거야. 그리고 바지가 아니라 치마겠지.

포스트잇에 적어 회승에게로 넘기곤 바로 문자를 확인했다. 민주였다.

〈구회승, 너한테 관심 있어. 축하한다, 이년아.〉

하, 허튼소리.

폴더를 닫고 수업에 집중하려는 찰나, 포스트잇을 쥐고 있는 손이 옆구리 쪽으로 쓱 들어왔다. 남자치곤 길쭉길쭉 예쁜 손이다 생각하며 포스트잇을 받아 펼쳤다.

그럼 나하고 결혼해야 되는데. 감히 나랑 결혼하겠다고, 얼짱?

흥. 이것도 허튼소리.

난 포스트잇을 구겨 책상 한편으로 밀어 놓았다. 회승에게 답으로 가운뎃손가락을 그려 주고 싶었다.

한번 그려 봐?

그림 실력이 없어 포기하려던 순간, 좋은 생각이 떠올랐다.

난 왼손을 펴고 중지를 제외한 모든 손가락을 접었다. 그리고 스샤샥 그림을 그리는데, 회승과 결혼해서 살면 어떨까 하는 생각이 머릿속을 스쳤다. 히히. 역시 키스는 너무했나?

"너 왜 얼굴이 빨개지냐? 야한 생각 하냐?"

헉. 최준영이 알 만하다는 표정으로 묻는 바람에 심장이 멈춰 버리는 줄 알았다.

"내, 내가? 아닌데. 그렇게 야한 생각은 아닌데?"

"……이러니 구회승 밥이지."

준영의 말에 뚱해 있는데 누군가 내 발을 툭 찼다. 방향으로 봐선 구회승 같았다. 뒤로 살짝 고개를 틀고 보니 역시나 머리를 괸 회승이 비딱하게 날 쳐다보고 있었다.

"왜에?"

"시끄러. 수업 시간에 떠들지 마."

내 말투가 짜증스러웠나? 녀석의 목소리와 표정이 신경질 적이었다. 끼리끼리 논다지만, 두 놈이 동시에 갈구기는 또 처음이다.

나도 애들처럼 할 말 다 하고, 짜증 다 내며 살고 싶다!

✳   ✳   ✳

저녁을 먹고 야간 자율 학습을 위해 이동을 해야 했다. 미술을 하는 민주와 무용을 하는 은지는 야자 면제권을 받은 터라 나 혼자였다.

다행히 회승, 준영, 희원과 같이 밥을 먹긴 했지만, 식사 후 어디론가 사라진 녀석들 때문에 자연스레 나는 혼자가 되었다. 그리고 급식소에서 나오는 내 어깨를 태린이 세게 부딪혀 오며 말했었다.

"아주 좋아 죽겠지? 너같이 평범한 애가 회승이네랑 어울리고. 근데 보는 우린 참 괴롭거든? 네 외모를 좀 어떻게 하든가, 아님 떨어져 나가든가. 부디 주제를 좀 알라고."

평범한 게 죄인가? 성적은 중위권에 얼굴도…… 이만하면 못생긴 건 아니잖아? 아, 결정적으로 성격은 성태린보다 좋은 것 같다.

마침 복도 끝에 걸려 있는 전신 거울에 내 모습을 비춰 보며 안경을 벗었다.

"괜찮은데 뭐……."

'진짜?'

마음속 공제인이 물었다.

'아니.'

거울 속 나에게 대답했다. 역시 성태린처럼 눈에 띄는 외모는 못 된다.

난 거울로부터 돌아섰다.

사회에는 평범한 사람도 필요하다는 스타 강사의 연설이 떠올랐다. 듣고 위로를 받긴 했지만, 적어도 이곳 학교에서 '평범'은 잘못처럼 느껴진다. 나처럼 평범한 학생이 대부분 인 곳임에도 불구하고.

공부는 아주 잘하지 않으면 소용이 없고, 외모는 눈에 띄 게 돋보이지 않으면 누구 하나 관심 있게 봐 주지 않는다. 차 라리 약간 부족한 듯해 개성 있다는 얘기를 듣는 것이 낫다.

1학년 때, 반에 성은 다르지만 같은 이름을 가진 아이가 있 었다. 이름만 같을 뿐, 나와는 달리 공부 잘하고 귀염성 있는 그 아이와는 애석하게도 같은 조로 묶이는 일이 많았다.

과학 시간이었나? 현미경으로 한참 관찰을 하고 있는데 선 생님이 다가와 물으셨다.

"너 참 열심히 하네. 이름이 뭐니?"

훈훈한 외모로 인기가 좋던 남자 선생님이 내 머리를 쓰다 듬으시며 말을 건 것이 난 되레 불편했다.

"제인이요."

아무렇지 않은 척하려 덤덤하게 대답했다. 하지만 난 이미

123

선생님의 반응을 알고 있었다. 당황한 눈빛으로 옆자리에 앉아 있던 다른 제인이를 바라볼 거라는 걸.

"제인이?"

역시나 선생님은 내 옆을 향해 고개를 돌렸고, 다른 제인이는 그런 선생님을 보며 웃었다. 아마 내 기분이 어떠하리란 걸 알고 있는 듯했다. 제인이와 선생님, 그리고 같은 조였던 아이 두 명도.

"공, 제인이에요."

아무렇지 않게 내 이름을 얘기했지만 참 창피했었다. 내 잘못도 아닌 일에 그런 마음이 든다는 게 억울했다. 떳떳하지 못한 자신이 부끄럽기도 했고.

물론 그 후로 공부에 신경을 썼지만 성적을 올리는 건 쉽지 않았다. 그 제인이는 언제나 내 앞에 있었다. 그 아이가 전학을 간다고 했을 때, 기쁜 내색을 숨기며 아쉬운 척을 했었다. 그날, 공부가 진짜 즐거웠었는데.

근데, 난 진짜 잘하는 게 뭐지?

……생각나는 게 없다.

자율 학습할 교실 앞에 다다랐다. 학교에서 내 성적에 맞게 정해 놓은 곳이었다.

"누나!"

막 교실 문을 열려는 나를 지나가던 이삭이 불렀다.

"어? 이삭아, 야자 가?"

"어. 누나도?"

"응, 열심히 해."

나는 교실 문을 열며 대답했다. 공부에 대한 의욕이 불타오르는 날이라 시작종이 치기도 전에 공부를 시작하고 싶었다.

"뭐야, 누나. 너무하다. 얼굴도 잘 안 보여 주면서 막 가라 그러네."

이삭이 웃으며 말했다. 조각처럼 잘생긴 얼굴은 아니지만 웃을 때 매력이 확 드러나는 선한 얼굴로, 상대방도 웃게 만드는 그런 에너지가 있었다.

"미안. 좋은 자리에 앉으려고."

"알았어, 갈게. 아, 누나. 이거 먹어."

이삭이 바나나 우유를 내밀었다.

"아냐, 너 먹어. 오이지…… 아니, 은지가 그러는데 너 요즘 막 크고 있다며?"

"두 개잖아. 나 손 민망하다, 누나."

그러고 보니 이삭의 다른 손에도 똑같은 우유가 있었다.

"친구랑 같이 먹으려고 산 거……."

"우유 하나 갖고 밀당하냐?"

언제 가까이 다가온 건지, 구회승은 내가 잡으려던 우유를 탁, 채 갔다.

"둘이 사귀어?"

애초에 제 것이었던 것마냥 뚜껑을 따고 한 모금 마시더니 엉뚱한 말을 내뱉는다.

"넌 허락도 없이 남의 우유를……."

"아, 그래서 사귀냐고."

회승은 빨리 대답하라는 듯 눈을 내리깔고 날 내려다봤다. 다리 길이하며, 우월한 유전자이긴 하다.

"아니거든. 너 이삭이한테 할 말 없어?"

"괜찮아, 누나. 이거 누나 먹어. 난 매점에서 라면 먹고 오는 길이라 별로……."

"야, 1학년."

나에게 다시 우유를 건네는 이삭의 손목을 회승이 잡아 쥐었다. 그리곤 그대로 이삭의 배 부근으로 팔을 접어 밀착시켰다.

"여긴 2학년 구역이거든요? 다음에 또 여기서 기웃거리면……."

우유 갑에 맺힌 이슬이 이삭의 교복을 적시며 흔적을 남겼다.

"선생님한테 이른다?"

……뭐야, 얘? 황망한 표정으로 회승을 올려다보니 녀석은 자신이 먹던 우유 갑을 이삭에게 흔들어 보였다.

"형이 오늘은 이걸로 봐줄게. 가 봐, 그럼."

"네…… 누나, 갈게."

이삭은 자신의 몫이 된 우유를 한 번 내려다보더니 머쓱하게 웃으며 자리를 떠났다.

"잘 가, 이삭아."

녀석의 뒷모습이 안쓰러워 난 씩씩하게 인사해 주었다. 이삭이 뒤돌아보며 빙긋 웃더니 손을 흔들었다.

"야, 교실로 안 들어가냐? 네가 지금 남자 사귈 때야? 기껏 생각해서 부회장 만들어 놨더니. 공부 좀 하지?"

애 우유를 뺏어 먹더니 한다는 소리가…….

마법으로 잘생긴 얼굴을 만들고 초능력으로 성적을 올린 바보가 아닐까 싶었다. 잘난 줄만 알았는데 계속 보니 좀 깼다. 난 한심스러운 눈초리로 회승을 올려다봤다.

"부자 아들이라고 큰소리쳤던 것 같은데."

"그랬지. 근데 그건 왜. 이런 상황이 기회다 싶어, 부자 아들인 거 다시 확인하는 거냐? 나도 한번 꼬셔 보려고?"

피식거리며 말하는 모습 좀 보라지. 부자라면서 왜 애 우유는 뺏어 먹느냐는 말을 하고 싶었던 건데.

말해 뭣하나 싶어 난 고개를 절레절레 젓고는 교실 문을 마저 열었다.

"뭐냐? 나 씹은 거세요, 지금?"

빈자리로 걸어가는데 구회승이 바짝 뒤따라왔다.

"야자 곧 시작하잖아. 교실로 안 가? 히터 **빵빵**하게 나오

는 데라고 자랑하더니 왜 여기로 온 건데? 에취. 이것 봐, 여
긴 밤 되면 추워진다고."

재채기를 한 나는 코를 훌쩍거리며 휴지를 찾았다. 그사이
구회승은 당연하다는 듯 내 옆에 앉았다.

"야, 종 쳤어. 빨리 가."

다른 아이들의 시선이 우리에게 쏠렸다. 여기저기서 속닥
거리는 모양새가 신경 쓰였다.

집에서 공부하면 아빠가 미안해할까 봐 야자를 택한 건데
이래선 공부가 제대로 되지 않을 것 같았다. 어서 구회승을
내보내야겠다.

"나 여기서 할 건데?"

"아, 왜!"

참고서를 꺼내다 그걸로 구회승을 한 대 칠 뻔했다.

"네가 날 보내려고 종까지 쳤다는 구라를 치시니까. 이런
취급, 처음이야."

"픕!"

화를 내야 하는데 웃음이 나왔다.

"좋단다, 아주. 공부나 해."

가방을 열고 참고서를 꺼내는 회승을 물끄러미 쳐다보게
됐다. 반듯한 이마와 오똑한 코, 그리고 날렵한 턱이 만들어
내는 선의 아름다움은 자연으로 치자면 천혜의 절경이다.

이러면 안 되는데, 요즘 애가 점점 더 좋아져서 큰일이다.
예전처럼 아이돌 가수 찬양하듯 좋아하는 것이 아니라……

남자로 보이기 시작했다.

"옷 벗어 줘?"

"왜…… 왜? 네가 왜?"

갑자기 날 돌아보는 회승 때문에 말을 더듬고 말았다.

"춥다며? 벗어 줘?"

"아, 아냐. 담요 가져왔어."

또, 또 더듬었다. 요놈의 주둥이가 방정인지, 벌렁거리는 내 심장이 방정인지 미치겠다, 아주.

난 얼른 종이 가방 속에서 푸가 그려진 담요를 꺼냈다.

자연스레 자기가 입고 있던 교복 재킷을 권하는 것을 보면 아직 내 심리 상태를 알아채지 못한 것 같아 그나마 다행이었다.

"가져와도 지 같은 것만 가져와요. 그 나이에 곰 새끼가 뭐냐, 곰 새끼가. 그것도 빤쓰도 안 입은 놈을. 졸라 변태세요?"

"아니세요. 그냥 어쩌다 보니 생긴 거고, 계속 쓰던 거라 가져온 것뿐이야."

"여자애들은 꼭 돈 주고 사 놓고, 놀리면 거저 생겼대."

문제집에 시선을 고정하고 샤프를 빙글빙글 돌리며 비웃는 녀석 때문에 복장이 터졌다.

"아니, 이거 진짜로……."

"네, 네. 그렇다 칩시다."

리듬을 타듯 고개를 끄덕끄덕. 대꾸하는 성의가 없다, 아주. 승부욕 생기게.

"진짜라고. 아까 본 그 애가 교회 수련회 갔을 때 쓰라고 준 거야."

애들 공부하는데 차마 큰 소리는 낼 수 없어 그야말로 소리 없는 아우성에 가까울 정도로 이를 앙다물며 속삭였다. 푸담요를 흔들며.

"수련회? 이거 연애하려고 교회 다니는 애가 여기 하나 더 있네."

"아니거든! 난 우리를 구원하신 예수님을 만나기 위해……."

어느새 회승은 느긋하게 의자에 등을 기댄 채 고개만 돌려 날 한심스러우면서도 안쓰러운 눈길로 쳐다보고 있었다.

하긴. 판에 박힌 말을, 다른 사람도 아닌 타락 천사에 가까운 언어를 구사하는 구회승한테 내뱉고 있는 내가 바보 멍청이지.

"왜? 계속해 보지?"

"공부할래."

"그래, 그럼."

참고서에 처박을 듯 숙이고 있는 내 머리를 회승이 쓰다듬었고 난 그 손을 툭, 치워 버렸다.

떨리잖아! 왜 가만히 있는 날 자꾸 들었다 놨다, 들었다 놨다 하는 건데!

회승을 슬쩍 비껴 올려보자 녀석은 교실 앞쪽 어딘가에 시선을 고정한 채 중얼거렸다.

"어? 채서연이네."

서연이? 그 참하게 예쁘다는? 고개를 들어 보니 머리띠를 한 서연이 친구와 얘기를 나누며 웃고 있었다.

"김희원 약 올려야지. 야자 쨌다 그랬는데 튀어 오겠네."

회승이 스마트 폰을 꺼내 빠르게 손가락을 움직였다.

"왜? 김희원이 쟤 좋아해?"

"쟤 안 좋아하는 남자도 있냐? 저렇게 예쁜데?"

구회승의 손길 한 번에 살짝 들떴던 기분이 한순간에 추락했다.

"그럼 너도? ……최준영도 그렇겠지?"

큰일 날 뻔했다. 뒤에 얼른 준영을 갖다 붙인 순발력이 나를 살렸다.

"왜?"

잠깐 날 빤히 바라보던 회승이, 시선을 거둬 스마트 폰을 책상에 탁 내려놓고 다시 날 응시했다. 부담스런 눈길이다.

"너 최준영도 좋아하냐?"

도오? 최준영도오? 이건 또 무슨 말?

"도대체 좋아하는 남자가 몇이냐, 넌?"

눈만 동그랗게 뜨고 있는 내가 못마땅하다는 투로 회승이 물었다. 갑자기 전투적으로 변하는 녀석의 모습이 당황스럽다.

"그러는 누구는. 맨날 교실에서 누가 예쁘더라, 몸매가 훌륭하더라, 그것도 아님 예쁘고 몸매 좋은데 착하기까지 하더라 하는 얘기만 하면서."

"그래서 지금 몇 명이냐고, 좋아하는 새끼가."

어머나. 마치 질투에 눈 먼 남자의 모습 같다.

뭐라고 대답해야 하지? 가슴이 울렁울렁 트위스트를 추는 것처럼 요동쳐 댔다.

그때 마침 시작종과 함께 선생님이 들어오셨다. 하지만 회승의 시선은 여전히 나를 향해 있었다.

"······어, 없는데?"

어쩌지? 얼굴이 붉어지는 게 느껴졌다. '그건 바로 너야' 라는 말을 할 수도 없고. 나는 선생님에게 집중하는 척 고개를 돌렸다.

"진짜 없어? 구라 치면 코 길어진다."

품, 피노키오야? 협박도 귀엽다. 아무튼 미워할 수 없는 녀석이다.

"너희가 선생님 없으면 개념 없이 떠들고 공부 안 할 나쁜 학생들은 아니잖아? 선생님 잠깐 볼일 보고 올 거니까 조용히 공부하고 있어라. 갔다 왔는데 딴 짓 하고 있다 걸리는 녀석들, 30분 늦게 보낼 테니 알아서들 하고."

선생님이 교실을 나가자 아이들의 호흡이 단번에 흐트러지는 게 느껴졌다. 구회승은 원래 흐트러져 있었지만.

"공제인, 씹냐? 대답."

"없어, 진짜······."

선생님은 없었지만 난 여전히 작게 대답했다. 왠지 썸을

탈 것도 같은 이 분위기. 내 눈은 참고서의 지문을 따라 움직이고 있었지만 마음과 신경은 온통 회승에게 빼앗긴 채였다.

"그래? 난 있는데. 관심 가는 애."

나니(なに)? 혹시 그게 나니? 지금 고백이라도 하려고? 아니야. 나한테 사랑의 메신저가 되어 달라, 뭐 그런 소릴 할 수도 있잖아.

구회승은 좋아하면 좋아한다고 말할 성격인 것 같은데. 혹시 은지나 민주, 둘 중 한 명을 좋아하는 거면?

심장 박동 수가 빨라졌다.

"……누구?"

'누군데?' 라고 물을 생각이었지만 목이 타는 바람에 세 글자도 말할 수 없는 지경이었다.

"알면? 사귀게 해 줄 거냐?"

"도와줄 수 있으면."

물론 속으로는 도와주기는커녕 방해를 하고 싶었다.

"어. 가능해."

회승이 능글능글 웃을수록 속은 썩어 문드러지는 것 같았다. 역시 은지 아니면 민주인 건가? 가슴이 저릿하다는 말이 어떤 느낌인지 알 것 같았다.

"민주?"

늘씬한 데다 얼굴도 꽤 예쁜 편에 속한다. 그리고 시크함과 도도함까지. 생각해 보니 회승과 잘 어울린다. 근데 민주는 준영이한테 호감이 있는 것 같던데.

어쩌면 잘 안 될 수도 있다는 생각이 문득 들었다. 내가 이렇게 나쁜 년이었나?

"뭔 헛소리야? 갑자기 걔 얘기가 왜 나와? 미쳤어?"

회승이 있는 대로 짜증을 부렸다. 그럼 은지인가?

"누군데, 그럼?"

"안 알려 줌."

회승은 얄밉게 웃더니 이내 문제를 풀기 시작했다. 나는 깊은 한숨을 내쉬며 녀석을 한 번 째려봐 주고 공부에 집중했다.

그 뒤 얼마 안 있어 정말 희원이 나타났다. 자긴 대학도 안 갈 건데 왜 강제로 야자를 시키냐며 한참 열변을 토해 냈지만, 서연을 볼 땐 얼굴에 웃음꽃이 피었다. 아마도 당분간은 야자 시간에 모습을 드러낼 것 같았다.

chapter 05

나는 참 이기적인 사람입니다

봄을 도둑맞은 6월은 더웠다. 내려다보고 있는 작은 종이 의 모의고사 점수가 입고 있는 춘추복만큼이나 날 후덥지근 하게 만들었다. 창문이 열려 있음에도 네모반듯한 교실은 숨 이 막혔다.

공부는 내가 가장 처음 알게 된, 이 세상의 불공평한 것 중 하나다.

투자한 시간과 노력에 비례해 점수가 나오는 것이 아니다. 고액 과외와 타고난 머리, 현명한 부모가 어릴 때부터 습관화 시킨 집중력. 이런 것들에 의해 좌우된다.

어차피 대학을 가기 위한 공부라면, 그 시간에 따라 혹은 성실함에 따라 등급이 매겨졌으면 좋겠다. 공부만큼은 그 결 과가 돈으로 만들어져선 안 되는 것 아닌가?

아, 어쩌면 이건 훈련일지도 모른다. 돈이 지배하는 사회로 우리를 내보내기 위해 처절하고 철저하게 학습시키는 중일지도.

그렇다고 해도 지금과 같은 교육 방식을 무조건 따르라는 어른들에게는 회의가 느껴진다.

꿈을 가지라고 말하는 어른들과 그 꿈을 이루라고 보내진 학교에서는, 오직 정형화된 방법으로 우리를 가르칠 뿐이다. 꿈은 모두 다른데도 불구하고.

"아무래도 나 이과로 바꿀까 봐."

등급이 매겨진 작은 종이를 노트 사이에 끼워 두며 내가 말했다.

"왜? 사탐 점수 잘 안 나왔어?"

내 기분을 눈치챘는지 민주의 말투가 다른 때와 달리 부드러웠다.

"어. 너넨 잘 나왔어?"

"그렇지, 뭐."

은지는 고개를 도리도리 저었고, 민주는 기지개를 펴며 대답했다.

"근데 제인이 너, 광고 쪽 일해 보고 싶다고 문과 온 거 아녔어?"

먹고 있던 쭈쭈바를 손으로 꾹꾹 누르며 은지가 물었다.

"건축과로 가고 싶기도 해."

"참 융통성 없지 않냐? 이것도 해 보고 싶고 저것도 해 보고 싶을 나이에 뭘 할 건지 빨리 정하라고 하는 거. 문과, 이과 말이야."

"그렇긴 하지."

은지가 피식 웃으며 대답했다.

난 별말은 하지 않았지만 민주의 말에 적극 동감이었다. 하지만 그런 생각과는 다르게 우리는 우리가 그 현실을 받아들이고 있다는 걸 안다.

우리가 바꿀 수 있을 거란 섣부른 기대 또한 하지 않았다. 이 역시 그동안 우리가 학습해 온 것 중 하나이니까. 주어진 것들을 비판 없이 받아들이는 데 우리는 익숙했다.

"우리 얼짱 뭐해? 체육복 안 갈아입냐?"

아, 다음 시간이 체육이었지.

그러고 보니 다른 아이들은 다 체육복 차림이었다.

둘둘 말아 올린 소매와 반바지로 인해 드러난 회승의 팔다리는 매끈하면서도 은근히 근육이 잡혀 있었다. 언제 우울했었냐는 듯 내 피부세포들은 환희로 둘러싸였다.

요즘 회승과 나는 친구 이상, 연인 이하인 관계에 놓여 있는 듯했다.

녀석이 이제 못 푸는 수학 문제 따윈 없다면서 댄스 동아리로 옮겨 오고, 야간 자율 학습 시간에 내가 있는 교실로 찾아오면서부터였다.

회승은 내 옆자리를 아예 자신의 지정석처럼 생각하는 듯했고, 집으로 돌아갈 때 역시 자연스럽게 함께였다. 이제는 친하다고 얘기할 수 있을 정도의 사이가 된 것이다.

"제인이 기분 별로야. 오늘은 그 얼짱 소리 그만하는 게 좋을걸, 구회승?"

민주의 말을 들은 회승은 책상 위로 팔짱을 끼고는 내 쪽으로 상체를 바짝 붙였다.

"우쭈쭈, 우리 얼짱. 무슨 일 있었쩌요?"

"우엑. 구회승, 너 요즘 너무 티 내는 거 아냐?"

"이렇게 해도 모르던데. 어디까지 해야 하나 실험 중이지."

나를 제외한 아이들이 킥킥거린다.

"옷 갈아입고 올게."

"우리 곰탱이, 또 앞뒤 돌려 입어라?"

한 번 째려보는 것으로 답을 대신하고 화장실로 향했다.

내가 모른다고? 그럴 리가.

은지와 민주가 말해 준 것도 있고, 느낌상 구회승이 나에게 관심이 있다는 것 정도는 알고 있었다.

하지만 관심이 있으면 뭐. 좋아한다는 것도 아닌데. 사귀자 어쩌자 해야 마음을 보이지.

오히려 애매하게 확신을 주지 않는 건 구회승이었다. 사람 놀리는 것도 아니고.

"모의고사도 끝났겠다, 곧 있을 체육 대회 연습 겸해서 여자는 피구, 남자는 축구."

체육 선생님의 말이 떨어지자 아이들은 익숙한 듯 자리를 찾아 이동했다.

"야, 오늘 성태린 조심해라."

"희원이가 그러는데 어제 구회승한테 마지막으로 기회 달라고 난리를 치다가 또 까였대."

선이 그려진 곳을 향해 걸어가는데 민주가 오른쪽 귀에, 은지가 왼쪽 귀에 속삭였다.

"그 안경도 이번에 제발 좀 벗어라. 크게 다칠라."

"아냐, 쓰고 있어. 그래야 얼굴은 피해서 공 던지지."

민주의 말을 듣고 안경을 벗던 난 은지의 말에 다시 썼다. 이런 얄팍한 팔랑 귀가 내 것이라니.

그나저나 정말 걱정이다. 젊은 체육 선생님은 이미 남자아이들 무리에 섞여 축구할 준비를 하고 있었다. 애들 말로는 그렇게 축구광이란다.

심판을 봐 줄 선생님이 없으니, 태린의 독무대가 될 듯싶었다. 타깃은 나고.

우리 쪽의 공격으로 피구가 시작됐다.

피구왕 통키에게 여자 친구가 있었다면 저렇게 플레이를 했겠지 싶을 정도로 적극적인 태린이 공을 받았고, 역시나 곧장 나에게 날아왔다.

윽!

그렇게 나는 전사했다. 얼굴을 맞은 건 아니었다. 아니, 차라리 맞았으면 싶었다.

태린의 공을 피하려다 스스로 자빠진 나는, 무릎과 손바닥에 스크래치를 입었다. 그리고 떨어져 나간 안경은 나와 같이 공을 피하려던 아이에 의해 무참히 부서졌다.

태린의 입가에 만족스런 웃음이 번지는 것을 나는 보았다. 이거야말로 일거양득, 손 안 대고 코 푼 격이었으니 왜 만족스럽지 않겠는가. 아이들에게 욕을 먹지도 않을 것이고.

"괜찮아?"

"어. 괜찮아, 괜찮아."

창피함에 얼른 민주와 은지의 부축을 받아 일어서려는데, 운동장을 박차며 금방이라도 날아오를 것 같은 힘찬 발소리가 들렸다.

"야! 얼짱!"

구회승이라 생각하고 고개를 들었는데 김희원이었다. 곧 선생님과 준영의 모습도 보였다.

"누가 양호실로 좀 데리고 가라."

"내가 갈게."

좀 떨어져서 상황을 지켜보는 것 같았던 준영이 어느새 앞으로 나와 있었다. 물론 날 위해서가 아니라 땀 흘리는 걸 싫어하는 녀석이 기회를 놓치지 않은 것이다.

"아, 좀 씻고 가는 게 낫겠다."

여기저기 흙이 묻어 있는 것을 본 준영이 심드렁하게 고개를 끄덕였고, 우린 운동장에서 멀지 않은 수돗가로 향했다.

대충 씻으며 아이들이 있는 곳을 보자 경기는 다시 진행된 듯했다.

축구를 하는 희원은 찾았는데, 회승이 보이지 않았다.

호감은 무슨. 걔는 그냥 날 친구로 생각할 뿐이지.

난 회승을 찾는 걸 포기했다.

"준영아, 이제 가자."

"다 됐어?"

"어."

"닦아."

준영이 손수건을 내밀었다. 잔잔한 꽃무늬가 그려져 있었고 레이스도 달렸다.

"너 이런 것도 갖고 다녀? 의외다. 근데…… 여자 거 같은데? 혹시 너……."

"여자 친구 있냐고?"

"아니. 변태냐고 물으려고 했는데."

의심스러운 눈초리를 보내며 놀리듯 말했으나 상큼하게 무시한 준영은 먼저 앞으로 걸어갔다.

이런 일에 익숙해진 나는 그냥 그러려니 하며 받아 든 손수건으로 얼굴의 물기를 닦았다.

그때 준영의 핸드폰이 울렸다.

"먼저 가고 있어. 금방 따라갈게."

누구의 전화인지 준영은 조급해 보였다. 말을 시작함과 동시에 벌써 다른 곳으로 걸어가고 있었다.

"나 혼자 가도 돼! 천천히 통화해!"

등에 대고 외치자 고개를 끄덕인 준영은 이내 통화에 집중했다. 그러더니 어느 순간 학교 담장 쪽으로 뛰어가 그 높은 담을 훌쩍 넘어 버렸다. 액션 배우처럼.

난 얼이 빠져 멍하니 준영이 사라진 곳을 보고 있었다.

"야, 수돗가 전세 냈냐? 길 막지 말고 비켜라."

욕설과 함께 몸이 휘청 밀리며 나자빠졌다. 한동준의 짓이었다. 그 옆에 서 있던 아이들이 널브러진 날 향해 비실비실 웃었다.

말로 해도 비켜 줬을 건데, 나쁜 놈. 근데 어떡하지? 이러다 맞는 거 아냐? 소리 지르면 들리려나?

경우의 수를 생각하며 운동장 쪽을 쳐다보는데, 마침 나를 보고 있던 놈과 눈이 마주쳤다. 한동준이 기분 나쁠 정도로 비릿하게 웃으며 나에게 다가왔다.

"야, 뭘 그렇게 기분 나쁘게 야리냐?"

"…… 그냥 다른 데 쳐다본 건데."

조심스럽게 말해 보았지만, 떨리듯 나온 음성에 난 미간을 찌푸렸다. 겁먹은 모습을 보이면 녀석이 더 우습게 볼 거라 생각했다.

"뭐라고? 다른 데 어디?"

앞에 쪼그리고 앉아 이죽거리던 한동준이 어깨를 밀치며 일어서려는 날 막았다.

"왜 이래!"

내 몸에 녀석의 손이 닿는 게 소름 끼치도록 무서웠다. 반사적으로 큰 소리가 나왔고, 그것은 녀석을 더 자극하는 꼴이 되었다.

"이년이 어디서 소릴 질러? 내가 더럽냐? 어? 그런데 어쩌냐? 더러운 똥 취급하면, 더 만지고 싶어지는데."

몸이 부들부들 떨려 왔다. 자존심이 상하는 걸 넘어 수치스러웠다. 예상은 했지만, 일어나지 않았으면 하는 일이 일어났다.

떨고 있는 내 모습을 보며 한동준과 그 친구들은 성적 모욕을 주는 말을 지껄였다.

"비켜."

난 일어서기 위해 한동준의 어깨를 밀쳤다.

"어쭈? 너 지금 나 쳤냐?"

"비키라고!"

다시 있는 힘껏 한동준을 밀었고, 동시에 녀석의 손이 내 뺨을 내려쳤다. 나도 모르는 사이 짧은 비명이 입에서 튀어나왔다.

그리고 녀석이 다시 손을 들어 올리는 것이 보인 순간, 누군가 그 손목을 잡아챘다. 회승이었다.

"이 씨발년이. 누굴 건드리냐, 지금? 너야말로 방금 쟤한테 지껄인 말 다시 뱉어 봐."

회승이 앉아 있는 한동준의 정수리를 한쪽 발로 꾹 누르며, 너무 차분해서 서늘함까지 느껴지는 목소리로 말했다. 처음 보는 회승의 모습에 나도 움츠러들었다.

"왜? 요즘 네가 재미 보는……."

성이 바짝 난 한동준은 팔을 들어 회승의 다리를 치우려 했지만, 얼굴을 걷어차이며 나가떨어졌다. 코에서 피가 쏟아지며 턱 주변이 금세 피범벅이 됐다.

회승이 날 일으켜 세웠다. 그 틈을 타 몸을 일으킨 한동준이 회승을 공격했다. 심장이 덜컥했지만 회승은 별것 아니라는 듯 한동준의 주먹을 가볍게 피했다.

"야, 나랑 한판 붙고 싶었다며? 해 봐. 기회 줄게."

"졸라 고맙다?"

"입만 살아서는. 대신 나 한 대도 못 치면, 넌 오늘 나한테 죽는다."

회승이 실실 웃으며 말했다. 몸이 덜덜 떨려 오는 나와는 다르게 회승은 이 상황을 즐기고 있는 것처럼 여유로웠다.

안 돼. 말려야 돼!

눈에 독이 가득한 한동준도 그렇고, 피할 생각이 없는 회승도 진짜 큰일 낼 분위기를 풍겼다.

"구회승. 나 괜찮으니까, 그만 가자."

"그, 그래! 잠깐만, 회승아! 이번 한 번만 좀 넘어가 줘라."

내 말을 기회라 생각했는지 동준의 친구 녀석들이 나섰다.

"네 친구인 줄 몰랐어. 미안하다. 사과할게!"

"하, 지금 장난하나. 내 친구가 아니면 이래도 된다고 누가 그래?"

입술을 한쪽으로 올려 지그시 웃고 있는 회승을 보자 팔에 소름이 돋았다.

"아니, 내 말뜻은 그게 아니라⋯⋯."

"기든 아니든, 닥쳐라. 얘처럼 처맞기 싫으면. 내가 기분이 좀 별로거든?"

회승은 얼굴의 피를 닦으며 노려보고 있는 동준을 다시 발로 가격했다. 동준이 비틀거리다 겨우 중심을 잡고 반격을 시도했지만, 회승은 손쉬운 일을 처리하듯 동준을 상대했다.

"구회승! 그만해!"

내가 소리쳤지만, 회승은 쓰러진 동준에게 걸어갔다. 운동장 쪽에서 분주한 소리가 들렸다. 이제야 이쪽 상황을 파악한 모양이었다.

"근데 너 쟤한테 왜 그런 거냐?"

한동준의 가슴팍을 발로 툭툭 차며 회승이 물었다.

"물 좀 마시려고 그랬다. 왜, 새끼야?"

"아, 그래?"

분에 못 이긴 것처럼 보이는 한동준이 비아냥거림에 회승은 피식 웃더니 한동준의 멱살을 잡고 일으켜 세웠다. 그리곤 비틀거리는 녀석을 수돗가로 끌고 가 머리를 수도꼭지 밑에 밀어 넣고 물을 틀었다.

한동준의 머리서부터 목 주변까지 형편없이 젖어 들었다.

"정수기도 없는데 왜 여기 와서 지랄이야? 소독약 처넣은 수돗물이 그렇게 먹고 싶었냐? 그럼 많이 처먹어야지."

한동준이 벗어나고자 몸을 뒤틀었지만, 회승은 놔주지 않았다.

"구회승! 이 미친 새끼야!"

"야! 너희 뭐야! 안 떨어져!"

희원을 선두로 체육 선생님과 아이들이 뛰어왔고, 몇 명이 달려들고 나서야 동준으로부터 회승을 떨어트려 놓을 수 있었다.

✳　　✳　　✳

야자를 생략하고 집으로 돌아왔다. 몸 여기저기 난 상처는 치료를 받아 괜찮은데, 마음은 무척이나 심란했다.

"어머, 제인아! 너 다쳤어? 구회승인가 뭔가 하는 그 자식이 너도 때렸니?"

담임 선생님의 전화를 받았을 엄마는 현관 문 앞에서 날 보자마자 야단이셨다. 하이 톤의 목소리 때문에 머리가 더 지끈거렸다.

"아냐, 그런 거. 피구하다가 넘어졌어."

"엄마한테는 솔직히 말해도 돼. 그놈이 협박했니? 말하지 말라고?"

"엄마!"

엄마의 추리력은 역시 내 예상을 비껴가지 않았다. 마음의 준비를 하고 왔는데도 이상하게 짜증이 났다.

"아냐? 그럼 학폭위는 뭐야? 다 큰 여자애가 남사스럽게. 너 이리 좀 와 봐."

엄마는 내 팔을 잡아끌어 소파에 앉혔다. 귀찮고 피곤해 인상이 저절로 써졌다.

"엄마, 나 피해자거든? 그러니까 남사스러울 것 없어. 그리고 회승인 날 도와주다 그렇게 된 거야."

"아무리 그래도 그렇지. 아주 작정을 하고 애를 팼다는데, 뭐."

엄마가 주스 한 잔을 가지고 와 내밀며 말했다. 한 번도 만나 보지 못한 회승을 혐오하는 듯했다.

"누가 그래?"

그 장소에 있었던 건 정작 몇 명이 되지 않았다. 직접 본 것도 아닌 사람들에 의해 와전된 이야기는 이미 여기저기로 퍼진 것 같았다.

"정색하는 거 보니까 맞구나, 작정하고 팬 거. 아무튼 요즘 애들 무섭다니까. 너 걔랑 어울리지 마."

"누가 그러냐니까?"

"뭘 누가 그래. 이 동네 엄마들 사이에 벌써 소문 쫙 났어."

아무튼 아줌마들 입보다 가벼운 것도 없고 싼 물건도 없을 거다.

"아냐, 그런 거. 그냥 나 도와주려다……."

나는 중얼거리다 입을 다물었다. 엄마가 내 말을 다 듣지 않고 주방으로 가서 다행이었다.

회승의 폭력을 정당화할 수 있을까? 나조차도 확신이 서지 않았다. 하지만 은연중에 회승을 이해하고 싶었다.

넘어가지 않는 저녁을 먹는 둥 마는 둥 하고, 책상 앞에 앉아 풀리지도 않는 문제들을 붙잡고 있는데 문자가 왔다. 회승과 준영을 제외한 아이들이 문자를 보내 왔던 터라 또 그중한 명이겠거니 했다.

그냥 날 좀 내버려 뒀으면 하는 마음에 폴더를 열고 비밀번호를 누르는 일련의 행동마저 귀찮게 느껴졌다.

〈잘 들어갔어?〉

회승이었다. 무심한 얼굴을 하고 한동준을 때리던 모습이다시 떠올랐다.

〈어. 너는? 집이〉

거기까지 쓰던 문자를 지웠다. 그냥 '어. 괜찮아?'라고 답문했다. 경황이 없어 하지 못했던 고맙다는 말을 내일은 꼭해야겠다고 생각하고 있는데, 휴대폰이 울렸다.

〈구회승.〉

액정에 뜬 이름을 확인한 나는 선뜻 통화 버튼을 누를 수없었다. 통화할 생각을 하니 마음이 불편했다. 어떤 말을 할지 머릿속에 떠올리는 동안 전화는 끊겼다.

스탠드를 끄고 침대로 가 누웠다. 휴대전화의 폴더를 열자 푸른빛이 새어 나왔다. 메시지 창을 열고 키패드를 눌렀다.

〈잠깐 뭣 좀 하느라…… 미안. 그만 자야겠다. 내일 보자.〉

받는 사람에 회승의 이름을 찾아 넣었다. 그리고 전송 버튼을 누르려다…… 폴더를 닫았다.

잠 못 드는 밤이었다. 현관문이 열리는 소리에 난 눈을 떴다. 아빠는 오늘도 퇴근이 늦었다. 투박하게 부딪히는 소리와 함께 엄마의 잔소리가 들렸다. 오늘도 술을 드신 모양이었다.

✳   ✳   ✳

학폭위는 열리지 않았다. 날 보호하기 위해 생긴 우발적 사고라는 나의 진술이 힘을 발휘한 것이 아닐까 내심 생각했지만, 들리는 말에 의하면 그건 아니었다.

한동준은 학폭위가 열리길 강력하게 바랐으나 그의 부모님이 회승의 부모님과 합의를 보는 바람에 또 한 차례 난리가 났다고 한다.

난 피해자였고 한동준을 용서한 건 아니었지만, 아주 조금 안됐다는 생각이 들긴 했다. 사건 중심에 있는 사람의 의견이 전혀 반영되지 않는 합의가 무슨 소용인가 하는 생각 때문이었다.

아직 동준은 병원에 있었고, 회승은 아이들 사이에서 영웅이 되었다. 회승을 나무라는 사람은 없었다. 한동준만이 나쁜 놈이고 죽일 놈이었다.

그리고 난 영화로 치자면, 영웅이 구해 낸 여주인공쯤 되어 아이들의 부러움을 샀다. 이제 구회승과 공제인은 아이들까지도 인정한 절친 사이가 됐지만, 그것이 좋으면서도 싫었다.

"오늘도 회승이랑 준영이, 분위기 별로지 않아? 아무래도 한동준 일이 있고부터 심상치 않아."

동아리실로 들어서는데 은지가 먼저 말을 꺼냈다.

"구회승이 뭐라고 했겠지."

"하긴, 그때 제인이 옆에만 있었어도 그런 일은 없었을 테니까."

"야! 최준영이 공제인 보디가드라도 되냐? 급한 일이 있었다잖아."

"어머, 어머. 너 최준영 좋아하는 거 이제 대놓고 티 낸다? 도도한 김민주가 어쩌다 이렇게 됐지? 정신 차려, 친구야. 최준영은 너 별로……."

"야, 쉿! 저기 최준영."

내가 눈짓으로 구석에 앉아 있는 준영을 가리키자 금세 조용해졌다. 이어폰을 끼고 있는 준영의 모습에 대화를 듣진 못했겠구나 싶어 안심했다.

"근데 왜 혼자야? 희원이랑 회승이는 어디 갔대?"

"내가 가 본다. 너넨 오지 마."

우리 대답이 따로 필요 없는 민주는 바로 준영에게 걸어갔다.

"우리 어떡하지?"

"우리? 왜?"

은지와 나는 동아리실 한편에 자리를 잡았다. 전신 거울이 두 벽면을 채운 교실은 따로 책상이 없어 바닥에 대충 엉덩이를 깔고 앉았다.

"최준영이 민주를 받아 줄 것 같지 않잖아. 민주 상처받을 텐데, 우리가 옆에서 얼마나 힘들겠니."

심오한 은지의 표정에 웃음이 났다.

"왜? 준영이 민주랑 잘 지내잖아."

은지가 답답한 소리를 한다는 듯 날 쳐다봤다.

"너랑 나는 준영이랑 잘 안 지내니? 문제는 준영이가 민주를 여자로 안 본다는 거야."

"넌 이삭이랑 잘돼 가?"

민주는 남자 문제에 관해서는 알아서 잘할 것 같았다. 오히려 나는 은지가 걱정됐다.

"에잇, 몰라. 어린 게 보통은 아닌 것 같아. 모든 게 내 뜻대로, 내 위주로 되는 것 같으면서도 은근히 지 하고 싶은 대로 다 하는 느낌? 날 쥐락펴락하고 있는 것 같은데…… 확실하진 않고. 아무래도 선수인 것 같아."

"말도 안 돼. 이삭이가 무슨…… 아!"

정수리에 가벼운 통증이 느껴졌다. 어느새 나타난 회승이 바나나 우유로 정수리를 콩, 찍은 것이다.

"또 그 애기 얘기냐?"

"애기? 그게 누군데?"

같이 온 희원이 은지와 내 앞에 털썩 주저앉았다.

"최준영 혼자 두고 어디 갔다 와?"

"회승아, 너 준영이랑 싸웠지?"

내 말에 은지가 옳다구나 싶었는지 대놓고 물었다.

"안 싸웠거든? 그리고 우리 우정이 싸웠다고 안 놀 정도로 그렇게 얄팍하진 않거든? 너네 여자들처럼."

희원이 한심하다는 듯 말했고, 그걸 시발점으로 은지가 또 여자의 편에 서서 희원을 몰아붙이기 시작했다.

그런 둘을 보고 있던 나와 회승은 순간 눈이 마주쳤고, 난 '싸운 거 아냐?' 하고 입 모양으로 물었다.

회승은 대답 대신 앉아 있는 내 다리 위로 바나나 우유와 빵을 툭 던졌다.

"지금 누구 걱정하는 건데?"

"어?"

"나랑 최준영이랑 싸웠다 치고, 넌 누구 편이냐고. 나야, 최준영이야?"

회승이 내 옆에 앉더니 어깨에 팔을 두르며 물었다. 비교 대상인 준영을 쳐다보니 민주와 덤덤한 표정으로 얘기 중이었다.

"……최준영?"

유치한 질문이었지만 회승의 표정이 꽤나 진지했기에 나도 농담에 가까운 대답을 웃지 않고 내뱉었다.

"아, 빡쳐. 그거 내놔."

"우유는 먹을래."

건넸던 간식들을 도로 뺏어 가려 하자 난 우유를 냉큼 집어 들었다. 팔이 최대한으로 뻗어지는 데까지, 높이.

"어쨌든 준영이 혼자 내버려 두고 너네끼리 움직였잖아. 그래서 그런 거지. 나 빨대 좀……."

"최준영 저 자식이 화장실 갔다가 동아리실로 바로 온다고 했어. 그리고 혼자 좀 있으면 안 되냐?"

바지 주머니에서 빨대를 꺼내느라 회승의 몸이 내 쪽으로 더 밀착됐다. 일순 몸에 힘이 들어가며 호흡이 멈췄다.

"줘 봐."

회승이 빨대의 포장을 벗기며 말했다. 난 너무 가까워져 살짝 피했던 고개를 원래대로 하며 우유를 내밀었다.

"나야, 최준영이야?"

회승이 빨대를 콕 꽂으며 나를 빤히 바라봤다. 잘난 얼굴에 매료되어 원하는 대답을 해 주고 싶었다.

"너, 너."

"많이 먹어, 우리 얼짱?"

회승은 내 머리를 몇 번 쓰다듬더니 빵 봉지를 뜯었다.

"우리 어리바리. 이것도 먹어."

"싫어. 배불러. 너 먹어."

조금 뜯어 입 앞으로 내민 빵을 내가 거절하자 회승은 제 입에 넣고는 바나나 우유를 가져가 마셨다. 내가 지금껏 쪽쪽 빨아 왔던 그 빨대로.

"한동준…… 입원한 병원에 가 본다고 하더니, 갔다 왔어?"

다른 때처럼 내 마음에 파문을 일으키는 스킨십을 하며 아무렇지 않게 행동하던 회승의 평정심이 깨졌다. 이런 얘기가 반갑지 않겠지만 나는 한동준의 상태가 궁금했고, 폭력에 대한 녀석의 생각도 알고 싶었다.

"갔다 오면, 나 안 피할 거냐?"

눈이 크게 떠졌다. 당혹감이 일었다.

꿰뚫어 보는 듯한 녀석의 시선은 내가 어떤 답을 내놓아야 하는지 알려 주었고 또 강요하고 있었지만, 입이 떨어지질 않았다.

"다 왔니?"

동아리 담당 선생님이 들어오셨다. 이 긴장감을 끊을 수 있어 다행이었다.

"과외 시간 옮겼어. 오늘 야자는 못 할 것 같다. 괜히 나 기다리지 말라고."

회승은 그 큰 손으로 내 머리카락을 흩트려 놓더니 자리를 떠났다.

춤에 문외한이신 선생님은 따로 수업을 진행하지 않고 음악을 틀어 놓은 채 한편에서 우리를 지켜보셨다.

오늘도 교실은 음악으로 꽉 채워졌고, 크록하와 절킨에 빠진 아이들은 신들린 듯한 스텝을 보이고 또 따라 하느라 정신이 없었다. 그리고 늘 그렇듯 춤에 관심 없는 나와 준영은 뒤로 빠져 있었다.

"구회승 저거, 인터넷에서 꽤 유명한 거 아냐?"

"응. 사진 올라오고 그러잖아. 너도 장난 아니면서, 뭘."

1학년 여자애들에게 에워싸이다시피 한 회승은 간간이 귀찮은 듯한 표정을 짓고 있었고, 반대로 희원은 희희낙락이었다.

"저 춤으로 유명하다고. 봐 봐."

난 준영이 꺼낸 스마트 폰으로 시선을 가져갔다. 준영이 검색 창에 '크록하'라고 치자 어떤 닉네임 하나가 자동으로 붙으며 검색되었다. 준영은 그중 하나를 터치하고는 나에게 이어폰 한쪽을 내밀었다.

"이게 다 저 자식이야."

준영이 동영상을 재생시켰다. 얼굴은 나오지 않았지만 우월한 기럭지와 운동화, 손목에 찬 검은색 시계를 보니 회승이라는 걸 알 수 있었다.

스키니진에 티셔츠 차림인데도 음악에 맞춰 발을 움직이는 동작들이, 애들 쓰는 말로 간지 났다. 얼굴이 보이지 않아도 그냥 잘난 녀석이겠구나 하는 기대감을 가지게 되는 영상이었다.

"근데 왜 얼굴은 안 찍어?"

내 질문에 준영이 풋 웃었다.

"얼굴 보이면 춤 실력 저평가 받는다고. 디카프리오가 외모를 망친 이유와 같다나? 한마디로 또라이지."

동영상이 끝나고 고개를 들자 회승이 우리 쪽을 보고 있었다. 그러나 옆에서 말을 거는 1학년 여자아이로 인해 녀석의 시선은 곧 돌아갔다. 난 왠지 모를 찝찝함을 느꼈고 아주 약간 걱정스러웠다. 그 이유는 정확히 모르겠지만.

"아, 저기……."

문득 준영이 부르는 소리에 나는 다시 고개를 돌렸다. 말을 꺼낸 준영은 정작 한참 동안 말이 없었다. 돌직구 팡팡 날려 주시는 성격이 그러니 무슨 일인지 궁금했다.

"나, 만나는 여자 있어."

오, 이런. 내 눈은 민주를 찾았다. 민주야, 지금 그렇게 웃고 있을 때가 아니거든? 속이 탔다.

"정말? 우리 학교?"

꼬치꼬치 캐물을 민주를 위해 뭔가 하나라도 더 얻어 놓아야 할 것 같았다.

"그건 아니고. 아무튼 김민주 좀 부탁하자."

뭘 부탁해?

내가 이런 얘기를 직접 한다면 민주가 좋아할 리 없다. 민주를 생각해 알아내야 할 게 많았지만 준영은 눈치를 챘는지 말을 정리했다.

"더 묻지는 말고."

"아…… 그게…… 나도 안 돼!"

내 말이 의외였는지, 다른 곳을 보고 있던 준영이 돌아다 봤다.

"아무래도 네가 직접 말하는 게 좋을 것 같다고……."

"왜? 네가 낫지 않나?"

"민주 성격상, 네가 나한테 그런 부탁한 줄 알면 더 자존심 상할 것 같은데."

"그런가? 알았어, 그럼. 못 들은 걸로 해."

아, 이 시크한 남자를 어쩌면 좋단 말인가. 민주야……. 지금 그렇게 요염한 춤을 출 때가 아니다.

"근데 안경은 다시 안 쓰냐?"

"어? 어……."

민주 걱정에 멍한 상태로 대답했다. 준영은 그런 내 표정이 웃긴 모양이었다.

"잘 생각했다. 안 쓰는 게 나아. 그나마."

"어, 그래. 그래서 안 쓰려고. 갑갑하기도 하고."

'예쁘다는 말은 아니야'라는 뜻을 분명하게 내포하고 있는 준영에 말에 난 고개를 끄덕이며 맞장구쳤다.

"보는 사람도 갑갑했어. 욕 나올 정도로."

슥 쨰려보자 녀석은 왜 그러냐는 표정이다. 됐다, 하고 고개를 돌리니 그제야 준영은 피식 웃는 것 같았다.

종이 울렸다.

"아, 애들한텐 비밀이다. 나 만나는 여자 있는 거."

그렇게 말하더니 준영은 회승과 희원이 있는 곳으로 가 버
렸다.

야자가 끝날 때쯤 비가 쏟아지기 시작했다. 아빠는 보나
마나 야근에, 엄마는 비교적 거리가 먼 학원에 있는 다운일
데리러 갔을 터였다. 어쩌나 걱정을 하고 있는데 준영에게서
문자가 왔다.

서연에게 흥미가 사라져 버린 희원은 요즘 계속 야자를 땡
땡이치는 중이었기에 나는 같은 방향인 준영의 우산을 나눠
쓰고 버스에 올랐다.

"나, 정류장이랑 집이 가까우니까 신경 쓰지 말고 내려."

준영이 내릴 정거장이 가까워지고 있었다. 내가 내릴 곳보
다 두 정거장 전이었다.

"어."

빈말이라도 할 줄 알았는데 역시 단호했다. 괜히 민망해져
고개를 끄덕거리곤 창밖을 내다봤다. 종례가 끝나고 인사도
없이 가 버린 회승이 생각났다.

과외, 잘하고 있으려나? 고액 과외자. 하지만 부모님이 강
제로 시킨 것도 아니고 자신이 원해서 하는 과외이니, 그만큼
공부를 해야 하지 않겠느냐던 녀석의 말에 그렇게 나쁘게 보
이지만은 않았다.

"어? 최준영! 안 내려?"

준영이 내릴 정류장을 지나쳐 버렸다. 벨에 불이 들어와 있어서 당연히 내리겠지 했는데 아니었다.

"데려다 달라며?"

"뭐!"

큰 소리에 주위 사람 몇몇이 쳐다봤다.

"내가 언제?"

난 얼른 목소리를 낮추었다.

"정류장이랑 가까우니까 신경 쓰지 말고 내려, 아니었냐?"

"그건 맞는데……."

"너네 집 정류장에서 내리란 말인 줄 알았지. 가까우니까 신경 쓰지 말고 데려다 달라는."

"쿵."

코 고는 버릇이 나오고야 말았다. 이 반응에 매번 인상을 구기던 준영은 알림을 울려 대는 스마트 폰을 들여다보더니 인상을 구겼다.

"왜? 발신자가 김희원이야?"

"뭐?"

"아니, 인상 쓰길래."

"아……."

내가 키득거리자 뒤늦게 말을 이해한 준영도 피식 웃었다.

요란한 소리를 내며 버스 문이 열렸다.

준영이 펼친 우산을 쓰고 버스 계단을 내려선 나는 정류장에 서 있는 회승을 발견했다. 준영도 나처럼은 아니었지만, 조금은 놀란 얼굴이었다.

"누구 기다려?"

정류장으로 들어서며 준영이 물었다. 우산 때문에 준영의 옆에 붙어 있던 나도 그 안으로 들어서게 됐다.

"어, 얘."

회승이 턱짓으로 날 가리켰다. 준영은 덤덤한 얼굴이었지만 난 얼빠진 표정으로 또 한 번 놀라고 말았다.

"나? 왜?"

"안 가냐? 가라, 좀."

내가 한 질문에 대답은 안 하고, 회승은 무표정한 얼굴로 준영에게 말했다. 그것도 쌀쌀맞게. 기분이 나쁠 만도 할 텐데 준영은 입매를 올려 웃었다.

"가야지. 내일 보자, 공제인."

"잘 가. 고마웠어."

정류장을 막 벗어나는 준영에게 손을 흔들며 인사를 하는데, 회승이 눈썹을 구기고 날 내려다봤다. 찔리는 건 없는데 슬그머니 흔들던 손을 내리게 됐다.

"뭐하냐. 빨리 안 오고."

눈을 마주치는 게 어려워 준영이 잘 가고 있는지 살피는데 녀석이 짜증스럽게 말했다.

구회승은 이미 정류장 밖에서 튼튼해 보이는 우산을 쓰고 날 기다리는 중이었다.

"우산……."

난 녀석이 다른 한 손에 들고 있는 우산을 받을 생각으로 손을 내밀었다.

"이거, 네 거 아닌데?"

"뭐? 나 기다린 거라며?"

"어. 조금 전까진 네 거 맞았는데, 이젠 쓰레기통 거야."

회승은 우산을 쓰레기통에 처넣음으로써, 뜨악하던 날 경악하게 만들었다.

"뭐하는 거야, 너!"

소리를 쳤음에도 회승은 한쪽 입꼬리만 늘려 웃는 여유를 보였다.

"시끄러워. 빨리 와. 집에 안 갈 거냐?"

황당함이 가시지 않은 상태였지만 난 회승의 우산 밑으로 들어갔다. 회승이 내 팔을 붙잡아 자기 쪽으로 바짝 끌어당겼다.

나란히 걷는 길에는 어색한 침묵이 흘렀다.

"……과외는 잘했어?"

"어."

"……밥은 먹었고?"

"어."

"……학교에선 왜 그렇게 갔어? 뭐 안 좋은 일이라도 있었어?"

회승이 얼마쯤 그윽하게 바라보더니 한 템포 늦게 대답했다. 물론 대답은 '어.'였다.

무거운 분위기를 풀려는 내 노력을 물거품으로 만들고 있다.

누가 우산 가져오라고 시켰냐? 될 대로 되라지. 이젠 나도 포기다.

동 앞에 다다르자 우린 멈춰 섰다.

"고마웠어. 잘 가."

"사귀자."

동 현관으로 뛰어 들어가려던 내 몸이 다시 회승 쪽을 향했다.

"잘해 줄게."

신기했다. '심심해' 하는 말투로 '사귀자'란 말을 한 구회승이. 날 내려다보는 눈빛과 표정 또한 고요했다. 지금 제정신인 건가?

"너 애들하고 짰지? 나 놀리기로. 나 화나려고 하거든?"

그냥 웃음으로 무마해야 할 것 같았다. 만약 농담인데 진담으로 받아들이면 개망신이니까. 그러나 회승은 날 가만히 내려다보고만 있었다.

"그런 거 아니니까 대답해."

"……어? 진짜 장난 아냐?"

회승의 얼굴에 짜증이 번졌다.

"나 이런 걸로 장난 안 치거든?"

"……그래?"

"생각해 볼 시간, 뭐 그딴 거 필요하냐?"

"……어."

튕기는 거라고 생각한다 해도 어쩔 수 없었다. 진짜로 생각할 시간이 필요했다. 회승의 다른 면은 다 좋았지만, 그 폭력 사건이 있었던 후부터 난 녀석을 예전처럼 좋게만 보고 있지 않았다.

chapter 06

어떻게 하면 좋을까요,
좋아한다는 말은……

하필이면 다음 날이 체육 대회라니.

회승의 고백으로 잠을 설친 난, 날아갈 듯 가벼워 보이는 아이들의 몸가짐이 사뭇 부러웠다. 이따가 계주도 뛰어야 하는데 걱정이다.

"야! 너네 진짜 왜들 그러는 건데! 이 좋은 날! 이 분위기, 어쩔 거야!"

축 처져서 스탠드에 앉아 있는 민주와 내 앞에 선 은지는 꽤 오랫동안 난리였다.

"근데 민주야……. 넌 왜?"

아무리 노력해도 저주받은 것 같은 우리의 기분이 풀릴 리 없다고 생각했는지, 은지는 즐거워하는 다른 아이들 곁으로

가 버린 후였다.

"최준영이 전화했더라. 자기 좋아하지 말래. 걔 미친 거 아니니? 감히 나를……."

그래도 서로 진짜 친해지긴 한 모양이었다. 학기 초엔 우러러만 보던 최준영에게 '감히'란 단어를 쓸 수 있는 걸 보면.

"너 준영이한테 고백했었어?"

준영과 얘기한 결과 고백은 없었다는 걸 알았지만, 준영이 민주의 감정을 알고 있다는 사실을 모르게 하기 위해 난 놀라는 척했다.

"아니! 그러니까 더 기가 막히지. 혹시나 해서 하는 말이란다. 아주 싹을 잘라 버리려는 수작이지. 여자를 너무 잘 알아. 나아……쁜 놈!"

"그래서 포기할 거야?"

"아니. 다른 남자를 만나면서 관심 떠난 척, 날 편하게 대하도록 하는 거지. 그리고 그렇게 나한테 익숙해지면…… 그때 사귈 거야."

"……그래."

그게 될까 싶었지만 지금 상황에서는 입을 다물어야 한다는 것쯤은 알고 있었다.

"그래서 하는 말인데. 야, 공제인. 우리 소개팅하자."

잉? 이건 또 무슨 말?

"내 친구의 친구가 아는 애들이래. 같이 만나서 놀자고. 나뭇잎만 떨어져도 까르르 웃는다는 이 좋은 나이에, 맨날 공부만 하는 것도 너무 재미없지 않냐?"

"어. 그렇긴 한데 있잖아. 나……."

"야! 빨리 와! 남자 농구한대! 준결승!"

"야, 가자."

회승과의 일을 얘기하고 이 시점에서 소개팅은 무리란 말을 하려던 찰나였다. 은지가 부르는 소리에 민주는 자리를 박차고 튀어 나갔다. 최준영이 농구하는 모습이 그렇게 보고 싶으면서 무슨 소개팅이냐는 소리가 목구멍까지 차올랐다.

"공제인!"

"어, 가!"

아이들의 극성에 농구 코트로 향했다. 예상은 했지만 구경꾼이 너무 많았다. 우리 학년뿐만 아니라 1학년, 3학년 할 것 없이 여학생들로 가득했다.

"공제인, 여기!"

윽. 구회승이 쳐다보면 어떡하려고! 난 얼른 인파 속으로 끼어들었다. 여럿에게서 불만이 담긴 소리를 들어야 했지만 마음은 편했다.

회승은 워낙 시끌벅적한 탓에 내 이름을 듣지 못한 것 같았다. 계속해서 가벼운 스트레칭으로 몸을 풀고 있었다.

"뭐하느라 이제 와! 여기 앉아, 여기."

은지가 내민 손을 잡고 끌려가 바닥에 앉았다. 코트와 제일 가까운 곳이었다.

"김민주."

은지의 옆에 앉아 있는 민주를 작게 불렀다. 준영을 보고 있던 그녀는 자신을 부르는 소리에 깜짝 놀라 고개를 돌렸다.

"정신 차려."

내 말에 헛기침을 하며 다른 곳을 보는 민주 때문에 웃음이 났다.

"얼짱, 오빠 응원하러 왔냐?"

정신없는 와중에 나를 어떻게 발견했는지 회승이 내 얼굴에 그늘을 만들며 앞으로 와 섰다.

반에서 맞춘 티셔츠의 소매를 돌돌 말아 민소매를 만들어 입고 있는 모습이 늠름했다.

다른 날과는 머리 스타일도 약간 달랐다. 왁스로 세운 것 같았는데, 진짜 오빠라고 불러야 할 것처럼 고등학생 티가 전혀 나지 않았다.

멀지 않은 곳에서 회승의 외모를 찬양하는 말소리가 들렸다. 역시 내 눈에만 그렇게 보이는 건 아니었다.

"네, 오빠. 잘하세염."

회승은 어제의 일로 우리가 불편해지는 것을 바라지 않는 것 같았고, 먼저 그런 뜻을 보여 주어서 고마웠다. 내 반응은 회승에게도 의외였는지 짙은 눈썹이 슥 올라갔다 내려오더니 피식 웃었다.

"그래. 이기기만 해, 회승 오빠. 그럼 내가 계속 오빠라고 불러 줄게."

은지의 말에 시계를 풀던 회승이 뜨악한 표정으로 고개를 들었다.

"아, 의욕 떨어지게 하네. 얘가 또."

"어머, 얘 좀 봐. 제인이가 하는 건 괜찮고, 난 왜? 왜, 왜?"

"그런 게 있어."

시계를 손목에서 걷어 내며 회승이 덤덤하게 말했다.

"뭐야? 뭔데? 너네 뭐 있지? 둘이 사귀어?"

아이들의 시선이 집중됐다. 눈이 휘둥그레진 데 이어 얼굴까지 열이 올랐다.

"에이, 아니야. 회승이가 장난하는 거잖아. 은지야."

"너 말하는 게 왜 그렇게 어색해?"

엎친 데 덮친 격으로 민주까지 거든다.

"에이, 무슨……. 뭐가 어색해? 하나도 안 어색해."

손사래를 한 번 하며 웃어 버렸다. 다들 날 멀뚱히 보는 가운데 혼자 웃고 있는 상황이라는 걸 파악하고는 입꼬리를 슬며시 내렸다. 나와 눈이 마주친 회승이 피식 웃었다.

"할 동안, 좀 가지고 있어."

그러더니 양반다리를 한 내 다리에 손목시계와 스마트 폰을 놓고 코트로 돌아갔다.

"어. 그, 그래. 그러지, 뭐. 화이팅!"

얼이 빠진 상태였지만 가만히 있는 것보단 이 편이 더 좋을 것 같았다. 친구로서 얼마든지 이런 일쯤은 해 줄 수 있다는 인식을 아이들에게 심어 주는 게 나았다.

그런데 문제는, 내가 파이팅이라고 외치자 고개를 돌린 녀석이 내게 윙크를 했다는 것이다.

"멋지긴 하다, 구회승. 가끔씩 재수 없게 구는 것만 빼면 딱 좋을 텐데."

은지의 말에 백 퍼센트 동감하며 고개를 끄덕이던 나는, 황급히 정신을 차리고 작전 회의를 하는 회승의 모습에서 시선을 돌렸다.

"수상해. 뭔가 있지, 너네 둘?"

"있긴 뭐가."

말하면 속이라도 좀 시원해질 테지만 회승을 생각한다면 또 그건 아닌 것 같았다.

"그래? 그럼 소개팅, 하는 거다?"

"아니, 그게……."

"2학년 3반, 파이팅!"

민주의 외침과 함께 호루라기가 울렸고 경기가 시작됐다. 시끄러운 분위기 탓에 난 소개팅에 대한 의사를 밝히지 못한 채 그냥 입을 다물어야 했다.

준결승임에도 경기는 우리 반이 압도적인 점수 차로 이기고 있었다. 만능 스포츠맨 회승도 회승이지만, 땀나는 건 농구만 한다는 준영의 실력 또한 대단했다.

"아, 씨바! 존나 반칙해! 쌤! 심판 보고 있는 거 맞아요?"

"시끄럽다. 제삼자는 빠지도록."

남자아이들 무리에 섞여 같이 경기를 지켜보던 희원이 체육 선생님에게 따져 보았지만, 선생님의 쿨함에는 당할 수 없다는 것을 인지하고는 욕을 중얼거렸다.

"야, 근데 좀 심하다. 쟤네 질 것 같으니까 반칙하는 거 맞지?"

은지의 말대로 고의적인 반칙 때문에 경기의 흐름이 뚝뚝 끊기고 있었다. 경기에 임하고 있는 아이들의 얼굴에도 짜증스러움이 짙어져 가고 있었다.

"어?"

"최준영!"

기어코 준영이 넘어지는 일이 발생했다. 상대편에서 제일 덩치 큰 녀석이 공을 잡으려는 준영을 고의적으로 밀어 버린 것이다.

"씨발……."

욕설을 내뱉은 준영이 일어서자마자 7반 아이에게로 걸어갔다. 덩치는 컸지만 키는 준영이 우위에 있어 한껏 내려다보는 눈빛이 살벌했다.

"죽고 싶냐? 실력이 달리면 그냥 곱게 꺼져, 병신아."

"하다 보면 그럴 수도 있는 거지, 무식하게 욕은……."

구경하던 아이들이 7반 덩치에 대해 수군거리기 시작했다.

"너네 안 떨어져!"

체육 선생님이 외쳤지만 준영은 실소를 한 번 터트리며 덩치에게 더욱 가깝게 붙었다.

"뭐, 새끼야? 무식한 건 힘을 그딴 식으로밖에 못 쓰는 너거든?"

"뭐!"

7반과 우리 반 선수들이 둘을 보호하듯 양 진영으로 갈라
섰다. 그런데 회승의 모습이 보이지 않았다. 고개를 돌리니
살짝 떨어진 곳에서 태평하게 농구공을 손가락으로 빙글빙글
돌리고 있는 녀석이 보였다.

"너 덩치만 보고 뽑혔지? 네 임무가 이거냐?"

"이 양아치 새끼가!"

"꺄악!"

준영이 한 대 맞았다. 여학생들은 비명을 질렀고 체육 선
생님이 둘을 말리려 했지만 힘에 부쳤다.

"구회승! 너 뭐해! 준영이 맞았잖아!"

민주가 외쳤다.

"안 그래도 간다, 가. 젠장, 나 조심해야 되는데. 새끼, 작작
하지. 좀……."

회승이 아이들 사이로 천천히 걸어가더니 순식간에 덩치의
배에 농구공을 야구공처럼 메다꽂았다. 순식간에 코트는 우
리 반과 7반 아이들로 뒤엉켰고, 다른 선생님들까지 와서야
진정이 됐다.

여기저기 터져서 피를 본 7반 아이들과는 다르게 우리 반
아이들은 대체적으로 멀쩡했다. 그러나 우리 반은 몰수패를
당했다. 주먹을 먼저 쓴 건 7반이므로 부당하다고 따졌지만

통하지 않았다.

확실히 다친 아이들은 7반이 더 많았고, 결정적으로 농구 공으로 사람을 때린 구회승이 신성한 경기를 모독했다는 웃기는 이유를 대며 7반을 결승전에 올려 주었다.

"뭐 이런 개 같은 경우가 다 있냐. 아오, 씨!"

아름드리나무 그늘에 앉은 아이들은 저마다 불만을 토해 냈다.

"아, 안타까워라. 농구공 대신 주먹을 한 대 더 쓰는 건데. 신성한 경기 모독? 웃기고 있네. 우리 엄마 변호사 불러?"

회승의 말에 아이들이 너털웃음을 터트렸다. 결과는 나쁘지만 반의 결속을 다지게 된 것 같다며 아이들은 웃고 떠들며 즐거워했다.

그리고 그 속에서 분위기를 깨지 않으려 간간이 웃고는 있었지만, 회승이 주먹 쓰는 걸 또다시 목격하게 된 나는 마음이 편할 수만은 없었다. 잠깐이라도 혼자 있고 싶어 슬그머니 일어섰다.

"야! 공제인! 이 중요한 시점에 어딜 가?"

조용히 가고 싶었는데 희원의 외침에 다른 아이들이 날 쳐다봤다.

"아…… 갈증 나서. 음료수라도 마시려고."

"그래? 난 콜라!"

희원이 시작하자 너도 나도 음료수 이름을 외쳤다. 돈도 안 주고.

"같이 가."

그 많은 음료수 이름을 기억하는 것도 고달파서 다른 곳으로 샐까 생각 중인데 회승이 엉덩이를 털고 일어섰다. 할 수 없이 회승을 따라 음료수 자판기가 있는 곳으로 갔다.

"뭐 마실 거야?"

"자판기 앞이라고 진짜 그 말을 먼저 하냐, 넌?"

"어. 자판기가 우릴 지켜보고 있잖아."

"아오, 진짜. 비켜 봐."

회승이 지폐를 넣으려고 하는 내 손목을 잡아 뒤로 물러서게 하더니, 제 돈을 넣었다. 그리고 그냥 눈에 띄는 대로 이것저것 막 누르기 시작했다. 음료수가 입구로 떨어지는 소리가 탕탕 들렸다.

회승이 왜 나와 같이 여길 왔는지, 어떤 말을 기대하는지 짐작할 수 있었다. 그렇지만 이런 불안정한 마음 상태로는 그런 얘기를 나누고 싶지 않았다. 정작 내가 궁금한 건 따로 있었다.

"아까…… 네가 주먹 안 쓰고 그냥 말렸으면, 일이 이렇게까지 커지지 않았을 거란 생각, 안 해 봤어?"

상체를 굽히고 음료수를 꺼내려던 회승의 손이 잠깐 멈칫하더니 이내 다시 움직였다. 굽혔던 허리를 폈을 땐 이온음료 캔 하나만이 손에 들려 있었다.

녀석이 손쉽게 음료수 뚜껑을 따더니 한 모금 들이켰다. 그리곤 날 지그시 응시했다.

"넌 내가 그렇게까지 하지 않았더라면 최준영이 더 날뛰었을 거란 생각, 안 해 봤어?"

"준영이 그렇게 생각 없어 보이지 않던데."

"준영이 그렇게 생각 있어 보이지 않던데."

내 말을 회승이 별로 달가워하지 않고 있다는 게 느껴졌다.

"미안. 내가 너무 주제넘었나 보다."

괜한 얘기를 꺼냈다고 생각했다. 그냥 음료수를 가져가려고 자판기 앞으로 걸어가려던 순간.

"걸리는 게 뭐야?"

회승의 말에 난 걸음을 멈췄다.

"나랑 사귀는 데 걸리는 게 뭐냐고."

녀석은 날 응시하며 음료수를 한 모금 더 마셨다. 대답을 기다리는 듯했지만, '네가 무서운 것 같아' 라고 말할 순 없었다.

"최준영은 너보다 내가 더 잘 알걸? 그리고 네 생각이 항상 옳은 건 아니란다, 이 얼빵아."

진짜 얼빵이처럼 보이기라도 했는지, 멍해 있는 날 보며 회승이 재밌다는 듯 입매를 올려 웃었다.

"공얼빵. 나랑 사귈래?"

이 와중에 저런 말을 하다니. 인상이 써졌다.

"싫어? 그럼 다음에 또 물어보지, 뭐. 언제 물어볼까? 언제가 좋을까, 공얼빵 양?"

"……음료수, 안 가져갈 거야?"

회승을 지나쳐 무릎을 굽혀 앉고 음료수를 꺼냈다.

"진짜 무섭게 확! 쫄게 만들어서라도 사귀고 싶네."

내 무릎 위로 올려놓은 캔을 집어 가며, 회승이 다소 거칠게 말했다.

"……뭐?"

어이가 없어 고개를 들고 물으니 회승이 픽 웃으며 말했다.

"너 예쁘다고."

＊　　　＊　　　＊

은지와 민주가 기다리고 있는 카페 안으로 들어섰다. 에어컨 바람이 시원했다. 금방 미용실에서 하고 온 머리가 길을 걸을 때보다 더 가볍고 경쾌하게 느껴졌다.

"올, 공제인. 좀 예쁜데?"

"어디서 했어? 롤 매직이야, 매직 세팅이야? 나도 하고 싶다. 얼마?"

은지의 질문 공세에 정신이 없다.

"나도 좀 마시자. 목마르다. 시키고 와서 대답해 줄게."

주문하기 위해 카운터 앞에 섰다. 아직 메뉴를 정하지 못했는데 직원이 물어보자 입에서 아이스 아메리카노가 자동으로 튀어나왔다.

단것을 먹을까도 생각했지만, 뒤에 서 있는 사람에게 피해가 가지 않도록 빨리 주문을 해야 한다는 압박감이 들자 나도 모르게 아메리카노를 외친 것이다.

"주문하신 아이스 아메리카노 나왔습니다."

"고맙습니다."

얼음이 동동 뜬 아메리카노를 빨대로 빨며 자리에 와 앉는데 메시지 알람이 울렸다. 가방에 고이 모셔 둔 스마트 폰을 꺼냈다.

"뭐야? 휴대폰 바꿨네?"

"응, 어제. 아빠가."

"너 백성현 마음에 들었지? 그래서 스마트 폰으로 바꾼 거고."

민주가 알 만하다는 눈빛을 보내며 말했다. 성현은 민주가 부른 자리에 나가서 알게 된 남자아이였다.

"아니거든. 어제 저녁 때 아빠 혼자 술 드시기에 말동무해 드리다가 말 나와서 바꾼 거거든."

"잠깐만요. 백성현은 누구야? 남자지?"

은지가 우리끼리 남자 만난 걸 알게 되면. 으....... 민주더러 해결하란 눈빛을 보내며 난 아메리카노를 마셨다.

"여자야."

태연하게 거짓말을 하는 민주 때문에 웃음이 나왔다. 은지의 눈치를 한 번 본 나는 뭐하고 있느냐는 준하의 메시지에 친구들을 만나고 있다고 답을 달았다. 준하는 성현과 같이 나왔던 애였다.

"나 삐친다?"

"야, 넌 이삭이 있잖아. 아는 애들 만났는데 자꾸 여자 한 명 부르라고 해서 제인이 불렀어."

"진작 그렇다고 말할 것이지……. 제인아. 지금 걔, 성현이라는 애야?"

은지가 내 휴대전화를 눈짓으로 가리키며 물었다.

"진짜 백성현?"

민주도 빨대로 음료 컵의 얼음을 저으며 물었다.

"아니, 준하."

"뭐어? 너 걔 연락 받아 주고 있는 거야?"

"응."

민주는 기가 막힌다는 얼굴이었다.

"야, 그냥 무시해. 그러다 걔가 진짜 너 좋다고 하면 어쩌려고?"

"왜? 준하는 또 누군데? 별로야? 못생겼어?"

은지의 말에 민주는 한숨을 내쉬며 골치 아픈 표정을 지었다.

"몰라……. 근데 좀 모자란 것 같아. 그렇지?"

"에엥?"

"그냥 많이 순수해."

황당하다는 반응을 보이고 있는 은지에게 내가 말했다.

"모자란 거라니까."

민주가 단호히 정정했다.

"아, 몰라. 그것보다 백성현이라는 애 얼굴 보여 주면 안 돼? 여기로 부르자! 응?"

은지가 사슴과 같은 눈을 하고는 애교를 부렸다.

"큥, 뭘 불러. 불편하게."

말도 안 되는 일이다. 그 정도로 친하지도 않고. 백성현이 여기 있다는 생각만으로도 어색해 죽을 것 같다.

"내가 안 불편하게 할 자신 있어. 느낌 아니까."

은지의 말에 민주와 내가 코웃음 쳤다.

"그럼 아예 성현이랑 재범이 불러서 같이 놀까?"

"아니!"

"네, 언니!"

재범인 성현과 준하를 소개해 준 민주의 친구였다. 민주가 스마트 폰의 커버를 열었다. 내가 결사반대했지만, 민주에겐 은지의 의견만이 채택될 뿐이었다.

"뭐래? 온대? 온대?"

기대에 찬 얼굴로 은지가 민주에게 물었다.

"어. 내가 오라는데 안 오고 배겨? 누구랑 있냐고 물어봐서 너네랑 있다고 했지."

둘의 낄낄거리는 모습을 보며 난 얼음을 우걱우걱 씹었다. 얼굴도 익숙지 않은 그 애들을 또 어찌 대할지 벌써부터 어색하다.

"아, 근데 있잖아. 희원이가 그러는데……. 민주 너 열 받지 말고 들어."

가슴 앞으로 팔짱을 낀 민주가 한쪽 눈썹을 슥 올리더니 은지 얘길 기다렸다.

"준영이…… 여자 친구 진짜 있대. 대학생이래."

도도하던 민주의 표정이 싹 굳어 버렸다. 다크서클이 턱밑까지 내려온 공포 영화의 주인공처럼 어두침침해진 얼굴이 음침함을 풍겼다.

"……예뻐?"

잠시 뒤, 민주가 물었다.

"음. 그게…… 희원이가 사진 보여 줬는데, 사진은 워낙 잘 나오잖아? 고칠 수도 있고……."

"예. 쁘. 냐. 고."

"응……."

은지가 눈치를 살피며 대답했다.

"나보다?"

"그냥…… 단아한 스튜어디스 이미지?"

그게 예쁘다는 소리라는 걸 민주는 모르지 않았다. 민주가 쾅, 주먹으로 테이블을 내려쳤다. 난 눈빛으로 은지를 비난했고 은지는 풀 죽은 표정을 지었지만, 입 모양으로 '애도 알아야 돼'라고 말했다.

"김민주, 걱정하지 마. 너도 대학 가면 예뻐질 거야."

이 무거운 분위기 속에서 은지가 내 말에 품, 웃었다. 이건 아닌가?

"지금도 예쁘거든?"

"어, 그렇지……."

살벌한 민주의 말에 내가 얼른 화답했다.

잠시 뒤 성현과 재범이 왔다. 하지만 남녀가 만난들 마땅히 갈 곳이 없는 고딩 신분인 우리는, 사이드 메뉴와 두 녀석 몫의 음료를 추가로 주문하고는 시간만 보내고 있었다.

그 와중에 재범은 민주의 꿀꿀한 기분을 눈치채고 그녀를 웃기려 노력 중이었고, 나 때문에 왔다고 믿었던 성현은 은지에게 관심을 보이고 있었다.

가만히 얘기를 듣다 보니, 처음 본 그날도 내가 아닌 사진으로 봤던 은지가 나올 줄 알고 재범을 따라 나온 것 같았다. 아, 그리고 보니 아까 민주에게 누구랑 있느냐고 물었던 것도 은지 때문인 것 같다.

잠시나마 착각했던 내가 심히 부끄러워 난 말을 더욱 아꼈다.

"야, 우리 술 먹으러 가자."

민주가 결단을 내리듯 말했다. 마냥 여기서 죽치고 있는 것도 좀 지루했지만 술이라니! 준영의 여친 소식에 충격이 이만저만이 아닌가 보다.

"에이, 무슨 술이야. 신분증도 없는데."

말도 안 된다는 듯 내가 웃었다. 하지만 날 제외한 모두의 눈은 단숨에 초롱초롱해졌다. 같은 시간, 같은 공간에 있는데 다른 세계에 동떨어진 듯한 이 느낌은 뭐지?

"나, 증 검사 없이 뚫리는 곳 아는데. 희원이한테 들었지."

"가자, 그럼. 나와."

우리가 따라오는지 안 오는지 확인도 안 한 민주가 가방을
들고 나갔다.

"······여긴?"

우리가 찾아간 곳은 시내에서 멀리 떨어진 곳은 아니었지
만, 왠지 경찰들도 들어가길 꺼릴 것 같은 곳이었다.

너구리 소굴.

군데군데 불 꺼진 간판 테두리의 네온사인과 허름한 입구.
청소년들이 맘 놓고 담배를 피워도 누구 하나 제지하지 않을
것 같은 이 느낌.

"아무래도 우리, 다시 생각을······."

기세 좋던 민주까지도 들어갈 엄두를 못 내고 있는 걸 본
내가 말했지만, 곧 마음을 다잡은 듯 민주가 긴 다리를 이용
해 저벅저벅 안으로 들어갔다.

"그럼······ 들어가자."

그녀의 뒤를 재범과 은지, 성현이 따랐다. 이젠 대놓고 은
지 옆에 찰싹 붙어 다니는 성현이다. 난 백성현을 절대, 저얼
대 좋아하는 건 아니었지만 눈꼴시긴 했다.

짧은 복도를 지나 어두침침하고 부산스러운 가게 안으로
들어섰다. 익숙하지 않은 담배 연기에 목이 콱 막혀 왔다.

"왜? 우리 안 받아 준······."

헉! 말은 이어지지 못했다.

반으로 갈라져 서 있는 아이들 사이로 최준영과 함께 있는

구회승이 정면으로 보였다.

나와 눈이 마주친 녀석은 비릿하게 웃더니, 고개를 틀곤 재떨이에 담배를 비벼 껐다. 그리곤 담뱃갑에서 또 한 개비를 꺼내 입에 물더니 라이터로 불을 붙이고 연기를 깊게 내뿜었다.

의자 등받이에 기대앉아 있는 모습이 사뭇 거만해 보였다.

"……나갈까?"

내가 조심스럽게 물었다.

"어딜 가. 저기 앉자."

내 말을 가볍게 넘긴 민주가 빈자리로 가 자리를 잡았다.

"준영이 옆에 여자, 같이 있어."

민주를 따라가는데 은지가 귓가에 속삭였다. 슬쩍 다시 보니, 준영은 여자의 어깨에 팔을 두른 채였다.

헉, 나쁘다. 생각해 보면 준영의 잘못은 아니지만 처음으로 녀석에게 반감이 생겼다.

"야! 너네 뭐야! 그것도 남자랑!"

무거운 분위기 속에서 대충 맥주와 안주를 시키고 앉아 있는데 희원이 나타났다. 보이지 않는다 했더니 화장실이라도 다녀온 모양이었다.

"왜, 우리는 남자랑 이런 데 오면 안 되냐?"

희원에게 톡 쏘아붙인 민주가 맥주를 벌컥벌컥 들이켰다. 준영과 여자 친구의 다정한 모습을 목격한 후니, 저러는 것도 이해는 됐다.

"아, 왜 나한테 지랄이야. 그리고 공제인! 너 그러는 거 아니다! 어?"

"나…… 왜?"

"아오, 진짜……."

희원이 제 머리카락을 마구 헝클어트렸다.

"저기, 우린 그만 가 볼게. 갑자기 급한 일이 생겨서. 그럼 다음에 또 봐."

회승이네를 본 후로 말수가 급격하게 적어진 재범과 성현이 희원의 눈치를 보더니 자리를 떴다. 갑자기 생긴 급한 일이란 회승이네를 만났기 때문에 일어난 것이겠지.

"야, 잠깐 나와 봐."

"왜?"

자리 맨 끝에 앉아 있던 내 손목을 쥔 희원이 무지막지한 힘으로 날 밖으로 끌고 나갔다. 가게 옆 골목에 다다르고 나서야 희원은 내 손목을 내팽개쳤다.

"아! 왜 그러는데?"

휘청하는 몸을 바로 세우며 소리를 버럭 질렀지만, 한 번도 보지 못한 진지한 희원의 눈빛에 기가 죽었다.

"너 지금 정신이 있냐, 없냐? 응? 구회승 다친 거 안 보여?"

"다쳤어? 어디!"

"아, 맞다. 구회승 이 자식이 얼굴은 잘 피했다 그랬지."

무슨 소리를 하는 건지. 난 인상을 쓰며 희원을 쳐다봤다. 여전히 녀석은 답답하다는 얼굴이었다.

"오늘 그 쓰레기 같은 새끼가 또 구회승 도발했다고. 근데 이 병신이 가만히 처맞고 있더라니까?"

"그러니까 네 말은, 쓰레기는 한동준이고 병신 새끼가 구회승이라는 거지?"

"어!"

"근데 둘이 또 싸웠어?"

"야!"

"아, 깜짝이야."

희원을 노려봤지만, 내 눈빛 따위에 기가 죽을 리 없는 녀석은 내 손목을 잡고 웅크려 앉게 했다.

"좀 대갈빡을 굴려 보라고. 한동준이 구회승을 만나서 시비를 걸었어. 주먹도 주먹이지만 말로도 절대 안 지는 구회승이 한동준을 웃으며 갈궜고. 머리가 달리니까 대꾸는 못 하고 이 새끼가 회승이한테 선빵을 날린 거지. 근데 피할 수 있었는데도 구회승이 그냥 처맞은 거야. 한마디로 맞아 준 거지. 넌 회승이가 왜 그랬다고 생각하냐?"

"또 사고 치면 안 되잖아."

"아오! 야, 이 답답아!"

희원이 자리에서 벌떡 일어서며 외쳤다.

"너 나보다 공부 잘하는 거 맞아? 추리가 그렇게 안 돼? 아, 미치겠네. 나 경찰 돼야 돼? 경찰 별론데?"

"네가 되고 싶다고 되는 게 아니거든, 희원아."

"닥쳐, 이 닭 머리."

날 비웃으며 희원이 말했다. 김희원한테 이런 대우를 받으며 이야기를 계속 듣고 있어야 하나 하는 생각이 들었다. 하지만 희원의 말을 빌리자면 회승이 한동준에게 맞아 준 이유, 그게 알고 싶었다.

"그러니까 회승이가 왜 그런 건데. 말 안 해 주면 나 그냥 간다?"

"지금 하려고 했어. 그니까 그게, 너 때문이란 말이지."

"나?"

나는 내 얼굴을 손가락으로 가리켰다.

"어, 너. 너 그때 수돗가에서 말이야. 구회승이 한동준 응징하는 거 본 뒤로 못되게 굴었다며."

"못되게?"

"그래, 막 피해 다니고 말이야. 완전 티 났다고 그러던데, 구회승이."

알고 있었어? 그래서 그냥 한동준한테 맞은 거라고?

"야, 회승이 그렇게 주먹 막 쓰고 그런 애 아니다. 너 좋아하니까 빡쳐서 한동준한테 그런 거고. 봐라, 이제 앞으로. 한동준 그 새끼가 구회승 이겼다고 애들한테 소문 다 내고 다닐 거야. 그럼 애들이 이제 한동준한테 설설 기겠지."

김희원의 말이 다 사실이면, 회승이에게 미안해서 어떡하지?

마음 한구석에서 싹튼 의혹을 무시하며 회승을 만날 순 없었다. 남들에게 회승의 겉모습이 좋아 사귀는 것으로 비치는

것을 우려하고 있었던 만큼, 먼저 나 자신을 속여선 안 된다
고 생각했었다.

"하하, 표정 봐라. 감히 내 친구 구회승을 차고 딴 남자를
만난 여자의 말로가 이런 거구나."

희원의 말처럼 지금 내 표정이 어떤지는 안 봐도 뻔했다.
난 희원의 촐싹거림에 대꾸할 힘도 없었다.

"나 좀 회승이한테 데려다 주라."

난 자리에서 벌떡 일어나 희원에게 말했다.

"뭐 사 줄 건데?"

건수 잡았다는 표정의 녀석은 무척이나 즐거워 보였다.

"내일 매점. 만 원 이하."

"콜. 따라와."

바지 주머니에 두 손을 찔러 넣은 녀석이 껄렁대며 앞장서
가게 안으로 들어갔다. 민주와 은지가 왜 그러냐는 눈빛을 마
구 쏴 보냈지만, 나중에 설명하겠다는 표정을 지은 나는 희원
을 따라 회승이 있는 테이블로 향했다.

"구회승, 공제인이 너한테 할 말 있대."

그 말을 하더니 희원은 제 자리에 쏙 앉아 버렸다. 막 술잔
을 입에 대던 회승과 나머지 사람들의 시선이 나에게로 쏠렸
다.

'김희원, 야! 너만 앉으면 어떡하라고!'

"할 말, 뭐? 다른 남자 만나는 게 네 대답 아니었어?"

술잔을 내려놓으며 회승이 말했다. 말투는 부드러웠으나

눈빛은 차가웠다.

"다른 남자 만난 거 아닌데. 걔넨 나한테 관심 없거든."

내 말에 준영의 여친이 픕, 웃었다.

"아, 미안. 나도 모르게."

여자가 뒤늦게 손으로 입을 가리며 말했다.

"지금 자랑하는 거야? 남자한테 인기 없다고? 나한테 왜? 놀아 줘?"

속으로 '진정해. 침착해.'를 연발하며 차분히 말했지만, 실실 웃는 회승의 눈빛은 여전히 시베리아 허허벌판 같았다. 이쯤 되면 눈치챘을 텐데 끝까지 고자세다.

"어. 놀아 줘. 그리고 사귀자."

회승의 표정이 일순간에 굳었다. 다른 사람들도 마찬가지였고. 덕분에 그 말을 한 나도 굳어 버렸다.

'차라리, 내가 날 비웃는 게 낫겠어!'

"어떡하지? 싫은데. 미안."

언제 그랬냐는 듯 표정을 풀고 말을 마친 회승의 입매가 말려 올라갔다. 웃는 모습이 저렇게 예쁜데, 쏟아 낸 말은 싸가지다.

너무 창피해서 기절하고 싶었다. 녀석에게 미안한 만큼 여러 사람 앞에서 창피함을 무릅쓰는 것 정도는 감수해야 한다고 생각했는데, 막상 당하니 예상했던 것보다 버티기 힘들었다.

"야, 구회승 이 새끼야! 너 취했냐, 벌써?"

희원이 날뛰는 덕분에 난 내 자신을 추스를 수 있었다.

"방해해서 미안. 죄송합니다. 그럼 좋은 시간 보내세요."

고개를 제대로 들 수 없어, 인사하는 척 고개를 숙여 보인 난 그대로 뒤돌아섰다. 두 손으로 얼굴을 감싸곤 얼른 민주와 은지가 있는 곳으로 뛰었다.

뒤에서 회승의 나지막한 '시' 자가 들어간 욕설과 귀여워 등의 단어가 들린다 싶었지만, 그건 중요치 않았다. 저들에게서 벗어나는 것보다 중요한 건 없었다.

첫 음주는 성공적이지 못했다. 시켜 놓은 맥주를 한 잔도 마시지 못하고 난 아파트 단지 안으로 들어섰다.

"공제인, 일찍 일찍 못 다니지?"

우리 동으로 가는 길목에 놓여 있는 놀이터 쪽에서 들려오는 소리였다.

난 방향을 바꾸어 놀이터 쪽으로 몇 걸음 걸어갔다. 구회승이 그네에 걸터앉아 날 바라보고 있었다. 저녁 시간대를 훌쩍 넘긴 시간이라 놀이터에는 구회승뿐이었다.

"난 너 나가고 바로 출발했거든? 어딜 싸돌아다니다 이제 와? 죽을래?"

"네가 여기 왜 있어?"

차이긴 했어도 난 구회승이 무척이나 반가웠다.

"궁금해? 궁금하면 이리 와."

회승이 손가락을 까닥거렸다.

"싫은데?"

나도 여자야. 자존심이라는 게 있다고.

난 녀석에게 가지 않고 대꾸했지만, 그렇다고 집으로 가지도 않았다. 나랑 다시 잘해 볼 마음이 있으니까 여기까지 왔겠지 하는 생각이 들었다. 섣부르게 집으로 가 버려서 회승과 이대로 헤어지는 건 싫었다.

"그래? 그럼 잘 가라."

"할 말이 뭔데?"

난 놀이터 쪽으로 얼른 걸어갔다. 회승이 킥, 하고 웃었다.

"앉아."

회승이 옆의 빈 그네를 고갯짓했다. 아까 그 술집에서 날 보던 눈빛과는 사뭇 달랐다. 난 웃음이 날 것 같은 걸 억지로 참고 그네에 앉았다. 표정 관리하기가 너무 힘들었다.

"왜? 뭔데?"

"미안하다고. 그러게 왜 그렇게 예쁘게 하고 남자들이랑 어울려 다니냐고, 어? 그것도 술을 퍼마시러 와?"

"남이사……."

"남이사? 남이사는 또 어떤 새끼야? 꼴에 또 이사야? 감히 남친 될 님 앞에서 딴 남자를 불러?"

이런 저급한 유머에도 웃음이 나오다니. 게다가…… '남친'이라고 했다.

"웃네? 그래, 기쁘기도 하겠지. 내가 사귀자고 한 여자는 네가 처음인데."

상체를 기울여 제 얼굴을 내 얼굴 위로 바짝 들이민 회승이 날 바라보며 말했다. 그렇게 대놓고 쳐다보다니. 부끄러워 눈을 제대로 마주치기가 힘들었다.

"……내가 사귀자고 한 남자도 네가 처음이야."

느긋해 보이는 회승을 따라 나도 최대한 침착함을 유지하려 애쓰며 말했다. 그러다 보니 말이 너무 자연스럽지 못한 건 아닐까 하는 생각이 들었고 새치름하게 들리려나 하는 우려도 뒤따랐다.

"그럼……."

무릎 위에 놓인 내 손을 회승이 덥석 잡았다.

"손잡은 남자도 내가 처음이겠네?"

이런, 구회승은 스킨십에 능통했다. 한두 번이 아니라는 생각이 들면서도 내 입가에선 실실 웃음이 샜다.

나 왜 이러지? 미친다, 정말.

chapter 07

러브썸. 우리의 사랑은 귀엽다

학교에 회승과 내가 사귄다는 소문이 쫙 퍼졌다. 난 의도
치 않게 유명세를 치르며 시기 어린 시선과 수군거림을 겪어
야 했지만 시간이 좀 흐른 지금은 익숙해진 것인지, 무뎌진
것인지 학교생활에 다시 전념할 수 있었다.

"으아, 졸려……."

종례가 끝나자 회승은 아이들과 함께 교실 밖으로 나갔고,
난 책상에 널브러졌다. 새벽까지 읽은 팬픽 때문에 너무 피곤
했다.

"너 어제 그거 다 읽고 잤지?"

내 자리로 온 은지가 다 안다는 듯 웃으며 물었다. 난 간신
히 고개만 들어 올리곤 끄덕거렸다.

"오이지. 이제 다른 건 보내지 마."

"그거 끝이 좀 밋밋하지 않았어? 시즌 2도 있는 건데."

"진짜?"

상체가 벌떡 세워졌다.

"메일로 보내 놨다. 그럼 내일 봐."

은지가 손을 흔들곤 교실 문 쪽으로 걸어갔다.

"애초에 읽지 않는 게 좋을걸. 나 그거 시작했다가 학원도 못 갔다."

은지와 함께 교실을 떠나기 전 민주가 경고했다. 하지만 그녀들에게 잘 가라 손을 흔든 난 바로 스마트 폰을 꺼내 들었다.

"그가 혜성의 가슴을 부드럽게 어루만졌다. 그녀의 입에서 야한 신음이 흘러나왔다."

이게 음성 지원이 되던가? ……전혀, 그렇지, 않다!

"야!"

힐끗 뒤를 돌아본 난 기겁했다. 회승의 시선이 내 스마트 폰에 꽂혀 있었다. 순간적으로 얼굴이 붉게 달아올랐다.

"그녀의 다리를……."

"구회승! 입 닫아……. 이 씨."

회승의 입을 막으려다가 오히려 스마트 폰을 뺏기고 말았다.

"여자 친구야. 이런 야설을 대놓고 읽다니. 그것도 학교에서. 우리 여친, 센데?"

"이리 줘. 그리고 야설 아니고 팬픽이거든. 그런 장면만 있는 거 아니거든?"

"아, 그러셔? 어디 한번 읽어 봐야겠다. 그런지, 아닌지."

이런 세상에. 그런 장면만 있는 건 아니었지만, 꽤 있는 글이었다.

"너 야자 안 가? 난 지금 갈 거야. 빨리 줘."

"저녁도 안 먹고?"

구회승과 빨리 떨어질 생각에 저녁 생각을 못 했다.

"어. 나 속이 안 좋아서 안 먹으려고."

"웃기시네. 야설 읽으려고 저녁까지 굶어?"

폰을 뺏으려는 내 손을 가볍게 피한 회승이 짓궂게 웃으며 놀렸다.

"그런 거 아니라고!"

"뭐야? 지금 화내는 거야? 그의 손이……."

회승은 다시 소설을 읽었다.

"네 맘대로 해!"

안 되겠다 싶어 화난 척 교실을 나가려고 하자, 예상대로 회승이 얼른 쫓아와 내 목에 팔을 둘러 움직이지 못하게 했다.

"알았어. 안 읽어, 네 소중한 야설. 너만 몰래 읽어."

회승이 키득거리며 귓가에 속삭였다.

"내 폰."

"여기. 내 화끈한 여친."

회승이 손바닥 위로 폰을 올려 주더니 내 볼에 쪽, 뽀뽀했다. 손잡은 것 다음으로 녀석이 진도를 뺐다. 그것도 애들이 보는 앞에서. 불이 난 것처럼 얼굴이 화끈거렸다. 난 얼른 두 손으로 얼굴을 가렸다.

"뭘 이까짓 거에 놀라고 그러냐. 앞으로 어떡하려고."

앞으로 뭐? 뭐, 뭐?

감고 있던 눈이 크게 떠졌다.

"밥 먹으러 가자."

회승이 앞으로 걸었다. 녀석의 가슴에 등이 닿은 채로 난 그렇게 교실 밖으로 나가게 됐다.

"어? 준영이다."

준영의 뒷모습이 보였다.

"어이, 최준영."

뒤를 돌아본 준영은 걸음을 멈추어 섰다. 그리곤 회승과 내가 잡고 있는 손을 보더니, 피식 웃었다.

"뭘 웃어? 넌 손 안 잡고 다니냐?"

"어. 우린 팔짱 껴. 내가 허리를 감싸거나."

우엑, 닭살 커플. 표정 변화 하나 없이 대답하는 준영이다.

"자랑이다. 발랑 까져 가지고."

"너나 잘해."

"잘하고 싶어도, 그럴 수가 없어. 애가 손만 잡아도 얼굴이 빨개져서."

손만 잡아도 얼굴이 빨개지는 게 우리 나이엔 정상 아닌가?

난 어설프게 웃으며 그만하라고 회승을 툭툭 쳤다. 그런데 또 뭐가 좋은지 회승이 씩 웃었다.

"근데 김희원은? 걔 또 야자 쨌냐?"

"그렇지, 뭐. 근데 공제인 얼굴 진짜 빨갛다? 병 걸렸어? 아님 손잡고 있어서 그런가?"

"신경 쓰지 마. 얘 야한 병 걸렸어. 계속 쳐다보면 자책감 때문에 더 빨개지니까 그냥 가."

으……. 내가 말을 말아야지.

회승의 말도 안 되는 대답에 준영이 날 보며 비죽 웃더니 물었다.

"야동 보다 걸렸냐?"

"닥쳐! 아니거든!"

버럭 하는 날 내려다보며 회승이 크게 웃었다.

"비슷해. 네가 말한 단어에서 '동'을 '설'로 바꿔 봐."

"아…… 야설."

준영이 조용히 읊조렸고, 난 쌍심지를 켜고 회승을 째려봤다. 한 대 치려는 순간, 용케 눈치챈 녀석이 뛰기 시작했다.

"거기 서!"

약 올리듯 설렁설렁 뛰던 녀석이 날 돌아보고 윙크를 하더니 손을 까닥까닥했다.

"잡아 봐, 한번. 나 잡으면 키스해 줄게."

"……아니야, 됐어."

억지로 웃으며 말하자 옆에서 최준영이 웃었다.

"잡아. 안 잡아도 키스할 거니까."

회승이 갑자기 방향을 바꿔 이쪽으로 걸어오기 시작했다.

"오지 마!"

이젠 내가 뛰기 시작했다.

석식을 먹고 야자를 하기 위해 교실로 향했다. 배정받은 교실로 가란 선생님의 경고에도 불구하고, 오늘도 회승은 내 옆에 껌 딱지처럼 붙어 있었다.

"난 괜찮으니까 네 교실로 가. 학습 분위기도 여기보다 좋을 것 아냐."

7월 모의고사 오답 노트를 만들다 회승을 한 번 슥 쳐다보곤 말했다. 회승은 팔을 베개 삼아 엎드려 있었는데, 고개는 내 쪽을 향한 상태였다.

"싫어."

눈을 감은 채 녀석이 대답했다. 졸리는지 조금 잠긴 목소리였다.

"왜?"

"거긴 너처럼 매력적으로 못생긴 애가 없거든. 넌 정말이지 보면 볼수록 신기해. 눈 높은 나를 사로잡다니."

웃어야 할지, 울어야 할지. 오려 낸 시험지에 풀칠하던 것을 멈추고 회승을 흘겨보았다. 살짝 눈을 뜬 녀석의 입가에 옅게 미소가 번졌다.

"그 노트 좀 줘 봐."

만들어 둔 오답 노트를 회승이 눈짓으로 가리키며 말했다.

풀칠을 마저 하고 노트를 건넸다.

심심해서 보려나 보다 하고 대수롭지 않게 생각하며 다음 작업을 이어 갔다. 이번에 오려야 할 문제는 뒷면에도 틀린 문제가 있는 터라 한숨이 나왔다.

거의 비슷한 타이밍에 회승도 한숨을 내쉬었다.

'넌 왜?'

회승을 쳐다보던 난 기겁을 했다. 녀석이 7월 모의고사 성적표를 내 눈앞에서 달랑달랑 흔들고 있었다. 그제야 아무에게도 보여 주고 싶지 않았던 그것이 노트에 끼워져 있었다는 사실을 깨닫고 절망했다.

얼른 회승의 손에서 성적표를 낚아챘다. 하지만 녀석의 표정으로 보아 이미 다 본 후인 것 같았다.

"우리 얼짱, 그 노트 한 권으로 되겠어? 틀린 게 어마어마할 텐데."

"되면? 한 권으로 충분하면 어쩔 건데?"

"삐쳤어?"

녀석이 내 볼을 잡아당기며 물었다. 피하려 했지만 실패한 나는 회승의 손을 툭 쳐 내곤 묵묵히 작업을 계속했다. 녀석이 앞뒷면으로 틀렸다는 걸 눈치챌까 그 문제는 넘기고 다음 것부터.

"넌 오늘부터 스파르타다. 내가 공부 좀 시켜야겠어."

"미안하지만 나도 나를 공부시키고 있어서 그건 좀 힘들 것 같아."

회승이 엎드려 있던 자세를 바로 하고 앉았다.

"너 나랑 같은 대학 가기 싫어?"

진심으로 하는 말인가 싶어 회승을 쳐다보자, 꽤나 진지한 표정이 눈에 들어왔다.

"지금 광고 찍어?"

현실성 없는 얘기라 헛웃음이 나왔다.

"아, 뭐래?"

회승의 한쪽 눈썹이 위로 향했다. 자기는 진지한 데 반해 내가 너무 성의 없는 태도를 보이니 슬쩍 짜증이 난 것 같았다.

"광고 문구잖아. 'Impossible is nothing'. 하지만 불가능이란 분명 존재해. 너와 나의 성적 차이로 같은 대학 가기도 거기에 속하고."

회승은 한쪽 팔을 세워 턱을 괴고는 날 시큰둥하게 쳐다봤다.

"우리 자긴, 참 부정적이야."

"현실적인 거 아닐까?"

"어, 아냐. 사람의 잠재의식이라는 게 참 무서운 거거든. 야설만 읽지 말고 다른 책도 좀 읽는 게 어때?"

"너 오늘 나 화나게 하려고 작정했지?"

내 표정을 읽은 회승이 씩 웃더니, '사랑해.' 라고 말하며 머리를 쓰다듬었다.

"화내지 말고 들어. 내가 보기에 우리 여친은 공부를 진짜 열심히 하긴 해. 하지만 그에 비해 성적이 안 나온단 말이지. 그건 요령이 없다는 거거든. 앞으론 이 오빠가 도와줄 테니까 너는 그냥 '돈 워리, 비 해피' 하면 돼. 알겠지?"

듬직하게 느껴지긴 했지만, 그게 과연 될까 싶다.

"속는 셈치고, 좋아. 어떻게 하면 되는데?"

"어떻게? 음…… 일단 그거 마저 해."

회승이 손짓으로 얼른 하라고 이른다. 그럼 그렇지. 난 피식 웃고는 오답 노트 만드는 일에 다시 열중했다. 공부 비법이나 요령은 TV에도 맨날 나온다 이거지.

✳   ✳   ✳

회승과의 약속 시간에 늦은 나는 부랴부랴 움직였다. 자리를 잡는다고 회승이 먼저 가 있긴 했지만 그래도 만나기로 한 시간을 훌쩍 넘어 버렸다.

"엄마, 나 나가!"

'아, 텀블러!'

현관에서 신발을 신으려다 말고 얼른 주방으로 향했다.

"얘가. 어딜 가는데 이렇게 정신이 없어?"

내 목소리에 엄마가 방에서 나오며 물었다.

"도서관. 회승이랑 만나기로 했는데 늦었어."

얼음을 동동 띄운 진한 커피가 담긴 텀블러를 챙겨 주방에서 나오자 엄마가 날 잡아 세웠다.

"왜?"

"회승이? 지난번에 그 폭력 사건 일으킨 걔 말이야?"

"그 일은…… 아, 몰라. 나 늦었어. 나중에 얘기해. 근데 회승이, 엄마가 생각하는 것처럼 그렇게 나쁜 애 아니야."

운동화에 발을 끼우며 속사포처럼 말했다.

"아니긴! 너 걔랑 어울리지 말라 그랬지, 엄마가."

언성을 높이는 엄마 때문에 한숨이 나왔다. 회승을 만나 본 적도, 이야기를 나눠 본 적도 없으면서 저렇게 말하니 가슴이 답답했다.

"갔다 와서 얘기해, 엄마. 다녀올게요."

운동화 끈을 다 맨 나는 현관문을 열었다.

"얘가! 공제인!"

뒤따라 나오는가 싶더니 엄마는 엘리베이터에도 올라탔다.

"엄마 말 들어. 다 너를 위해서 하는 말이니까. 알지, 우리 제인이?"

귀를 막고 싶었는데 마침 엘리베이터가 멈춰 섰다. 9층이었다.

"이미 한 약속이니까 오늘만 걔 만나는 거 허락할게."

난 대답하지 않았고 땡 소리와 함께 문이 열렸다.

"어? 안녕하세요."

"제인이? 이 동에 사는구나? 어머, 제인이 어머니셨어요?"

아줌마가 엘리베이터 안으로 들어섰다.

"네, 그런데 우리 제인일 아세요?"

"저희 아들하고 같은 반이잖아요."

우리 엄마와는 어떻게 아는 사이일까 싶었지만, 일단 묻어
두고 난 얼른 닫힘 버튼을 눌렀다.

엄마를 의식해 돌아보니 아니나 다를까 엄마의 시선은 아
줌마가 들고 있는 가방에 머물러 있었다.

아줌마는 긴 바지에 민소매로 된 블라우스 차림이었는데,
들고 있는 가방은 확실히 비싸 보였다. 부러움과 시기가 깃든
표정이 순간적으로 사라지고 엄마가 웃었다.

"날이 벌써 이렇게 더워 큰일이에요."

아줌마를 대하는 엄마의 태도는 호의적이었다. 회승이를
나쁜 아이 취급한 사람답지 않게.

"네. 비라도 이빠…… 아니, 확 뿌려 주면 좋겠어요. 호호호
호."

말하던 중 멈칫한 아줌마는 말을 끝내며 웃으셨는데, 그
모습이 참 귀여우셨다.

"그러니까요. 아, 근데 여긴 무슨 일로? 아시는 분 계시나
봐요."

질문을 하는 엄마의 의도가 빤히 보여 민망했다. 혹 여기
아파트도 가지고 있느냐, 세를 준 거냐 따위의 것을 알고 싶은
거겠지.

"네. 아는 동생이 여기 살아요. 참, 제인이 어디 가니?"

아줌마의 말투는 도도하고 우아했지만, 다정함도 묻어 나
왔다.

"도서관이요."

엄마의 질문이 미안해서 최대한 환하게 웃으며 대답했다.

"오호. 우리 아들도 도서관 간다고 하면서 나갔는데. 너네 만나기로 했구나?"

"네⋯⋯. 근데 제가 좀⋯⋯ 아니, 많이 늦었어요."

쑥스러워하며 대답하던 난 화들짝 놀란 엄마의 표정을 거울로 보았다.

아줌마의 아들이 구회승이라는 걸 모르고 있었던 게 확실했다.

"원래 여자는 남자를 기다리게 해야 돼."

아줌마의 말에 웃음이 나왔다. 급했던 마음도 좀 편해졌다.

띵.

엘리베이터가 1층에 도착했다.

"그럼, 저 먼저 내릴게요. 안녕히 가세요."

"그러지 말고 아줌마가 도서관까지 데려다 줄게."

내가 내리려고 하자 아줌마가 웃으며 말했다.

"아니에요! 괜찮아요."

"날이 얼마나 더운데. 버스 타고 힘들어. 공부하기도 전에 지친다, 너? 그리고 땀 흘린 모습으로 남친 만나기 쪽⋯⋯ 아니, 창피하지 않겠어?"

계속 급하게 변경되는 아줌마의 어휘 선택에 웃음을 감추며 엄마를 쳐다보자, 그러라는 눈치를 보낸다.

"네, 그럼⋯⋯. 고맙습니다."

"천만에. 그런 인사는 다음부터 사양할게."

아줌마와 나는 마주 보며 웃었다.

우린 곧 지하주차장으로 내려갔고 집을 나올 때와는 다르게 엄마의 열렬한 인사를 받으며 차에 올랐다. 그 멋진 스포츠카에.

"그런데 저희 엄마는 어떻게 아세요?"

"아…… 길에서 우연히. 학교 위치 물어보시기에 잠깐 얘기하면서 알게 됐지."

아줌마는 날 바라보며 웃는 얼굴로 친절히 대답해 주셨다. 모자 사이라서 그럴까? 회승도 그렇고 아줌마의 미소도 상대를 웃게 만드는 힘이 있었다.

도서관 2층 열람실로 가는 계단을 최대한 빠르게 올랐다. 그리고 코너를 돌려고 하는 순간, 휴게실 의자에 앉아 손에 콜라 캔을 들고 있는 회승의 옆모습을 발견했다.

복사뼈를 드러낸 롤업 팬츠에 티셔츠, 적당히 근육 잡힌 팔뚝을 더욱 강해 보이게 하는 시계, 햇빛에 반짝이는 검은색 머리카락……. 거기까지는 딱 좋았다. 긴 생머리의 여자와 얘기하고 있는 것을 보기 전까지.

슬금슬금, 눈치채지 못하게 발소리를 죽여 곁으로 다가갔다. 무슨 대화를 나누고 있는지 궁금했다.

"……예쁘니까 다른 남자 금방 만날 거예요. 나처럼 잘생긴 남잔 어렵겠지만. 그래도 나보다 조금 못한 것도, 다른 사람 기준으로 치면 뭐 엄청 잘생긴 거니까."

회승의 말에 여자가 손목으로 입을 가리며 웃었다.

'놀고들 있다, 아주.'

기분이 상한 난 그냥 뒤돌아 열람실로 향했다. 회승의 연락처를 따려는 아이들이 어디 한둘인가. 이젠 일일이 대응하기도 지친다.

회승의 것으로 보이는 가방을 발견하는 데는 그리 오래 걸리지 않았다. 자리로 걸어가니, 문제집에 구회승이란 이름이 큼지막하게 적혀 있었다.

그리고 그 옆자리 역시 회승의 것으로 보이는 문제집과 필기도구들이 펼쳐져 있었다. 누군가 잠깐 자리를 비운 것처럼 보이기 위한 위장이었다.

의자에 가방을 내려놓은 나는 회승의 물건들을 치우고 문제집과 자습서를 꺼냈다. 완성된 오답 노트를 얼마쯤 보고 있을 때, 회승이 열람실로 들어왔다.

"너 뭐야? 언제 왔어?"

옆자리에 앉으며 회승이 내 귓가에 속삭였다.

"네가 예쁘다고 한 그 여자랑 시시덕거리고 있을 때?"

"걱정하지 마. 연락처 안 줬어. 김희원 거 줬어."

회승이 별스럽지 않다는 듯 말했다.

희원이 연락처는 왜!

연습장에 휘갈겨 쓰곤 회승 쪽으로 밀었다.

둘이 잘해 보라고. 김희원 스타일이야.

이 바보 멍청이!

준영이도 아니고 희원이란다. 천하태평한 회승의 답을 보고 있자니 울화통이 치밀었다.

그 여자애가 김희원과 만날 것 같진 않았다. 희원이에게 회승의 전화번호를 물어보긴 하겠지만. 근데 머리 좋은 구회승이 그걸 몰랐을까?

난 의심스러운 눈빛으로 회승을 쳐다봤다. 내가 무슨 생각을 하는지 모르는 구회승은 금세 공부에 집중한 모습이었다.

"영어 단어, 외워 왔지?"

작은 소리로 회승이 물었다.

'아, 맞다!'

회승이 준 프린트에서 한 스무 개 정돈 못 외운 단어가 있었다. 난 오답 노트를 접고 얼른 프린트를 꺼냈다. 어느새 회승도 나도 공부에 집중하고 있었다.

'커피 마시고 싶다.'

생각보다 긴 시간 이어진 공부에 몸에서 먼저 신호를 보내왔다. 휴식이 필요했다.

나는 좌우로 움직이며 뻐근한 목을 풀고 회승을 돌아봤다. 내가 쳐다보는 것을 모를 정도로 녀석은 완전히 공부에 빠져 있었다. 뚜렷한 이목구비가 한참이나 눈길을 잡아끌었다.

"나 커피 마실 건데."

내가 작게 속삭였다. 문제에 집중한 채 고개만 끄덕인 회승이, 곧 기지개를 켜며 날 보고 웃었다.

예뻐라. 얘가 정말 내 남자 친구야?

미소가 안 지어질 수 없었다. 히죽. 마주 본 상태로 웃는데, 회승이 기지개를 켜던 팔을 내려 내 의자 등받이에 걸치더니 고개를 숙여 왔다. 내 입술 위로 녀석의 촉촉한 입술이 닿았다가 떨어졌다.

처음으로 한 입맞춤.

떨리는 마음에 눈만 동그랗게 뜨고 있으니, 회승이 씩 웃으며 내 손을 잡았다. 우리는 열람실을 나와 휴게실로 들어설 때까지 마주 잡은 손을 놓지 않았다.

"얼음은 다 녹았는데, 아직 시원해."

커피 자판기 입구에 손을 넣어 종이컵을 하나 빼 왔다. 한 잔 따라서 먼저 회승에게 건네자 녀석이 좋아했다.

"기특해, 공제인. 너 나한테 시집와라."

"너 하는 거 봐서."

농담이었는데, 회승은 커피를 마시다 말고 정색하며 날 쳐다봤다.

"왜? 내가 뽀뽀도 해 줬잖아. 그리고 나 키스도 잘해."

'성태린이 그런 소릴 했나 보지?'

"누가 그래?"

"회승아……."

키스 소리에 부끄럽기도 하고 화가 나기도 해서 막 따지려는데, 아까 본 그 여자아이가 회승의 이름을 부르며 앞으로 걸어왔다. 싱긋 웃는 얼굴에, 손에는 편의점 로고가 박힌 비닐봉지를 들고 있었다.

"내가 이름을 말했었나?"

회승이 물었다. 전화번호는 안 줘도 통성명은 했나 싶었는데, 그게 아니었나 보다.

"네가 알려 준 번호로 메시지 보냈어. 김희원? 걔가 알려 주던데?"

"괜찮은 놈이야. 나보단 못하지만. 그렇지, 여보?"

"……여보?"

얼짱, 여친, 자기는 들어 봤어도 여보는 처음이다. 뜨악하고 있는 날 바라보며 회승이 실실 웃었다.

"아, 여자 친구야?"

여자애는 웃으며 물었지만, 눈빛에는 그러지 않길 바라는 기색이 어렴풋이 실려 있었다.

"어. 귀엽지?"

회승이 날 보곤 웃으며 말했다. 키스 얘기에 화가 나려고 했던 감정이 눈 녹듯 사라져 갔다.

"안녕? 난 박소정. 진성여고 2학년."

소정이란 아이는 확실히 사교성이 좋아 보였다.

"어, 안녕. 난 공제인."

이런 식의 만남으로 인한 자기소개는 해 본 적이 없었기 때문에 내가 생각하기에도 좀 부자연스러운 것 같았다. 회승도 느꼈는지 옆에서 대놓고 킥킥거렸다.

"아, 이거 먹어. 배고파서 내 거 사는 김에 넉넉히 샀어. 마침 연락하려고 했는데 여기 있었네."

"땡큐. 근데 김희원한테 내 번호까지 물어봤어?"

회승은 소정이 내민 과자를 받으며 물었다.

"어……. 저기 그게, 다른 뜻은 없고 그냥 이거 주려고. 기분 나쁜 거 아니지?"

역시. 희원보다는 회승에게 관심을 둘 거라 여긴 내 예상이 맞았다.

"핸드폰 좀 줘 봐."

회승이 소정에게 손을 내밀었다. 무슨 영문인지 모르는 소정과 나는 동그랗게 뜬 눈을 회승에게로 향했다.

"여기……."

소정이 스마트 폰을 회승의 손에 올려놓았다. 뭔가를 기대하는 듯한 눈빛이 마음에 들지 않았다. 회승은 소정의 휴대전화기를 잠깐 만지더니 다시 돌려주었다.

"내 이름 앞에 성 붙였고, 번호 바꿔 놨다. 이 애 번호야. 앞으로 나한테 연락할 일 있음 애한테 해. 안 하면 더 좋고."

회승이 고갯짓으로 옆에 앉은 날 가리키며 말했다.

'어쩜, 하는 짓도 이렇게 멋져?'

생긋생긋 웃고 있던 소정의 표정이 살짝 굳었다. 반대로 난 미소가 번지려는 걸 꾹 참아야 했다.

"구회승, 오버다. 네가 생각하는 그런 일 없을 건데. 애, 자뻑 증세 좀 심하지?"

소정이 마지막엔 날 보며 물었다. 다시 환하게 웃는 얼굴이었다.

"응, 좀······."

'그래도 난 좋지만.'

내가 피식 웃으며 대답했고, 회승은 자길 씹어 대든지 말든지 관심 없다는 표정으로 꼬고 앉은 다리를 흔들며 과자 봉지를 뜯었다.

"먹어, 여보. 나보다 먹는 걸 더 좋아하잖아."

회승이 내 입에 과자를 가져다 대며 말했다.

"이 맛은 날 배신하지 않으니까."

내 대답에 회승이 실소를 터트렸다. 소정은 끼어들 자리가 없다고 느꼈는지 인사를 하곤 자리를 떠났다.

저녁을 간단히 때우고 공부를 더 하다 밖으로 나오자 배가 너무 고팠다. 이럴 줄 알았으면 저녁을 제대로 먹고 공부를 늦게까지 하는 건데.

"배고파······."

말도 길게 하기 싫었다.

"조금만 기다려. 오빠가 맛있는 거 사 줄게."

그렇게 말한 녀석이 관리실 쪽으로 향했다.

"어디 가?"

"잠깐만."

회승이 관리실 안으로 들어갔다. 말은 안 되는데, 관리실에서 먹을 걸 들고 나오나 하는 생각을 했다. 이럴 때 드라마에선 초밥 봉투가 등장하던데…….

회승이 관리실에서 나왔다. 초밥 봉투가 아닌 헬멧을 손에 들고서.

"……뭐야?"

"보면 몰라? 헬멧. 근데 너 말이 짧아진 느낌이다? 배고파서 말하기도 귀찮냐?"

내가 고개를 끄덕였다. 회승이 피식 웃으며 손을 잡아끌었다. 그러더니 정류장으로 가는 길목이 아닌 도서관 뒤편으로 향했다. 주차장이라고 적힌 푯말이 보였다.

'구회승, 설마…….'

내 예상이 맞았다. 우린 영화에 나올 법한 오토바이 앞에 멈춰 섰다. 순간 회승의 휴대전화가 울렸다. 잡고 있던 손을 푸는 대신, 헬멧을 나에게 넘긴 회승이 전화를 받았다.

"어, 엄마."

회승이 통화를 하는 사이, 난 신기해 보이는 헬멧을 머리에 썼다. 눈앞을 막고 있던 유리를 위로 올려보았다.

'오, 열린다, 열려!'

회승이 종료 버튼을 누르는 게 보였다. '어, 엄마', 이 한마디만 한 것으로 보아 전화가 끊긴 듯했다.

"다시 안 해?"

가방 속으로 휴대전화를 넣자 의아함에 물었다.

"울 엄마 가끔 이래. 자기 할 말만 하고 끊어."

내가 하면 미친 거 아니냐고 오해를 살 만한 행동 같은데, 아줌마는 왠지 그럴 수도 있겠다 싶어 웃음이 나왔다.

"뭐라셔?"

"집으로 오래, 너랑. 야식해 준다고."

구회승네 집? 남자 집은 처음이다. 근데 쟤 뭐가 저렇게 자연스럽지? 당연히 내가 갈 거라 생각하는 것 같은데……. 그럼 같이 가 줄까?

"근데 헬멧은 또 언제 썼대?"

이제야 내 손을 놓은 회승이 두 손으로 헬멧을 잡고 벗기려 했다. 나도 더 쓰고 있을 마음은 없었기에 가만히 있었다. 그리고 헬멧도 가만히…… 있었다.

"어, 뭐야? 왜 안 벗겨져?"

나만큼이나 회승도 당황한 눈치였다. 평소엔 잘만 웃더니. 이럴 때 그냥 웃어 주면 안 되나? 야속하다.

"아, 씨! 오토바이 타고 집에 못 가는데. 엄마 알면 나 죽는단 말이야!"

그러게 누가 타고 오래? 하지만 난 잔말 않고 가만히 있었다.

"너 머리 진짜…… 크다? 좀…… 왜 이렇……게 안 빠지냐고! 젠장, 안 되는데. 김희원더러 와서 이거 가져가라고 해야 되는데. 아, 일단 전화."

회승은 희원에게 전화를 걸어 도서관으로 오라고 했다. 매번 김희원의 집에 맡겨 두는 모양이었다.

"야! 넌 그걸 왜 써 가지고……."

상처받은 내 눈빛을 봤는지 버럭 소리를 지르던 회승이 말꼬리를 흐렸다. 하지만 난 이미 기분이 상해 있었다.

"미안해……. 됐어? 이제 속이 시원해?"

톡 쏘아붙인 난 뒤돌아서서 씩씩대며 걸었다.

"야! 너 그러고 갈 거야?"

뒤에서 회승이 소리쳤다. 머리가 무겁다 했더니, 너무 화가 나 헬멧 생각은 못 하고 있었다. 지나가던 사람 두 명이 킥킥대며 웃었다. 택시를 타야 할 것 같았다.

"공제인! 야! 에이, 씨……."

회승이 저벅저벅 걸어오는 소리가 들렸다.

에이, 씨?

"흥. 왜? 욕해 보시지?"

혼자 중얼거리며 계속 걸었다. 회승이 진짜 욕을 했더라면 더욱 화가 났을 테지만, 마음에도 없는 말이 흘러나왔다.

배고파서 죽을 것 같더니 힘이 팔팔 났다. 생각지도 못한 빠른 속도로 걷고 있는데 뒤에서 날 확 돌려세웠다. 회승이었다.

"삐쳤어? 미안해. 근데 가더라도, 이건 벗고 가야지? 이게 얼마짜린데."

"뭐?"

너무한다 싶어 멍해 있는 사이, 회승이 다시 헬멧을 잡아 벗기려 했다. 정신이 번쩍 들었다.

"이 나쁜 자식아, 이거 안 놔? 싫어! 나 이거 안 벗어 줄 거야! 평생 안 벗어!"

"야! 말은 바로 해야지. 안 벗는 건 아니잖아. 못 벗는 거지."

목울대에서 올라오는 웃음을 그대로 방출하며 회승이 말했다. 이젠 이 상황을 즐기고 있는 것처럼 보였다.

"닥쳐!"

난 회승의 곁에서 벗어나려 난리를 쳤다.

"가만히 좀 있어 봐!"

"너네 뭐하냐?"

타이밍 좋게 그 순간 희원이 나타났다.

"야! 와서 헬멧 좀 벗겨 봐. 빨리!"

회승의 고함에 희원이 얼떨결에 다가왔다. 헬멧에서 손을 놓은 회승은 뒤에서 날 포박하듯 꽉 끌어안았다.

"싫어! 이거 놓으라고! 너 죽었어, 구회승!"

"야, 너네 너무 밀착한 거 아니냐?"

희원이 낄낄대며 웃었다.

"시끄러. 빨리 벗기기나 해."

벗긴란 말이 야하네 어쩌네 지껄이던 희원이 어느 순간 표정과 목소리를 싹 굳히며 말했다.

"이거 안 빠지는데?"

"진짜 심각하구나. 야, 여친. 미안한데 가만히 좀 있어 봐. 응?"

"싫어!"

우리의 대화에 희원이 미친 듯이 웃었다. 하긴, 이 상황 자체가 웃기긴 했다.

"싫어? 그럼 확 키스해 버린다?"

회승이 작게 속삭이고는 내 턱 쪽으로 입술을 갖다 댔다. 입술의 감촉이 어렴풋이 느껴졌다.

"어? 빠졌다!"

내가 움직임을 멈춘 사이 헬멧을 벗겨 낸 희원이 흔들며 소리쳤다.

"수고했다."

희원과 하이파이브를 하며 회승이 씩 웃었다.

"우이씨……."

난 뻐근한 목을 잡았다.

"아, 졸라 웃겨. 구회승 머리에도 잘 들어갔다 나오는구먼. 너 얼굴이 진짜 크긴 크구나?"

"닥쳐! 얼굴이 아니라 머리가 큰 거라고!"

내가 소리쳤다. 희원과 회승이 배를 잡고 웃었다.

"쟤 아까부터 닥쳐, 싫어. 이 말만 하고 있어. 내 여친이지만 골 때린다, 진짜."

"지금 이 행동은 나랑 헤어지겠다는 거지? 알았어. 잘살아."

무표정으로 말한 나는 휙 뒤돌아서서 씩씩대며 걸었다. 뒤통수 뒤로 웃는 소리가 멈추지 않았다.

"야, 잘 모시고 가라. 속도 너무 내지 말고. 간다!"

"크크큭. 어. 아, 오늘 잠자면서도 웃을 것 같아. 웃다가 오줌 싸는 거 아냐? 네 여친 진짜……."

"그만 처웃어, 자식아."

구회승, 그런 말이나 하지 말든가. 희원에게 뭐라고 하면서 자기도 웃고 있다.

"야! 공제인! 이불에 오줌 지리면 나 너한테 소금 얻으러 간다!"

희원이 소리쳤다.

"저게 진짜……. 듣지 마, 듣지 마."

어느새 날 바짝 뒤쫓아 온 회승이 내 귀를 막으며 말했다. 팔을 확 쳐 버리고 다시 걸어가는데, 회승이 내 팔목을 잡아 돌려세우더니 품으로 끌어당겨 안았다.

"미안해. 화 풀어. 너 귀여워서 더 놀린 거야."

두 팔을 내 목 뒤로 교차해 걸고는 얼굴을 바짝 붙인 회승이 씩 웃으며 말했다. 나는 화를 풀고 싶지 않은데 애석하게도 녀석의 얼굴을 보니 마음대로 되지 않았다.

아, 만감이 교차했다. 이런 자세로 있는 것도 쑥스럽고. 그리고 배도 고프고…….

난 내리깔고 있던 시선을 들어 녀석을 바라봤다. 화해의 의미가 담긴 말을 하려고 한 순간이었다. 녀석의 두 손이 내 얼굴을 살며시 붙잡고는 입을…… 맞췄다!

이건…… 뽀뽀가 아닌 키스였다!

살짝 틀어져 들어오던 턱의 각도, 빨간 입술……. 쪽 소리
를 내며 입술이 떨어진 지금도 눈앞에 생생했다.

'역시 구회승은 선수인 건가?'

회승이 나와 눈을 맞추곤 웃었다.

'선수네.'

발을 뺄 수 없는 늪에 빠져 버렸다.

chapter 08

여름방학에 생긴 일

보충 수업 마지막 날이었다. 비로소 제대로 된 방학이 시작된 것이다.

"앗싸! 끝이다, 끝! 이제 바다로 가는 거야!"

마지막 수업 종이 울리자 희원이 벌떡 일어나며 외쳤다. 선생님은 그런 희원을 보며 웃으시더니, 방학 잘 보내란 말을 끝으로 교실을 나가셨다.

"야! 경포대야, 해운대야? 얼짱, 너도 갈 거지?"

희원이 뒤를 돌아보며 말했다. 오토바이 헬멧 사건 이후, 이제 난 완벽한 공식 '얼짱'이 되어 버렸다.

"바다 말고 계곡. 요즘 캠핑이 대세야."

회승과 자리를 바꿔 이제 맨 뒷자리에 앉게 된 준영이 가방을 챙기며 말했다. 서두르는 모습으로 보아 만나고 있다는 그 대학생 언니와 약속이 있지 싶었다.

"웃기지 마. 여름엔 바다지. 그래야 우리 소정이가 비키니 입은 모습을 보지. 쌍쌍 데이트다."

더블, 트리플 데이트도 아닌 쌍쌍 데이트랬다. 음료수라도 마시고 있었으면 분명 뿜었을 거다.

"여보, 비키니 있으세요? 아니다. 이걸 묻기 전에 먼저 몸매가 가능한지부터 물었어야……. 되세요? 몸매?"

"대학생 때 완성되세요."

내 대답에 아이들이 뒤집어졌다. 회승이 내 목에 한쪽 팔을 둘러 가슴팍으로 끌어안으며 귀엽단 소리를 연발했다.

"답답해! 좀 놔 봐."

"밀당하는 거야? 그런 거 안 해도 된다니까."

회승이 실실 웃으며 날 풀어 줬다. 흐트러진 머리카락을 정리하고 있는데, 우릴 비웃으며 쳐다보던 준영이 가방을 어깨에 메며 자리에서 일어섰다.

"바다, 콜. 먼저 간다."

답지 않게 금세 생각을 바꿔 바다로 간다는 준영의 모습에 남자는 다 똑같구나 싶었다. 비키니 때문이겠지.

"언제 갈까? 이날 어때? 이날, 이번 주 토요일."

희원이 휴대폰의 달력을 보여 주며 말했다. 가고 싶은 의지가 대단해 보였다.

"이번 주 토요일이면……. 내일 모레?"

"빠를수록 좋잖아. 갔다 와서 계곡을 한 번 더 가는 거야.

죽이지?"

회승은 아무렴 어때, 하는 표정이었지만 이번 주는 곤란했다. 민주랑 은지와 따로 워터파크에 가기로 되어 있었다.

최준영, 정확히는 녀석의 여자 친구 때문에 같이 노는 걸 적극 반대한 민주로 인해 이루어진 약속이었다.

"저기…… 이번 주는 너희끼리 갔다 와."

"왜?"

희원이 몸까지 들썩이며 물었다. 벽에 기대 있던 회승은 무료한 표정 그대로 눈빛만으로 이유를 물었다.

"이번 주 약속 있어. 오이지랑 민주."

"데리고 와, 그럼."

구회승, 이 눈치 없는 자식. 난 입 모양으로 '최준영'이라고 말했다.

"안 돼, 안 돼. 소정이 이번 주밖에 시간 없대. 얼짱, 네가 약속 미뤄 봐."

"안 되는데……. 우리도 맞는 시간이 이번 주밖에 없어서 약속 잡은 거라……."

"아오! 그니까 보충 같은 건 왜 하냐고! 예체능 하는 애들만 빼 주고. 아, 짜증 나! 정 안 되면 같이 가야지, 뭐. 너네 어디로 가?"

"그게……."

"어딘데?"

같이 간다고? 그건 안 될 일이다. 내가 대답을 못 하고 있자 희원이 채근했다. 나는 회승의 눈치를 보다 어쩔 수 없이 입을 열었다.

"……워터파크."

"뭐?"

회승의 한쪽 눈썹이 매섭게 치켜 올라갔다.

"너. 내 허락도 없이 그런 델 가려고 했단 말이야?"

집에 갈 때 얘기하려고 했는데.

"그것도 여자들끼리?"

이삭이도 있고, 민주가 다니는 학원 남자애도 있어. ……하지만 이 얘긴 하지 않는 게 좋겠지.

"아니지. 남자랑 같이 가는 건 더 말이 안 돼."

어쩌라는 거지?

"아니, 나는…… 너한테 같이 가겠느냔 제안을 집에 가는 길에 하려고 했지."

실은 그냥 갔다 오겠다는 얘기만 하려고 했었다.

"안 되겠다. 공부를 가르치기 전에 연애를 먼저 가르치든가 해야지."

"초급이겠네. 초딩 때 떼고 오는 초급."

'김희원, 너는 더 안 보태 줘도 되거든?'

희원을 째려보자, 혀를 날름 내밀어 메롱을 한다. 저놈이야말로 초딩이다.

＊　　　＊　　　＊

수영복을 입긴 했지만 그 위로 핫팬츠와 짧은 티셔츠, 그리고 구명조끼까지 입었다. 똥배 때문이었다. 앉아서 공부만 하는 학생이 똥배가 안 나올 리 없다. 똥배가 없다는 건, 공부를 게을리 했다는…… 게 아닐 수도 있구나.

하지만 분명, 저기 저 날씬한 허리 라인을 드러내며 나타난 오은지와 김민주는 나처럼 똥배가 있었는데?

"야! 너네 똥배 어디 갔어? 분명히 여기 있었잖아? 어?"

"다이어트 좀 했다."

"거기에 난 설사약까지 먹었지."

은지가 브이를 만들어 보이며 웃었다.

"얄밉도다."

"야, 넌 잘 보일 남자도 없잖아."

은지가 내 옆으로 와 팔짱을 끼며 말했다.

"더 얄밉도다."

내 대답에 은지와 민주가 크큭, 웃었다.

"가자. 이 언니가 맛있는 거 사 줄게."

"그래, 빨리 가자. 난 츄러스."

난 얼른 앞장서서 걸었다.

"근데 회승이가 용케 허락했다?"

"걔도 바다 갔거든."

"흠……. 서로 하루 정도는 눈감아 주자 이거야? 근데 구회승은 가만있어도 여자가 꼬일 텐데. 어째, 제인이 네가 불리한 이 느낌은 뭐지?"

은지의 말에 난 입이 댓 발 나왔고, 민주는 내 등을 토닥였다.

"어? 이삭이다. 이삭……아? 헉, 야! 쟤네 구회승, 최준영, 김희원 아냐?"

"뭐!"

"어디, 어디?"

"일단 숨어!"

우린 훈련받은 비밀 요원이라도 된 것마냥 하나같이 건물에 붙어 몸을 숨겼다.

"아오, 저 나이 많은 게 최준영한테 딱 붙어 있는 것 봐."

"근데 몸매는 진짜 죽인다."

은지의 말에 고개를 끄덕이다, 매의 눈을 한 민주와 시선이 마주쳤다.

"네가 더 좋아, 민주야."

민주가 내 머리를 쓰다듬었다. 거짓말로 칭찬을 받다니.

"근데 이삭이는 왜 쟤들하고 같이 있는 거야?"

"보면 몰라? 딱 봐도 구회승한테 붙들린 거네."

민주의 말대로 이삭이는 회승은 눈치를 보고 있는 듯했고, 검은색 선글라스를 착용한 구회승은 이리저리 고개를 돌려 누군가를 찾고 있는 눈치였다. 아무래도 나인 것 같았다.

"와, 근데 애들 몸 좋은 것 좀 봐. 나 이삭이랑 오늘만 헤어지고 싶다."

"이삭이가 왜? 옷 입고 있어서 정확하진 않지만 나빠 보이지는 않는데?"

흰색 민소매 티셔츠를 입고 있는 이삭은 큰 키는 아니었지만, 비율이 좋아 보였다.

내 말에 은지가 픽, 비웃으며 한마디를 했다.

"그래서 티 입고 있는 거야."

"오이지. 그걸 네가 어떻게 알지?"

민주의 목소리에 웃음기가 깔려 있었다.

"무슨 상상하는지 아는데 아니거든? 체육대회 때 티 갈아입는 걸 우연히……. 아, 공제인. 근데 그날, 내가 구회승을 봤거든? 막 덥다고 티셔츠를 올렸다 내렸다 하는데, 은근 복근 있더라?"

"그으래?"

은지의 말을 듣고 회승을 살폈지만, 안타깝게도 하늘하늘한 소재의 긴팔을 입고 있었다.

"얘 봐라. 공제인, 구회승 살피고 난리 났다."

"근데 우리 이제 어떡해? 계속 여기 있어야 돼? 우리가 왜?"

은지의 문제 제기에 민주와 난 잠시 멍해졌다.

그러게. 우리 왜 이러고 있지?

"맞다. 제인아, 너 괜찮겠어?"

"나? 왜?"

"성현이 친구 말이야. 준하. 회승이가 오해하지 않을까?"

223

워터파크에는 예정에 없던 성현의 친구인 준하가 동행했는데, 계속 나에게 말을 걸고 저 혼자만 웃긴 농담을 하고 있는 실정이었다.

"그럴 수도 있겠네."

민주가 고개를 끄덕이며 대꾸했다. 하지만 표정은 그다지 걱정스러워 보이지 않았다. 시선이 준영과 그 여자 친구에게 가 있는 것으로 보아 이미 내 일은 관심 밖인 듯했다.

"워이!"

"으악!"

"하하하하. 표정 봐! 아, 웃겨!"

날 놀라게 한 준하가 내 반응을 보며 아주 만족해하는 얼굴로 웃기 시작했다.

뭐 이런 낯가림 없는 애가 있지?

"여기서 뭐해? 빨리 수영하러 가야지."

녀석이 내 손목을 잡아끌었다. 좀 지나치게 순수하고 까불까불한 성격이겠거니 했었지, 이 정도로 심각한 수준일 줄은 몰랐다. 당혹스러웠다.

"자, 잠깐만!"

난 도와달라는 눈길로 민주와 은지를 돌아봤지만, 둘은 나보다 심각한 표정으로 어딘가를 가리켰다. 급하게 눈길로 쫓아가 보니, 구회승이 보였다.

"제인아, 우리 파도 타러 가자. 파도!"

준하가 아이처럼 외쳤다. 여전히 내 손목을 잡아끈 채였다. 약을 했나 의심해 볼 정도로 흥분한 모습이었다.

"저기……."

"왜? 파도 말고 슬라이드 그런 거 타고 싶어?"

"그게 아니라……."

"에이! 그건 일단 물에 익숙해진 다음에 타는 거랬어, 엄마가! 가자, 가자!"

'아, 이런!'

"준하야! 내 남자 친구가 저기 와 있어서 난 가 봐야 할 것 같아. 미안……."

난 간절히 이해를 바라며 말했지만, 이미 넘실거리는 파도를 본 녀석은 소리를 지르며 날 물속으로 끌고 들어갔다. 파도가 밀려오고 있었다. 하지만 내 눈에는 파도가 아니라 공포의 쓰나미였다.

"제인아! 뛰어!"

"으악!"

놈이 신이 난 목소리로 외쳤지만, 막 파도를 맞기 시작한 내 입에선 공포에 질린 고함만이 튀어나올 뿐이었다. 그리고 그마저도 물을 머금자 분열되어 사라져 버렸다.

꼬르륵꼬르륵.

정말 지푸라기라도 잡고 싶었다. 내 손목을 그렇게나 세게 쥐고 있던 녀석이 이럴 땐 보이지도 않았다.

"네가 미쳤지?"

파도가 빠져나갔다. 먹먹하던 귀가 뜨이며 사람 말소리도

들렸다. 물에 젖은 생쥐 꼴을 면하진 못했지만, 난 살아남았
다.

"야, 공제인."

세수하듯 얼굴의 물기를 털어 내려는데, 누군가 손목을 채
갔다.

준하 이놈의 시키가 진짜! ……헉, 구회승이다. 내 속을 뒤
집어 놓던 준하가 아니라.

"아…… 안녕……."

회승이 비릿하게 웃었다. 난 슬그머니 흔들던 손을 엉덩이
뒤로 숨겼다.

"근데 여긴 어쩐……."

"닥치고 일단 나와."

회승이 잡고 있던 내 손목을 휙 놓아 버리며 말했으므로,
난 똥강아지가 주인을 쫄래쫄래 따라가는 모양새로 녀석의
뒤를 쫓았다.

"기어코 찾아가지고 오네."

준영이 말했다. 도착한 카바나에는 준영과 녀석의 여자 친
구 둘뿐이었다.

"안녕, 제인아."

준영과 바짝 붙어 앉아 있던 여자가 웃는 얼굴로 인사를
해 왔다. 말투와 행동에서 여성스러움과 귀염성이 묻어났다.

왜 준영이 죽고 못 산다고 애들이 말하는지 알 만도 했다.
까칠함과 도도함이 묻어나는 민주와는 다른 매력이랄까?

"네, 안녕하세요."

민주를 생각해 이 언니와 별로 친해지고 싶진 않았지만, 몸에 배어 있는 소심함에 인사까지 모른 체할 정도로 독하게 굴 수 없었다.

"들어가."

어느새 구명조끼를 벗은 회승은 드러난 맨 가슴 위로 티셔츠를 입으며 말했다. 회승이 알아채기 전에 녀석의 가슴팍에서 얼른 눈을 뗀 나도 구명조끼를 벗고 카바나 안으로 들어갔다.

"야. 넌 왜 휴대폰을 안 들고 다녀? 구회승 완전 열 받았다."

준영이 내게 수건을 던져 주며 물었다.

"핸드폰은 물에 빠트릴까 봐……."

난 준영과 언니와는 좀 떨어진 곳에 마주 보고 앉았다. 그 사이 회승이 내 옆쪽으로 왔다.

"누구냐, 그 못생긴 새끼?"

"새끼? 다른 남자랑 있다가 걸린 거냐?"

언니가 준영의 옆구리를 콕 찔렀다.

"아, 왜?"

그런데도 저 반응을 보라지. 시누이 같은 놈. 오늘처럼 최준영이 얄미운 적이 있었을까.

"민주 친구의 친구. 나도 오는지 몰랐어."

"아무튼, 김민주……."

준영이 조용히 읊조렸다. 다른 사람이 듣는다면 마치 민주에게 문제가 있는 것 같다는 느낌을 줄 수 있는 어조였다. 난 준영을 슬쩍 째려보았다.

"민주가 누군데?"

"있어. 우리 반."

언니의 질문에 준영은 더 말하기도 귀찮다는 듯 대답했다. 나쁘다. 민주에게 준영은 깨끗하게 잊으라고 확실하게 일러 줘야겠다.

"뭘 오는지 몰라? 딱 봐도 짝 맞춰서 왔구만."

카바나 난간에 등을 기댄 회승이 날 쳐다보고 인상을 구기며 말했다. 난 정말 억울했다.

"진짜 아냐! 나도 걔 때문에 얼마나 놀랐는데."

"그래. 못생겨서 놀라기도 했겠지. 근데 그런 놈한테 손목이나 잡히고……."

회승이 날 위아래로 훑었다. 뒷말은 아꼈지만 '잘한다, 잘해.'라고 눈빛이 말해 주고 있었다. 사실 회승이 강조한 것처럼 그 애가 그렇게 못생긴 건 아니었지만 난 눈치껏 잠자코 있었다.

"회승이가 질투도 하네?"

"그러게, 누나. 이런 기분 처음이야. 열라 못생긴 새끼한테 이런 감정을 느끼다니. 아, 기분 더러워."

"지랄한다."

준영이 어이없다는 듯 웃었다.

"제인이 좋겠다. 저렇게 멋진 남친이 질투도 해 주고."

그러게요. 아, 이 언니랑 친해지면 안 되는데…….

언니의 말에 난 살며시 웃었다. 그런데 회승은 그게 아니 꼬운 모양이었다.

"웃어? 나도 다른 여자 손목 한번 잡아 봐?"

"……아니."

내가 소심하게 대답했다. 회승이 날 한 번 쳐다보더니 금 방 고개를 돌렸다. 날 민망하게 만들 작전이었다면 대성공이 다. 언니가 그런 내 기분을 알았는지, 날 보며 웃어 주었다.

그때 회승의 휴대폰이 울렸다.

"봐라. 나도 수영장에서 손목 잡을 수 있는 여자 많거든? 이렇게 막 연락 오거든?"

회승이 휴대폰을 내보이더니 비웃음을 날리며 휴대폰 커버 를 열었다. 근데 어째 표정이 한순간에 탐탁지 않게 변했다.

"여자 아니지?"

준영이 피식거리며 물었다.

"여자 맞거든? 김민주는 뭐 여자 아니냐?"

준영과 내가 웃음을 터트렸다. 언니도 웃는 얼굴을 한 채 도시락으로 보이는 통들을 꺼냈다.

"아, 왜."

회승은 꽤 짜증스럽게 전화를 받았다. 준하의 영향인 것 같았다.

"어, 같이 있어. ……그러든가."

무뚝뚝하게 전화를 끊은 회승은 휴대폰을 짐 위로 툭 던졌다.

"민주가 뭐래?"

"안 가르쳐 줘."

무미건조한 눈길로 날 똑바로 보고 말하더니, 이내 언니가 꺼내 놓은 도시락에 손을 댔다. 제대로 삐친 모양이다.

"제인아, 회승인 신경 쓰지 말고 너도 어서 먹어. 질투 중인 남자는 그냥 가만히 내버려 둬야 돼."

"네. 잘 먹겠습니다."

샌드위치며 김밥, 샐러드와 과일이 줄 맞춰 담긴 것을 보니 급 식욕이 당긴다.

세모 모양의 샌드위치를 하나 집어 드는데, 회승이 눈길이 집요하게 따라붙더니 준영과 언니 쪽으로 향했다. 어미 새와 새끼 새처럼, 언니가 준영의 입속에 먹을 걸 넣어 주고 준영은 오물거리기만 했다.

"먹을래?"

입에 막 넣으려던 샌드위치를 회승에게로 내밀며 물었다. 대답은 없었지만 회승이 샌드위치를 한입 베어 물었다. 서로 먹여 주는 커플들을 보며 왜들 저러나 했는데, 그 기분을 알 것 같았다.

"민주가 전화로 뭐라 그랬어?"

"오겠대. 이리로."

뭐!

"나 휴대폰 좀."

회승의 허락이 떨어지기도 전에, 난 녀석의 다리 위로 상체를 넘겨 휴대폰을 가져왔다. 야, 하는 볼멘소리가 들려왔지만, 민주에게 보낼 메시지를 작성하는 데에 정신이 팔려 있었다.

〈너 어디야? 오지 마! 여기 준영이랑 여친 있어! ―제인〉

"너, 진짜……."

회승이 이를 앙다물며 말하더니 내 티셔츠를 등 뒤에서 잡아당겼다. 심하게는 아니었지만 목이 조여 왔다.

"야, 안 봐. 그리고 솔직히 보이지도 않아. 뭐가 있어야 보이지."

"꺼져. 너 지금 내 여친 무시하냐? 크지 않아도 보일 건 보이거든?"

회승이 날 옹호해 주는 건 좋았지만, 크지 않다는 말에 상심이 컸다. 언니가 무시하라는 눈빛과 웃음을 보여 준 덕에 난 민주의 회신을 기다리는 일에 집중하기로 했다.

〈김민주!!〉

다시 한 번 문자를 보냈지만 답이 없었다.

휴대폰 화면을 골똘히 바라보던 나는 회승의 눈치를 보며 망설이던 끝에 통화 목록을 보기로 했다. 아까 녀석이 말했던 대로 여자들의 연락이 많은지 확인하고 싶었다.

녀석은 아직도 준영과 시답잖은 얘기에 열을 올리느라 이쪽은 관심 밖이었다.

예은, 서윤, 미현 등등. 중간중간 내 이름과 눈에 익숙한 이름이 섞여 있었지만 모르는 여자 이름은 계속해서 나왔다. 거의 다 부재중 전화였고, 문자 또한 수신 표시는 있었지만 발신한 내역은 없었다.

하지만 그래도 좀 맥이 빠지는 순간이었다. 회승에게 이 여자애들과 무슨 관계일지 물어볼까 고민하는데, 민주에게서 답이 왔다.

〈그래? 그럼 더욱 갈래. 얼굴 한번 제대로 봐야지, 얼마나 예쁜지. 거의 다 왔어.〉

후회할 텐데.

"공제인!"

얼마 안 있어 민주가 왔다. 은지와 이삭도 왔고, 성현과 아까 날 쓰나미로 이끈 준하까지 있었다. 반갑게 내 이름을 부른 애가 바로 준하였다.

"여기 있었구나! 정신 차려 보니 네가 없는 거야! 난 또 파도에 휩쓸려 간 줄 알고 얼마나 찾았다고!"

준하가 시끄럽게 떠들며 카바나 안으로 들어서려 하자 역시나 회승과 준영의 표정이 심상치 않았다. 불쾌지수가 엄청나게 올라간 게 한눈에 보일 정도였다.

"야, 안 내려가?"

회승이 냉소적으로 말했다. 아이들이 회승의 눈치를 보기 시작했지만, 분란의 중심에 있는 준하는 정작 아무렇지 않아 보였다.

"하하. 이삭이랑 나는 물놀이 더 하고 올게. 슬라이드 타러 가기로 해서……."

은지의 말에 옆에 서 있던 이삭이 떨어져 나갈 정도로 세차게 고개를 끄덕였다. 둘은 손을 맞잡고 왔던 방향으로 후다닥 사라져 버렸다.

"아, 우리 동갑이지? 친구끼리 같이 놀자."

"뭘 같이 놀아? 사이좋게 그냥 따로 놀자?"

"왜 그래, 무안하게."

"김준하, 나와. 가자."

언니가 중재에 나서려는 순간 성현이 말했다. 이미 감정이 상한 것 같았다.

"왜? 제인아, 같이 놀자."

"야, 죽어 볼래?"

회승의 눈빛에 압도당한 준하는 기가 죽는 것 같았지만, 그럼에도 '근데 넌 왜 아까부터 화내고 있어? 너 되게 나쁜 애구나?'라는 말을 내뱉으며 우리 모두를 식겁하게 만들었다.

물론 어이없다는 듯 웃고 있는 회승을 제외하고.

"어. 나 진짜 진짜, 네가 상상도 할 수 없을 정도로 나쁘거든? 그러니까 빨리 도망가라?"

"네가 뭔데!"

"나? 네가 놀고 싶어 하는 공제인 남자 친구."

"정말? 정말 남자 친구야?"

준하의 물음에 난 크게 고개를 끄덕였다. 옆에서 비웃고 있던 회승의 그 삐딱한 입매에서 만족감이 묻어 나왔다.

"알았으면 빨리 가야지?"

"야, 구회승, 최준영. 말없이 친구들 데리고 와서 미안한데, 이미 왔잖아. 그리고 우리가 완전히 모르는 사이도 아니고. 그냥 좀 좋게 대해 주면 덧나? 아니면 방해받고 싶지 않다고 정중히 얘길 하든가. 꼭 그런 식으로 말을 해야 속이 편하니?"

민주가 똑 소리 나게 따지고 나섰다. 모두 그 말에 동조하는 눈빛과 얼굴을 한 순간, 피식 웃는 소리가 들렸다.

처음부터 끝까지 한쪽 입매를 끌어 올린 채 띠껍다는 얼굴을 한 회승인 줄 알았는데, 바람 빠진 웃음소리의 주인공은 준영이었다.

"알았으니까 그만 꺼져 주실래요? 네가 말한 대로 미안한 일은 네가 먼저 했거든요. 그러니까 그냥 사과하고 가면 좋았잖아. 얼른 가서 남친이랑 좋은 시간 보내시라고요."

헉! 준영이 너무했다고 느낀 순간, 민주의 얼굴이 붉으락푸르락했다.

"괜찮아?"

성현이 민주의 안색을 살피며 물었다. 듬직해 보였다.

그래, 민주야. 싸가지 없는 최준영은 잊고, 성현이랑 잘해 보는 거야.

"그래! 가 줄 테니까 재밌게 놀아라! 가자, 성현아, 준하야."

민주와 나를 번갈아 쳐다보던 준하가 벌떡 일어나 밖으로 나갔다.

"쟤 좀 모자란…… 거지?"

언니가 우리의 눈치를 보며 조심스럽게 말을 꺼냈다.

"쟤가 너한테 집착한 이유를 알겠다. 정신 안 차릴래?"

회승이 면박을 준다.

"모자란 게 맞는 거면, 그렇게 싸가지 없게 대하면 안 되는 거잖아."

준하가 진짜 그런 거라면 성현은 참 괜찮은 애라는 생각이 들었다. 반면에 날 내려다보는 회승의 시선은 여전히 시니컬했다.

"모자라도 내 여자한테 집적거리면 못 참는다. 다 발라 버릴 거야."

도의적이지 못한 대답인데 왜 기분은 좋을까? 이래서 사람을 이기적이라고 하는 건지도.

가만, 그럼 최준영은 진짜 도의적이지 못한 사람인 건가? 회승은 제 딴에 그럴 이유가 있었다지만, 준영은? 혹 민주한테 감정이 있는 거 아냐?

난 준영을 쳐다봤다. 언니를 내려다보는 시선이 그렇게 다정할 수가 없었다.

그럴 리가 없지.

"아무래도 나 민주한테 가 봐야겠어."

자리를 털고 일어났다. 민주가 걱정됐다.

"백까지 셀 테니까 그 안에 와. 못 올 것 같으면 가지 말고."

백이면 1분 40초. 완전 억지다.

"갔다 올게!"

설마 진짜 백까지 세겠어?

난 카바나를 나섰다.

"일, 이, 삼."

구회승은 진짜 숫자를 세기 시작했다.

"미안! 사랑해!"

뒤돌아보고 외친 나는 앞만 보고 뛰었다.

"김민주!"

민주는 카바나와 그리 멀지 않은 매점에 있었다. 성현과 준하를 앞에 두고 우적우적 먹어 대는 중이었다.

"어? 제인이다!"

내 이름을 크게 불러 준 준하에게 한 번 웃어 보인 난 얼른 민주의 옆으로 가 티슈로 입을 닦아 주었다.

"놔둬. 또 묻어. 다 먹고 닦을 거야."

민주가 티슈를 밀어냈다.

"왔어? 너도 앉아서 좀 먹어."

성현이 음식을 앞으로 밀며 말했다.

제일 크게 반응하며 반겨 주는 준하도 다시 보였고, 그런 일이 있었는데 웃으며 맞아 주는 성현도 좋았다.

"얘 때문에 너흰 못 먹고 있는 거지?"

"솔직히 앞에서 보고 있자니, 먹을 엄두가 나진 않는다."

성현이 웃으며 대답했다.

"야, 너 오늘 우리랑 있을 거지?"

민주가 생수병을 들어 올리며 물었다.

"어? 어······."

얼떨결에 대답은 했지만, 회승의 악마 같은 얼굴이 떠올라 괴로웠다.

저녁 아홉 시쯤, 우리는 은지의 집에 도착했다.

회승의 부모님이 워터파크 리조트의 회원이라 스위트룸에서 머물자고 아이들이 제의했으나, 엄마가 허락하지 않을뿐더러 은지와 민주를 버리고 홀랑 회승에게로 가는 마음이 편하지 않았다.

그대로 헤어지기엔 할 말이 너무 많이 남아 버린 우리 셋은 은지의 집에서 밤을 보내기로 했다. 물론 나는 은지의 집으로 걸려 오는 엄마의 전화를 받고도 영상 통화를 또 따로 해야 했다.

"어? 안녕하세요."

"어, 안녕."

은지의 집으로 들어서는데 대학생이 된 도환 오빠가 현관 앞에 있었다. 막 나가려던 참인 것 같았다.

"오빠 오늘 안 들어온다고 했다?"

은지의 부모님은 먼 곳에 있는 친척 집을 방문 중이셨으므로, 오늘 이 집은 완벽하게 우리 차지였다.

"남자 새끼들 불러들이기만 해 봐."

"내가 오빤 줄 알아?"

은지가 콧방귀를 끼며 도환 오빠를 지나쳐 거실로 들어갔다.

"냉장고에 맥주, 개수 세 났다."

"안 먹어."

은지가 뒤도 안 돌아보며 대답했다.

"오빠, 오랜만이에요."

"어, 우리 민주!"

통화하다가 늦게 들어온 민주를 보는 도환 오빠의 얼굴에 함박꽃이 폈다.

"왜 이렇게 뜸해? 자주 놀러 와. 오빠가 맛있는 거 사 줄게."

나를 대할 때와는 판이하게 다른 몸가짐이다.

"네. 외출하시는 것 같은데 잘 다녀오세요."

"그래, 그래. 재밌게들 놀아. 아, 오빠가 피자 시켜 주고 갈게."

"진짜?"

은지가 현관으로 달려왔다.

"어. 나가면서 전화할 테니까 배달 오면 이걸로 계산해."

은지가 덥석, 도환 오빠가 내미는 지폐를 낚아채 갔다.

"야! 안 뺏어, 안 뺏어."

"잘 먹을게요, 오빠."

은지는 헤헤 웃고 있었고, 민주는 시크하게 인사를 하고는 거실로 들어가 소파에 앉았다.

"저도요."

딱히 나에게 관심을 두진 않을 것 같았지만 그래도 예의상 인사를 했다. 도환 오빠는 내 예상대로 대충 고개만 주억거리더니 민주가 있는 쪽을 바라보았다.

"재밌게 놀아, 민주야."

"네."

민주의 시선을 한 번 더 받은 도환 오빠는 그제야 만족해하며 밖으로 나갔다.

머리도, 외모도 안 되는 이 서러운 인생사.

"야, 우리 딱 한 캔만 할까?"

배달 온 피자를 먹기 좋게 세팅할 동안 은지가 맥주 한 캔을 가져왔다. 서로의 눈치를 살피던 민주와 나는 고개를 끄덕였다.

탁.

맥주 꼭지 따는 소리가 경쾌했다.

"건배!"

거사를 치르는 것도 아닌데 다소 딱딱하게 건배를 한 우리는 동시에 맥주가 담긴 컵을 입으로 가져갔다. 은지와 민주의 입에서 캬, 하는 소리가 동시에 터져 나왔다.

"근데 솔직히 맥주도 그렇게 맛있는 건 아니지 않아?"

나는 입가로 흘러나온 맥주 방울을 손등으로 닦은 뒤 말했다. 그리곤 피자 한 조각을 한입 베어 물었다.

"맛 때문에 술 마시는 사람이 어디 있겠니? 기분으로 마시는 거지."

"그래도 달달하면 더 좋지 않을까?"

"정신 차려. 인구의 절반을 알코올 중독으로 만들고, 간암 또는 간 경화로 죽일 셈이야?"

아아. 민주의 말에 고개를 끄덕였다.

"왜? 칵테일은 달달하잖아."

피자를 오물오물 씹으며 은지가 말했다.

"그건 비싸지 않아? 소주보다 세지도 않고. 그러니까 먹는 사람이 적겠지."

"그렇지. 어떻게 해서건, 술로 사람을 죽게 만들어선 안 되는 것이야. 그만큼 수요가 줄거든."

뭔가 '국가가 국민을 생각해서 그런 걸 거야.'에 가까운 답이 나오지 않을까 생각했는데, 민주의 마무리에 난 웃음을 터뜨리고 말았다. 말이 아주 안 되는 얘긴 아닌 것 같았다.

"제인아, 너 문자 왔다."

은지가 내 휴대폰을 건네주었다. 삐쳐 있던 구희승인가 했는데 희원이었다.

"회승이야? 뭐래?"

은지가 관심을 드러내며 물었다.

"희원인데. 준영이 여자 친구, 예슬 언니 있잖아? 그 언니 친구들이 와서 난리래."

"줘 봐."

준영이 얘기에 발끈한 민주가 내 휴대전화를 가져가 그대로 읽었다.

"얼짱, 너 이제 큰일 났다. 예슬 누나 친구들 왔는데 대놓고 구회승한테 들이대고 장난 아냐. 그러게 내가 가지 말라고 했지? ……미친 거 아냐? 나이 먹어 가지고. 추하다, 추해."

"맞아. 난 나이 먹어도 그러지 말아야지. 스물둘이나 먹어서 고삐리가 눈에 차나?"

민주에서 은지로 이어지는 말에 답해 줄 겨를도 없이, 난 빛의 속도로 회승에게 보낼 메시지를 쓰기 시작했다. 뭐하고 있냐는 단 한마디였지만.

"뭐라고 보냈어?"

"뭐하냐고."

은지가 고개를 끄덕였다. 내 질문이 탁월하지도, 그렇다고 나쁘지도 않다는 표정이었다.

째깍째깍.

식탁 위쪽으로 붙어 있는 시계의 초침이 흘렀지만, 메시지 알림은 울리지 않았다.

"답 안 할지도 몰라. 구회승 완전 삐쳐 있었잖아."

민주가 다 마신 컵을 탁 내려놓으며 말했다. 남친인 자기랑은 놀지도 않는다고 싫은 내색을 팍팍 하던 녀석이었으니 그럴 수도 있겠단 생각이 들었다.

"아무래도 제인인 회승이랑 놀게 해야 했나 봐."

"그래. 미안하다, 나 때문에."

"아냐. 우리끼리 놀려고 간 거였잖아. 구회승네가 예고도 없이 온 건데, 뭐. 신경 쓰지 마."

가라앉는 분위기를 수습해야 할 것 같았다. 그리고 따지고 보면 민주 잘못도 아니었다.

"민주야, 성현이 어때?"

분위기를 바꿔 보기 위해 성현이 얘기를 꺼냈다.

"성현이?"

"성현이 얼굴도 괜찮고, 진짜 착하더라. 인간이 됐다고 해야 하나?"

어쩜 그리 내 맘과 똑같니, 은지야. 은지의 말에, 난 늘어난 피자 치즈를 끊으려다 말고 고개를 끄덕였다.

"그래? 그럼 사귀어 볼까? 최준영한테 정도 떨어졌는데."

"남자는 남자로 잊는 거잖아. 건배."

은지가 남은 맥주를 민주에게 덜어 주었고, 우리는 또 한 번 건배했다.

"성현이, 연락 한번 해 볼까?"

"어. 너랑 잘 어울려."

민주가 피식 웃으며 휴대폰의 커버를 열었다.

"메시지는 보냈고…… 대박!"

"왜, 왜?"

은지와 내가 민주의 휴대폰을 향해 동시에 몸을 기울였다.

"사진 봐 봐. 이 언니들 옷. 미친 거 아니니? '나가요'도 아니고……. 아, 욕 나와."

"김희원 SNS에 올라온 거야?"

"어. 공제인, 구회승한테 답장 왔어? 이 여자 회승이 옆에 딱 붙어 있는데?"

멀리서 찍은 사진이라 회승의 표정까지 읽을 순 없었지만, 푹 파인 민소매 티를 입은 여자와 딱 붙어 앉아 있긴 했다.

내 메시지를 읽지 않은 것으로 표시된 휴대폰 화면을 보자 속에서 불꽃이 피었다.

"전화해 봐, 전화."

난 은지의 말대로 회승에게 전화를 걸었다.

"스피커 폰!"

은지가 내 휴대폰을 가져가 빠르게 버튼을 터치하고는 식탁에 내려놨다.

―어, 여보.

짧지도 길지도 않은 연결 음 끝에 회승이 전화를 받았다. 목소리와 말투는 평소 통화할 때와 똑같았다. 예상했던 삐친 기색은 없었다.

"내 메시지 못 봤어?"

―핸드폰이 방에 있었어.

"그럼 지금은 방이야?"

―어, 왜?

"왜에? 내 연락이 반갑지 않구나?"

―아니, 반갑지.

낮은 웃음소리와 함께 회승이 대답했다.

삐친 게 완전히 풀린 모양이었지만, 난 어떤 애교도 떤 적이 없는데 이 상태가 됐다는 것이 좀 이상했다. 언니들과 놀아서 기분이 좋아지기라도 한 건가?

"뭐하고 있었어?"

남은 긴장해서 묻고 있건만, 목울대에서 올라오는 웃음소리가 들려왔다.

―야, 공제인. 너 김희원이 올린 사진 보고 전화했지? 그리고 스피커 폰인 거 다 티나. 너네 아직까지 같이 있냐?

"헉. 완전 귀신이야."

―오이지, 네가 전화해 보라고 시켰지?

은지가 작게 말한 게 들린 모양이다.

"안녕, 되게 야한 여자랑 딱 붙어 있던 구회승. 귀신이 따로 없구나."

―너네 어디야?

"우리 집."

―끊어 봐.

은지가 묻기도 전에 전화가 끊기더니 영상 통화로 다시 걸려 왔다.

"집요한 자식. 야, 얘 공제인 엄마 같아. 공제인 엄마 두 명인 거 아냐?"

민주에 말에 우린 작게 웃음을 터트렸고, 난 한쪽 손바닥으로 얼굴을 가린 채 통화 버튼을 눌렀다.

—아, 손 치워 봐. 못생긴 거 다 아니까.

애들이 킥킥대며 웃었다.

난 손을 내리고 아이들 쪽으로 휴대폰 방향을 틀었다. 호들갑을 떨며 나처럼 영상 통화를 거부할 거란 예상을 뒤엎고 은지와 민주가 손을 흔들었다.

"어머, 구회승 씻었네?"

은지의 말에 회승이 피식 웃었다. 그러고 보니 진짜 머리카락이 젖어 있었다.

고딩이 그렇게 섹시해도 되는 거니? 그 언니들과 회승이 같은 공간에 있다는 사실에 사뭇 스트레스가 몰려왔다.

—공제인 얼굴로 돌려 봐. 웃고 싶으니까.

"뭐? 내 얼굴이 그렇게 개그겨?"

볼멘소리를 토해 냄과 동시에 휴대폰을 내 쪽으로 향하게 했다.

—뻥이야. 보고 싶었어, 자기.

애들이 토하는 시늉을 하고 난리가 났다.

"너 나한테 뭐 미안한 거 없어?"

—어. 너랑 비교되게 너무 잘생겨서 미안해. 잘못했어.

언니들과 딱 붙어 있던 걸 지적한 것이었는데 천연덕스럽게 말하는 녀석을 보니 헛웃음이 나왔다.

"좀 그렇긴 하지."

은지의 말에 민주가 고개를 끄덕거렸다. 반박하고 싶은데 틀린 사실은 아니라 그럴 수가 없었다.

"사진에 그 언니 뭐야? 왜 붙어 있어?"

—왜겠어? 네 남자가 너무 잘나서 그런 거 아냐.

"그럼 사귀어."

장난에 가까운 말이었지만, 회승의 대답이 궁금했다.

—미안. 너밖에 없어.

흐뭇하게 미소를 짓고 있으려니 은지와 민주가 오만상을 짓는다.

"여기서 구회승이 저자세로 나오는 게 맞는 거니? 어?"

"그러게. 미스터리다, 정말."

"그 언니들이랑 계속 놀 거야?"

주관적으로는 쉬워 보이고 객관적으론 섹시한 그 언니들과 놀지 않길 바랐지만, 혼자 간 여행도 아니고 난 먼저 와 버렸으니 그만 자라고 할 수도 없는 노릇이다.

—안 놀아. 자꾸 맨살 갖다 대서 불쾌해. 먼저 자려고.

민주와 은지가 옆에서 작게 그 언니들의 욕을 해 댔다.

"알았어. 잘 자."

휴대폰 너머 회승을 부르는 소리가 들렸다. 희원의 목소리와 여자들의 목소리가 뒤섞였다.

"문 잠그고 잘 자."

회승이 막 웃는 소리가 들렸다.

—왜? 네 남친이 순결을 잃을까 봐 겁나?

"어."

난 덤덤하게 대답했지만 민주와 은지의 표정은 심오해졌다.

—걱정 마. 나 유단자잖아. 태권도 4단, 검도 3단.

"여자를 때리겠다고?"

—여자가 아니지. 잘생긴 남자를 덮치려는 짐승을 때리는 거지.

회승의 말에 웃음이 터졌다.

"공제인."

옆에서 민주와 은지가 전화를 끊으라는 제스처를 해 댔다.

"회승아, 나 책 읽을 시간이야. 그럼 잘 자."

—야설?

"오해야. 읽을 책 같은 게 있을 리 없잖아."

—알아, 인마. 그럼 잘 자, 여친. 알럽, 봉봉.

"너도 잘 자. 알, 알…… 오늘만 마지막 인사는 생략하면 안 될까?"

애들이 두 눈을 시퍼렇게 뜨고 지켜보고 있는데 '알럽, 여봉봉'이란 인사를 할 수가 없었다. 진짜 한 대 맞을 수도 있을 것 같은 분위기였다.

—안 돼. 빨리해.

"그럼, 문자로⋯⋯."

─안 돼.

"어⋯⋯. 잘 자. 남친⋯⋯. 알⋯⋯럽, 여⋯⋯ 봉봉이 갑자기 먹고 싶네? 그럼 안녕."

난 얼른 통화 종료 버튼을 눌렀다. 민주와 은지가 날 뚫어지게 보고 있었다.

"⋯⋯왜?"

"어흐. 닭살."

민주가 입매를 아래로 늘리며 말했다.

"미안."

깔끔하게 사과하자 날 노려보는 애들의 눈에서 힘이 풀렸다.

"오이지, 너랑 이삭이가 더 심한 거 알지?"

"원래 내가 하면 괜찮고 남이 하면 죽이고 싶은 거잖아. 근데 우린 '알럽 봉봉' 같은 건 안 하거든."

'진짜 그건 너무했어.' 하는 얼굴로 민주가 날 보며 비릿하게 웃었고, 난 멋쩍어하며 허공을 올려다봤다.

"아니, 지금 그게 중요한 게 아니고 구회승이 좀 전에 순결을 논했다고. 넌 그게 믿겨져?"

"당근, 안 믿지. 고단수야, 고단수."

내가 넋 놓고 있는 사이 민주가 냉큼 대답했다.

"왜? 우리 회승이 나쁜 아이 아니야."

난 어리바리하게 말했다.

"쯔쯧. 야! 잤으면 나쁜 아이고, 안 잤으면 좋은 아이냐? 성관계가 선악의 기준은 아니거든?"

"그건 그렇지……."

'그럼 희승이가 여자랑?'

확신한 건 아니지만 그럴 수도 있겠단 생각을 한 적이 있었다. 기분이 썩 좋지는 않았다. 그런 일이 있었다고 해도 어쩔 수 없는 노릇이긴 하지만 온전히 받아들이기까지는 쉽지 않을지도 모른다.

성교육 시간에 콘돔을 보여 주는 세상에 살고 있긴 한데, 나는 왜 그 의식 수준을 따라가지 못하는 걸까?

"성태린 걔가 어떤 앤데. 그리고 요즘 성태린, 남자랑 막 자고 다닌다는 소문 도는 거 모르지?"

"그래?"

민주의 말에 눈을 크게 뜨며 대꾸하는 은지의 목소리는, 표정과는 다르게 의외로 덤덤했다. 성태린은 워낙 유명했으니 은지 역시 이미 그 소문을 접했을 수도 있다.

"일부러 자기가 떠들고 다닌다는 말도 있고. 내 중학교 친구 중에 은미 알지? 걔가 성태린 좀 알잖아."

"진짜면 대박이다."

"설마. 그런 소문 나면 본인한테 안 좋을 거 뻔한데, 본인 입으로 그런 소리를 하고 다니려고."

한쪽 귀로 듣고 한쪽 귀로 흘릴 소문이었고, 이런 주제가 한두 번 오른 것도 아니라 그냥 맞장구나 치고 웃으며 흘려보내도 될 일이었다.

하지만 이번엔 그러기가 싫었다. 태린은 회승의 전 여자 친구였다. 회승과 관련된 일이니 남의 일처럼 쉽게 떠들 수가 없었다.

"그렇긴 하지. ……아! 성현이 답 왔어?"

은지가 화제를 돌려준 덕에 우린 다시 소란스럽게 시간을 보낼 수 있었다. 그리고 민주는 우리의 적극적인 지지와 간섭으로 그날부터 성현과 썸을 타기 시작했다.

chapter 09

사랑은 아픔을 동반하기도 해요

"회승아."

난 회승의 이름을 나직이 불렀다. 극장을 나오자마자 당연한 듯 내 어깨에 걸쳐진 팔의 무게가 찌는 더위만큼이나 무거웠다.

"어?"

대수롭지 않게 대답한 녀석은 쇼윈도에 비친 자신의 모습을 잠깐 체크하고는 계속 걸었다.

"구회승."

"왜?"

이름을 한 번 더 부르고 나서야 녀석이 날 내려다봤다.

"나 더워."

"그래? 팥빙수 먹을래?"

회승이 이리저리 고개를 돌렸다. 카페를 찾는 것 같았다. 신이 난 듯 물어온 것으로 봐선 자기가 팥빙수를 먹고 싶은 것 같았다.

"이 팔 좀 풀어 달라고."

"왜? 사람 많아서 그래? 어두운 데로 갈까?"

남은 땀이 나 죽겠는데, 개그나 따라 하고 있다.

나는 더 이상의 항의 없이 다음 블록에 위치한 카페를 향해 걸어갔다. 길에서 실랑이하고 있느니 에어컨 바람을 찾아 들어가는 게 더 빠를 듯싶었다.

"으, 내일부터 또 학교 가야 돼. 싫다……."

회승이 사 준 베리빙수를 우적우적 씹으며 하소연을 늘어 놨다.

밥을 먹고 영화를 봐도 축 가라앉는 기분은 돌덩이를 얹고 깊은 바닷속으로 잠겨 드는 것처럼 구제할 수가 없었다. 가능하다면 내 수명의 이틀을 헌납하고서라도 방학을 이틀 연장하고 싶었다.

"뭐가 싫어? 내일부턴 내 얼굴 맨날 볼 수 있는데."

회승이 내 숟가락 위로 블루베리를 얹어 주며 말했다.

"지금도 매일 보고 있거든?"

회승의 말에 웃으며 대꾸를 하고는 숟가락을 입으로 가져 갔다.

대부분 도서관에 나란히 앉아 공부를 하며 보냈지만, 틈틈이 동물원, 미술관을 가거나 아이들과 어울려 놀기도 했다.

집안 행사 때문에 만나지 못하는 날은 아파트 단지 놀이터에서 잠깐이라도 얼굴을 봤었다.

"나 만나는 게 귀찮은 것처럼 들린다?"

날 주려고 찾아 놓은 게 분명한 베리를 회승이 빙수 그릇 안으로 확 떨어뜨리며 말했다.

"에이, 아니야. 설마 그럴 리가."

히죽 웃으며 말했지만 어느 정도는 맞았다.

구회승 덕분에 요즘 부쩍 힘들고 피곤해 보이는 아빠와 얘기할 시간도 별로 없었고, 은지와 민주는 나를 빼고 만나는 시간이 늘었다며 투덜댔다. 침대 옆 책상 한편에 읽으려고 꺼내 둔 책 위에는 뽀얗게 먼지가 내려앉았다.

하지만 저렇게 인상을 찌푸리고 있어도 빛나는 회승을 보고 있노라면, 그런 시간이 아쉽게 느껴지지 않는다는 게 문제라면 문제랄까.

지금만 해도 회승은 카페 안 여자들의 시선을 받고 있었다. 슬림한 몸매와 그로 인해 뭘 걸쳐도 훌륭히 소화해 내는 옷발…….

얘는 내가 왜 좋은 걸까? 내 인생 최고의 행운을 지금 맞고 있는 거라면, 그 운발이 너무 젊었을 때 다하면 난 어쩌지? 회승이랑 헤어지면 다른 남자를 만날 수 있을까? 우린 아직 어리니까 헤어질 확률도 높겠지? 다른 남자를 만나도 회승과 비교가 될 테고…….

"참 힘들겠다……."

"뭐가?"

"아, 아냐. 아무것도⋯⋯."

내가 얼버무리자 회승은 더 궁금해하는 얼굴이었다.

더 파고들려는 것처럼 보였지만, 마침 휴대폰 알림 소리가 울렸고 난 둘러대며 잠금장치를 풀었다.

회승의 말을 빌리자면 워터파크에서 제일로 못생긴 새끼, 준하였다.

그날 이후 가끔⋯⋯이라고 하고 싶었지만, 빈번하게 연락을 해 오고 있었다. 물론 나는 전화는 거의 받지 않았고 메시지도 여러 번 오면 한 번 답해 주는 식이었다.

성현의 말에 의하면 준하는 지금 상담 치료를 받고 있었고, 사랑과 관심이 필요한 상태라고 했다.

준하가 이렇게 된 이유에 대해선 말을 아꼈지만, 조울증 증상이 있다고 했다. 그래서 준하의 연락을 완전히 차단하지 못하고 있는 상태였다.

나는 준하의 메시지를 확인하고 넘기려 했으나, 답을 하지 않은 메시지가 길게 나열된 것을 보곤 얼른 회신을 해 주었다.

뭐하냐고 묻는 질문에 난 회승을 만나고 있다고 했다. 준하는 만나서 뭐하고 있는지, 재밌는지 바로 물어왔다.

"공제인."

"어?"

무게감 있는 회승의 목소리에 난 얼른 스마트 폰으로부터 고개를 들고 회승을 바라봤다.

"봐 봐."

녀석이 자신의 폰을 내밀었다. 받아서 들여다보니 메신저 채팅창이었고, 나열된 여자 사진과 이름 옆에는 아직 확인하지 않았다는 표시가 남아 있었다. 주르륵주르륵, 내려도 끝이 없다.

"나도 연락할 여자 많은데 안 하는 거거든?"

"알지……."

너 여자한테 인기 많은 거. 저번에 워터파크에서 이미 확인했고.

"근데 준하가 좀 아파. 마음이……. 그래서……."

"나도 참 아프다, 마음이. 너 때문에."

'그건 열 받은 거잖아.' 라는 말을 삼켰다. 준하의 얘길 하려면 진지해질 필요가 있었다.

"그게 아니라, 준하가 조울증이 좀 있대……."

"뭐?"

"쉿! 너만 알고 있어. 아…… 이 멘트는 소문나기 직전의…… 우씨. 진짜 아무한테도 말하지 마. 소문나서 좋을 건 없잖아."

"어쩐지. 애가 이상하더라니."

회승이 내 스마트 폰을 가져가더니 등받이에 푹 기대앉으며 들여다봤다. 준하와 내가 주고받은 메시지를 보는 것 같다.

"나 초대해 놨다. 앞으론 내가 보는 앞에서 떠들어."

"이런 감시자……들. 너 그 영화 봤어?"

표정이 험악해 좀 웃겨 주고 싶었는데 역효과였다.

"재밌냐? 때찌해 주고 싶네?"

회승과는 어울리지 않는 '때찌'란 단어에 웃어 주니 녀석이 가만히 날 쳐다봤다. 그러더니 '웃지 마.' 한다. 내가 '왜?' 하고 묻자 회승은 시니컬하게 대답했다.

"정들어."

난 또 배시시 웃었다.

집으로 가기 위해 회승과 나는 카페를 나왔다. 어렴풋이 저녁 시간이 다 되어 갔지만, 해는 높게 솟은 반듯한 건물들 사이에 걸려 있었다.

"너 나랑 같이 과외 안 할래?"

"응?"

인테리어 공사가 한창인 것으로 보이는 가게 쪽으로 접어들었을 때 회승이 말했다. 난 뜬금없는 소리에 회승을 올려다봤다.

"나 과외하고 있잖아. 그거 같이하자고. 쌤한테 물어봤더니, 한 명 정도는 괜찮대."

"에이. 그래도 민폐야, 그건."

"어차피 나 문제 풀고 봐 주는 일밖에 없어."

대수롭지 않게 얘기하는 회승을 보니 정말 같이해도 괜찮은 건가 하는 생각이 들었다.

그럴 리 없을 텐데도, 모의고사 점수를 기억해 낸 내 마음이 오케이 하라고 외치고 있었다.

"생각해 볼게."

인테리어 공사 중인 가게 앞을 얼마 안 남겨 뒀을 때였다. 페인트칠을 하려는 듯한 빈 가게 안에는 두 명의 남자가 있었다.

어? 아빠네?

"아빠잖아?"

말을 한 건 회승이었다. 우린 둘 다 멈춰 섰다.

얘가 내 속마음을 읽었나? 아님, 우리 아빠를 아는 건가?

난 놀란 눈빛으로 회승을 쳐다봤다. 회승의 시선은 가게 안으로 가 있었다. 절박해 보이는 중년 남자와 그보단 어려 보이는 잘 차려입은 남자에게로.

"제발, 제 사정 한 번만 봐주십시오! 집사람은 제가 실직한 것도 아직 모릅니다!"

실직?

열린 문 밖으로 대화 소리가 들려왔다. 가서 확 닫아 버리고 싶었지만 꼼짝도 할 수 없었다.

"네, 들어서 잘 압니다. 하지만 여기 들어오실 분도 마찬가지로 사정이 어려워요. 이미 계약이 된 상태고. 이거, 참…… 정말 죄송합니다."

옆의 남자와 비교되는 평범한 옷차림에 사정사정하며 매달리고 있는 남자는 우리 아빠였다. 굳이 확인하지 않아도 옆의 남자가 회승의 아빠라는 것을 알 수 있었다.

'……아빠!'

아빠가 무릎을 꿇었다. 맨바닥에 맞닿은 아빠의 무릎은 너무 연약해 보였고 또 시려 보였다. 내가 보아 왔던 듬직한 아빠가 아니었다. 당장 일어서라고 소리 지르고 싶은 입을 꾹 틀어막았다.

"이 돈으로 다른 데서 가게 못 얻습니다! 시세보다 좋은 금액에 계약해 주신다는 소문 듣고 어렵게 찾아왔습니다. 생각만이라도 다시 해 주세요, 네?"

"뭐 저렇게 심각해? 안 되겠다. 가서 좀 말려……."

회승이 가게 쪽으로 한 발 내딛었다.

"분위기 파악 안 돼?"

회승의 옷자락을 쥔 내 손이 떨려 왔다. 나도 모르게 내지른 소리에 내가 더 놀라 버렸다. 회승이 혼란스러운 눈빛으로 내려다봤다.

"미안……. 우리가 끼어들 분위기 아니잖아."

감정을 최대한 억제하고 떨리는 목소리를 감추려 노력했다. 그리고 웃었다. 의심받지 않도록.

"혹시 너 아는 분이야?"

"……아니."

등 뒤로 식은땀이 흘러내렸다. 뛰어 대는 심장의 움직임을 느끼지 못할 정도로 머리부터 발끝까지 한순간에 식는 것 같았다.

"그렇다면 다행이고. 곤란한 것 같으니까 아빠 불러내려던 거야. 저런 상황, 한두 번이 아니거든."

회승의 목소리엔 짜증이 서려 있었다. 회승의 두 눈을 쳐다보는 것이 너무 힘들었다.

"그럼 가 보든가. 난 먼저 갈게."

난 고개를 숙이고 시선 둘 곳을 찾으며 말했다.

"뭘 또 먼저 간대? 알았어. 가자, 가."

녀석이 손을 잡으려 했지만 난 얼른 뒤로 숨겼다. 식은땀이 난 손은 축축했다.

"더워."

웃으며 말한 나는 걸음을 빨리하며 가게 앞을 지나쳤다.

"아무튼 무지하게 튕겨요. 야, 그러다 나 확 튕겨 나가면 어떡하려고 그러냐, 너?"

거절당한 손을 바지 주머니에 찔러 넣으며 회승이 말했다. 장난이 밴 얼굴을 한 번 쳐다보고 쓰게 웃은 난 얼른 앞을 주시했다.

"난 저렇게 살지 말아야지. 와이프 통장에 월급이 아니라 목돈 넣어 주고, 한도 없는 카드 줄 거야, 난."

'......!'

"그래? 난 목돈 주는 남자 말고, 힘들게 번 돈 꼬박꼬박 통장에 넣어 주는 성실한 남자 만날 건데. 물론 나도 같이 벌 거고. 한 달에 한 번 월급날 되면 서로 수고했다, 고맙다, 치하해 주면서 근사한 데서 식사할 거야."

집에서 남편 월급날 기다리며, 돈 부족하다 소릴 입에 달고 사는 우리 엄마 같은 여자도 되지 않을 거고.

"그래서? 그 소린 나한테 시집오겠다는 거, 말겠다는 거?"

"몰라. 사람 일, 아무도 모르잖아. 능력이 있어도, 성실해도, 잘 다니던 회사에서 하루아침에 잘릴 수도 있는 건데……."

날 내려다보는 회승의 시선에 의문이 담겨 있다는 걸 알았지만 나는 말을 멈출 수가 없었다.

"……미안해. 갑자기 두통이 와서 짜증 냈어. 나 먼저 집에 가야겠다."

"심해? 내가 택시 잡을……."

"아니!"

난 얼른 회승의 소맷자락을 붙잡았다.

"그냥 나 혼자 갈래. 그게 더 편……."

아니, 그러다 회승이 그 가게로 다시 가면 어쩌지? 비굴한 아빠의 모습을 회승이 보게 되는 게 싫다. ……창피하다.

"아니다. 너도 집에 갈 거면 같이 택시 타고 가자."

"아픈 너 두고 어딜 가. 당연히 집에 가야지. 가자."

회승이 택시를 잡았다. 우린 나란히 뒷자리에 올랐다. 회승과 같이 있는 일이 이렇게 불편했던 적이 없었다.

"나 좀 잘게……."

회승이 뭐라고 하기도 전에 난 눈을 감고 창 쪽으로 고개를 돌려 시트에 머리를 기댔다.

가슴속에서부터 차오른 눈물을 막아 보려고 입술을 꽉 깨물었지만 허사였다.

"공제인! 너 울지, 지금? 많이 아파? 병원 갈까?"

"아니…… 그냥 집에 빨리……."

신경질적으로 말이 튀어나왔다. 감정을 조절하기가 힘들어지고 있었다. 회승의 잘못도 아닌데 난 녀석에게 못되게 굴고 있었다.

"어, 알았어. 기사님, 좀 빨리요."

내 짜증을 묵묵히 받아 주는 회승의 시선이 느껴졌지만, 미안한 마음이 커진 나는 창 쪽으로 고개를 더 틀었다.

"4,500원입니다."

회승이 택시비를 지불하려 했지만 그전에 얼른 오천 원짜리 지폐를 내밀고 택시에서 내렸다. 곧 회승이 따라 내렸고 택시는 그대로 출발했다.

"나 먼저 가 볼게."

회승의 시선을 외면한 채 나는 황급히 뒤돌아서 걸었다.

"공제인."

힘이 실린 목소리로 회승이 내 이름을 불렀지만, 난 앞만 보고 걸었다.

"따라오지 마. 빨리 가서 쉬고 싶어."

눈물범벅이 된 얼굴을 보여 줄 수 없었다.

"이제 와? 저녁 먹어야지?"

엄마가 부엌에서 외쳤다.

"나중에."

집은 에어컨 바람 때문에 시원했지만, 난 서늘함을 느꼈다.

'아빠가 지금 어디에 있는지 알아?'

엄마에게 소리치고 싶은 걸 꾹 참은 나는 에어컨 전원을 꺼 버리고 방으로 들어갔다.

문을 잠그고 손잡이를 흔들어 잘 잠겼는지 확인하는 순간, 참을 수 없는 울컥함이 나를 깨뜨려 버릴 정도로 밀려들었다. 침대로 갈 새도 없이 방바닥에 주저앉아 울음을 터트려 버렸다.

회승의 앞에서 아빠를 인정하지 못했던 순간이, 날 자랑스러워하는 아빠를 창피해했다는 사실이, 아빠의 아픔을 모른 척했던 나를 용서할 수 없었다.

*　　　*　　　*

냉동실에 넣어 둔 숟가락 두 개로 어느 정도 가라앉혔던 두 눈에 다시 눈물이 맺혔다. 양복 차림의 아빠가 날 학교 앞에 내려 준 뒤였다.

작아지는 차체가 점으로 변하고, 곧 시야에서 없어졌다. 난 손등으로 눈물을 닦아 내며 뒤돌아섰다.

등교 시간보다 훨씬 이른 시간의 학교는 쓸쓸함마저 감돌 정도로 한산했다.

언제 하면 좋을까? 헤어지자는 말은······.

운동장 옆으로 난 인도 블록을 밟으며 교실에 도착했다. 나 혼자였다.

책가방을 내려놓고 화장실로 갔다. 세면대 거울에 비친 두 눈이 생각보다 빨갛지 않아 다행이었다.

두 손에 물을 받고 눈에 가져다 댔다. 시원했다. 안식이 찾아왔다.

혼자일 거라 생각하고 풀어진 마음으로 교실로 갔는데, 안타깝게도 자리에 앉아 있는 준영을 발견했다. 준영이 고개를 돌려 날 바라봤다.

회승과 헤어져도 준영과 지금처럼 지낼 수 있을까?

"안 들어와?"

그 물음에 나는 내가 문을 연 채 서 있다는 것을 깨달았다.

"일찍 왔네?"

내키지 않는 걸음으로 자리로 걸어가며 말했다. 평소와 같은 목소리를 내려 했고, 웃어도 보였다.

"나 맨날 이 시간에 와. 빈 교실은 집중이 잘되거든."

"그런 걸 알려 주면 어떡해? 나도 내일부터 일찍 오면 어떡하려고."

'이제부터 진짜 공부 열심히 해야 하는데······.'

준영이 웃었다.

"그러든가."

어깨를 으쓱해 보이더니 자세를 바로 하며 공부에 집중한다. 더 얘기를 나누지 않아도 되겠다 싶어 마음이 한결 편안해졌다.

시간은 생각보다 빠르게 흘렀다. 애들이 하나둘 모여든 교실은 소란스러움도 같이 차 갔다.

"……왔어?"

아침 조회 시간을 아슬아슬하게 남기고 회승이 왔다. 한쪽 어깨에만 책가방을 메고 걸어오는 모습이 피곤해 보였다.

당연히 어제 일 때문에 기분이 나쁘겠지?

"응."

평소 같았으면 '우리 제인이'로 시작돼는 말을 늘어놓았을 회승은 그냥 자리에 앉았다. 말을 붙이는 게 더없이 힘들게 느껴졌다.

"굿모닝."

담임선생님이 들어오셨다. 그리고 그 뒤를 여자아이가 따라 들어왔다.

"어? 쟤 정유리 아냐?"

"맞아. 대박."

전학생은 아무래도 유명 인사인 것 같았다. 모두 짜기라도 한 듯 전학생을 보며 수군거렸다. 그러고 보니 눈에 많이 익었다.

혹시 그 정유리?

인터넷 카페에 사진이 오르던 그 정유리가 맞는 것 같았다.

"방학 얘기를 묻는 것보단 전학생 소개가 더 반갑겠지? 예쁘니까."

웅성대던 아이들이 선생님의 말에 웃음을 터트렸다.

"유리야, 와서 인사해."

여자아이가 교탁 앞으로 나왔다.

몸매를 잘 살려 주는 교복과 앞머리 없는 긴 생머리가 예쁘게 쌍까풀진 큰 눈과 잘 어울렸다. 하얀 피부와 오뚝하니 작은 코, 주먹만 한 얼굴이 인형처럼 귀여웠다.

"정유리. 반가워."

쑥스러워 짧게 인사하나 싶었지만, 무표정한 얼굴을 보아하니 그런 것 같지는 않았다.

어쨌든 유리는 남자아이들의 환호성을 받으며 빈자리로 가 앉았다.

교탁 앞에 서 있을 때는 몰랐는데, 우리 자리를 지나갈 때 보니 큰 키는 아니었다. 나보다 작은 것 같았다.

조금 긴 조회가 끝나고 선생님이 반을 나가자 아이들의 관심이 유리에게 쏠렸다.

그중에서도 행동파 희원은 대놓고 무릎을 굽히고 앉은 채 유리의 책상에 두 팔을 모아 얼굴을 받치곤 질문을 쏟아 놓았다.

"어디 살아?"

"가연동."

"거기 구회승네 동네인데? 가연동 어디?"

"그래미안 아파트."

어? 우리 아파트다.

"구회승 집 근처네. 야! 구회승! 유리, 너네 집 건너편 그래
미안 아파……."

"좀 닥칠래? 시끄럽거든?"

책상에 엎드려 있던 회승은 손을 휙 저으며 귀찮다는 듯
희원의 말을 끊었다. 유리의 시선이 창가 쪽으로 고개를 돌리
고 있는 회승에게로 향했다.

"남친 있어?"

희원의 질문은 계속되었다. 이제 진짜 묻고 싶은 게 나온
것 같았다.

"왜? 없으면 나랑 사귈 수 있을 것 같아?"

유리의 대답은 그 근방에 있는 아이들 모두를 놀라게 했
다.

준영이 미간을 찌푸리며 유리를 쳐다봤고, 내 시선 또한
유리에게로 향했다. 목소리 톤으로 보아 농담은 아닌 것 같았
다. 성격은 얼굴처럼 마냥 귀엽지만은 않은 모양이었다.

"사, 사귀어? 그냥 궁금해서 물어본 건데. 나 여친 있어."

"말 한번 재수 없게 하네. 야, 김희원. 그냥 와. 뭘 대꾸를
하고 있어, 짜증나게."

그래도 친구라고, 준영은 희원이 무시당하는 게 심히 기분

나쁜 모양이었다. 작은 목소리가 아닌 것으로 보아 일부러 들으라는 것 같았다.

준영에게로 옮겨 간 유리의 시선은 고요했지만, 폭풍 전야 같았다. 둘 사이가 좋게 흘러갈 것 같지 않았다.

점심을 먹고 은지, 민주와 함께 일찍 과학실로 갔다. 회승에게는 집에 가는 길에 말하는 게 좋을 것 같다고 스스로 계속 미루고 있는 중이었다.

"정유리 걔, 어떤 것 같아?"

초코맛 쭈쭈바를 주물럭거리며 은지가 말문을 열었다.

유리에 대한 얘기가 나올 줄 알고 있었다. 잘 들리진 않았지만 그룹 지어 모인 아이들 모두, 여기엔 없는 정유리 얘기를 하고 있는 중이었다. 우리처럼.

"싸가지 없이 말하다가 최준영한테 한 방 먹었잖아. 들었어? 나 속으로 엄청 비웃었는데."

책상에 걸터앉은 민주가 대답했다. 교복 치마 아래로 길게 뻗은 다리가 여자가 보기에도 예뻤다.

"이상, 마음에 안 든다는 김민주의 대답이었습니다. 이유는 예뻐서겠지?"

"아니거든?"

민주는 피식 웃더니 한마디 더했다. '귀여워서 싫어.' 라고.

─……그래서? 회승이랑 잤어?

이건 또 무슨 말?

스피커였다.

방송 사고다!

과학실 안에 있던 아이들이 모두 움직임과 말을 멈췄다. 그러나 나처럼 얼굴이 사색이 된 사람은 없어 보였다.

"오이지, 방송실!"

"어? 어, 가자!"

은지와 민주가 과학실을 뛰쳐나갔다. 그사이에도 스피커에선 계속 목소리가 흘러나오고 있었다.

—그럼 사귀는 동안 아무 일도 없었겠냐?

태린의 음성 같았다. 아니, 분명했다. 깔깔 웃음소리가 들렸다. 소름이 끼쳤다.

—너 회승이가 다시 사귀자고 그러면 어떻게 할 거야?

—몰라, 기지배야.

—사귀고 싶은 거네. 모르긴 뭘 몰라?

또 웃었다. 그 웃음소리가 머리를 무겁게 짓눌렀다.

—아, 어제 만났다 그랬지? 회승이가 찾아왔다며? 둘이 뭐 했어?

—그냥…… 얘기했어.

—얘기 같은 소리 하네. 진짜 얘기만 했어?

어제라면 나도 회승을 만났었다. 같이 아빠를 봤고. 썩 좋지 않은 모습으로 나와 헤어진 후, 태린을 만났으리라.

—야! 너네 미쳤어?

민주의 목소리가 스피커를 통해 들렸다. 그걸 끝으로 스피커는 잠잠해졌다.

난 책상 위로 엎드렸다. 얼마간 그러고 있는데 아이들의 웅성거림이 커졌다. 회승이나 유리의 등장이 아닐까 싶어 감았던 눈을 뜨니, 남색 교복 바지가 보였다.

"공제인, 일어나."

천천히 상체를 세우고 앉았다. 회승의 얼굴엔 날카로움이 깃들어 있었다. 잘 보지 못했던 표정이었다.

"나와. 얘기 좀 하게."

잘됐다. 어떻게 얘길 꺼내나 걱정했는데.

어젯밤부터 입안에 내내 맴돌았던 그 얘길 지금 하면 될 것 같았다. 그런데 몸에 힘이 쭉 빠졌다. 크게 움직임이 없자, 회승이 내 팔목을 잡고 일어나는 걸 도왔다. 급한 마음이 느껴졌다.

회승과 나는 구 건물로 이어진, 잘 사용하지 않는 층계로 갔다. 난 한 발짝 앞에서 걷는 회승의 뒤를 묵묵히 따랐다.

회승이 계단 난간에 기대어 섰다. 난 벽 쪽으로 걸어가 회승과 마주 보는 위치에 섰지만, 녀석을 똑바로 응시하진 않았다. 회승의 오른쪽, 빈 난간에 시선을 두었다.

"김민주한테 얘기 들었어."

"어."

회승이 가까이 다가왔다. 단추가 풀린 하얀 교복 상의 사이로 긴 목선이 눈에 들어왔다.

"공제인, 나 봐."

그래, 내가 구회승을 못 쳐다볼 이유는 없다. 우리 아빠가 범죄를 저지른 것도 아니고, 태린의 말이 진실이라고 해도 내가 잘못한 건 없었다.

내가 자괴감에 빠져 있는 동안 태린을 만난 건 구회승이었고, 그리고 우린 곧 헤어질 테니까.

난 고개를 들고 회승을 봤다. 큰 키의 회승이 바짝 붙어 선 탓에 고개를 뒤로 젖혀야 했다. 회승이 날 내려다보고 있었다.

"태린이 얘기, 사실 아니야."

"어떤 거? 어제 저녁에 만난 거? 아니면 태린이랑……."

회승의 시선이 너무 강렬해 난 말도 다 하지 못한 채 고개를 옆으로 돌리고 말았다. 이런 얘기 솔직히 더는 의미가 없는데, 알고 싶었다.

회승의 시선이 날 끈질기게 따라오는 것이 느껴졌다.

"나 보라고."

회승의 한쪽 손이 내 턱 부근에 닿았다. 그리고 약간의 힘을 주어 자기를 보게 했다.

"어제 만난 건 이유가 있어. 그리고 오늘 나온 얘기는 사실이 아니고."

"만난 이유가 뭔데?"

회승은 잠시 망설이는 것 같았지만 얘기를 시작했다.

"나랑 헤어진 뒤로 남자들 만나고 다녔어. 작정한 것처럼. 질 나쁜 애들이었고, 안 좋은 소문도 들리고. 그래서 만났어.

그러고 다니지 말라고."

왜? 아직 태린에게 관심이 있는 걸까?

아무렇지 않아 보이려 노력하는데도 표정이 굳어 갔다.

"헤어지자, 회승아."

회승에게 왜 태린이를 만났냐고 따져 묻는 건 의미가 없다. 회승도 나에게 변명을 늘어놓는 게 힘들 테니 그만두게 하고 싶었다.

회승의 눈이 진짜냐고 물었다. 믿기지 않는다는 듯 헛웃음까지 짓고 있는 회승을 보며 내 눈은 그렇다고 대답했다.

"아, 미치겠네."

회승이 고개를 옆으로 돌리며 쓰게 웃었다. 그리곤 좀 전보다 더 어둡고 적요해진 표정으로 날 내려다봤다.

"미안해. 다신 안 만나."

"아니, 내가 미안해. 난 그만했으면 좋겠어. 이제 곧 3학년이고 또……."

"야! 우리가 맨날 놀았어? 나 만나고 너 성적 떨어진 적 있어?"

성적은 오히려 올랐다. 하지만 헤어져야 했다.

회승에겐 고마웠다. 날 잡고 싶어 하는 모습을 보여 주어서. 태린이가 아니라 아직 날 좋아하는 것 같아서.

"태린이 일, 이해 못 하겠어. 헤어질래."

"내가 어떻게 하면 돼? 애들 앞에서 무릎이라도 꿇으면 그딴 소리 안 할래?"

회승은 화를 내고 있었지만 그만큼 절박해 보였다.

"그러지 마. 없어 보여. 지금도 좀 그렇지만."

진짜 그럴까 싶어 독하게 말했다. 패닉 상태에 빠진 것처럼 회승은 고개를 숙였다가 천장을 바라보며 한숨을 내쉬었다.

녀석의 옆에 더 있다간 마음이 약해질 것 같았다. 난 최대한 소리를 죽이고 회승으로부터 멀어지기 위해 움직였다.

회승을 지나친다 싶을 찰나, 차가운 콘크리트 벽에 밀쳐졌다. 찬 기운이 맞닿은 등으로 밀려들었다.

"다시 말할 기회 줄게. 다시 말해 봐. 이대로 나랑 끝내면 나 너한테 어떻게 할지 몰라."

여유를 되찾은 듯 보이는 회승은 약간 무섭기까지 했다. 하지만 말을 번복할 순 없었다.

회승과 계속 만난다면 아무리 피한다고 해도 한 번쯤은 우리 아빠를 보게 될 거다. 그리고 만약 그런 상황에 놓이면, 난 또 거짓말을 하게 되겠지.

"……미안해."

"후회 안 하지?"

"어."

어떻게 안 하겠니. 벌써 후회하고 있는데.

*　　　*　　　*

어제 과음한 태가 역력한 체육 선생님은 면도도 못 한 몰골로 나타났다.

"오늘은 피구하자. 보호막 피구. 고거로 하자고. 룰은 느낌 아니까, 회장이 심판 좀 보고. 쌤은 구령대 위에서 지켜보고 있을 테니까 알아서 잘해라. 어디 새는 놈 있음, 회장이 이름 적어서 내고."

구령대로 가신 선생님은 지켜보는 척 하나 없이 벌러덩 드러누우셨다.

"공제인 너, 괜찮겠어?"

염려 섞인 은지의 말에 난 퍼뜩 정신이 들었다.

보호막 피구라니. 당연히 회승과 내가 짝이 될 것이라 생각하고 있는 아이들의 눈치를 보며 난 그 자리에서 꼼짝도 할 수가 없었다.

"부회장 뭐해? 빨리 회승이 쪽으로 가."

"……"

"……공제인?"

"……어?"

아, 내가 부회장이었지. 하지만 난 회승에게로 갈 수가 없었다.

"기현아, 네가 제인이랑 좀 할래?"

은지가 마침 내 앞을 지나가고 있던 기현에게 말했다.

"나?"

기현이 가던 길을 멈추고 자신을 검지로 가리키며 어리둥

절한 표정을 지었고, 주변 아이들의 시선이 나와 기현에게 쏠렸다.

"어. 좀 같이해 줘. 내가 끝나고 음료수 쏠게."

오이지, 그만! 네가 그럼 내가 더 비참하잖아.

"뭐야? 공제인, 구회승. 너네 싸웠냐?"

희원이 깐죽거리며 물었다. 회승이 말하지 않은 모양이었다.

'내 체면 때문인가?

아무래도 내가 말을 꺼내야 할 것 같았다. 배려해 준 회승에게 미안하고 고마워 더 그래야 할 것 같았다.

"헤어졌는데……."

"뭐어!"

희원이 소리를 질렀다. 옆에 있던 준영은 다른 애들처럼 대놓고 놀란 표정은 아니었지만 눈의 크기가 미세하게 커진 것 같았다.

난처함에 아이들이 없는 곳으로 고개를 돌리다 회승과 눈이 마주치고 말았다. 녀석은 날 보며 비죽 웃더니 다른 곳으로 시선을 돌렸다.

"구회승, 진짜야?"

"그렇다잖냐. 회장, 게임 안 하냐?"

희원에 말에 대충 대답한 회승이 체육복 바지에 두 손을 찔러 넣으며 회장을 재촉했다.

"……어. 해야지. 애들아, 빨리 짝 정해!"

"헐. 대박."

"김희원, 그만 나불거리고 이리 와!"

은지가 멍한 표정으로 중얼거리던 희원의 팔을 잡아끌었다.

"구회승, 나랑 짝할래? 짝하는 김에 사귀어도 좋고."

일순 조용해졌던 운동장은 뜬금없는 유리의 말로 다시 소란스러워졌다.

"그러든가."

회승이 픽 웃으며 대답했다.

"미친년."

민주가 혼잣말하듯 느릿하게 중얼거렸다. 위안을 받으며 흐릿한 웃음이 흘렀지만 씁쓸함도 감돌았다.

"저기, 기현아? 그래도 돼?"

난 기현에게 의사를 물었다. 다른 아이들이 생각하고 있는 것처럼 으레 내가 차였다고 여기는 건지 기현은 날 불쌍한 눈으로 쳐다보며 고개를 끄덕였다.

"그럼 시작하자."

워터파크 사건 이후 말싸움이 잦아지긴 했어도 친구 사이를 유지해 오고 있는 준영과 민주가 짝이 되어 나와 같은 편에 섰고, 희원과 은지가 회승의 팀이 되었다.

휘슬 소리와 동시에 하프라인에 서 있던 회승과 현오가 동시에 뛰어올랐다. 월등히 점프력이 좋은 회승이 간단히 공을 채 갔다.

우리 편 아이들이 바짝 긴장했다. 나도 기현의 뒤에서 녀석의 체육복을 꽉 붙들었다.

확실히 여자들끼리 하던 피구와는 힘과 속도가 달랐다. 쉿, 쉿. 공이 바람을 가르는 소리가 위협적으로 들렸다.

탕!

회승이 공을 잡았다. 한 손으로 배구공을 컨트롤하는가 싶더니, 어느새 공이 내 쪽으로 날아왔다.

나 맞추려고 한 거 맞지?

기현이 아슬아슬하게 날 마크해 주었지만, 기현도 놀란 눈치였다. 몸에 바짝 힘이 들어갔다. 공에 맞아 죽을 수도 있겠다는 공포심이 생겼다.

공은 계속 회승 쪽이 가져갔다. 우리를 네모 안에 가두고 쥐 몰이를 하듯 굴리기 시작했다. 그러다 어느 순간 회승이 희원에게 패스했고, 공을 잡은 희원은 씩 웃었다.

왔다 갔다 하는 우리를 보며 즐거워하던 희원은 준영을 향해 공을 던졌다. 하지만 공을 받아 낸 준영은 회승을 맞추려는 목적을 명확히 하며 공을 날렸다.

유리가 무서워하며 회승의 등 뒤로 바짝 붙었지만, 그럴 필요도 없이 회승이 공을 받아 냈다. 그리고 어느새 회승은 또 우리를 겨냥하고 있었다.

"으악!"

소리를 내며 도망친 것은 내가 아닌 기현이었다.

우습게도 공에 맞기 전이 아닌 맞은 후였는데, 덕분에 난 넘어질 듯 딸려 가야 했다. 내가 생각해도 꼬락서니가 참 우스웠다.

짝피구의 규칙상 남자는 공에 맞아도 아웃이 아니었지만 기현은 꽤 아픈 모양이었다. 공에 맞은 허벅지를 문지르며 엄살을 부렸다.

"야, 구회승. 살살 좀 하지? 피구왕 통키도 처울고 가겠다."

농담처럼 건넨 준영의 말에, 회승은 실실 쪼개면서 대답했다.

"어. 좀 처울리려고. 처음 차여 봐서 그런가? 기분이 엿 같네?"

반 아이들의 입이 쩍 벌어졌다.

"저기…… 짝 바꾸면 안 될까?"

딱 봐도 기현은 겁에 질려 있었다.

"쫄리면 그냥 비키든가."

회승의 말에 가슴이 쿵 내려앉았다. 공허함이 밀려들었다. 멍한 눈으로 회승을 보는데, 녀석의 등 뒤에서 유리가 고개를 쓱 내밀었다.

"구회승, 너 진짜 나랑 안 사귈래? 사귀자, 우리."

애들의 입이 두 배로 커졌다.

"확실히 미친년이네."

민주가 말했다. 이번엔 웃음이 나오지 않았다.

"그러든가."

회승이 공을 바닥에 튕기며 대꾸했다. 내 얼굴을 꿰뚫을 것처럼 응시한 채로.

"야! 정유리, 너 남친 있잖아! 내가 팬 카페에서 봤거든? 남자랑 꽉 끌어안고 있는 사진!"

희원이 소리쳤다.

"전학 온 날 헤어지자 그랬어. 구회승이 더 잘생겼거든."

입을 벌리고 있던 아이들의 눈이 뭉크의 절규처럼 휘둥그레졌다.

"기현아, 나랑 바꿔."

"진짜? 진짜지? 고마워, 준영아! 내 생명의 은인이야!"

기현은 환하게 웃으며 미련 없이 민주에게로 갔다. 그것도 뛰어서.

파트너였던 나에겐 미안하다는 눈길 한 번 주지 않았다. 민주가 똥 씹은 표정을 해도 기현은 천국을 맛보는 표정이었다.

그래. 내가 죄인이다, 죄인이야. 기현아, 미안하다.

"걱정하지 마. 내가 먼저 구회승 죽여 놓는다."

내 쪽으로 걸어온 준영이 등을 보이며 말했다.

"꽉 잡아."

"……고마워."

회승과 헤어졌어도 준영과는 여전히 친구 사이를 유지할 수 있겠다는 생각이 들었다. 준영의 말이 어느 정도는 위로가 됐다.

"다시 시작할게!"

회장이 호루라기를 불었고, 게임이 재개됐다.

준영과 회승은 서로를 향해 미친 듯이 불꽃 슛을 던져 댔다.

"너 이러다 내 허벅지 터트릴 기세다?"

회승이 던진 공이 자신의 허벅지를 맞고 튕겨 나가자 준영이 중얼거렸다.

"네 머릿속도 한번 보고 싶은데."

회승이 튕겨 나간 공을 잡으며 말을 받아쳤다. 하필이면 공은 왜 또 그쪽으로 간 건지.

회승이 던진 공은 내 옆구리를 겨냥해 날아왔다. 준영이 짝피구의 끝판왕을 보여 주기라도 하듯 공을 쳐 냈다.

통통통 튕긴 공이 중앙선 쪽으로 굴러갔다. 가까이 있던 기현과 그보다는 먼 지점에 있던 회승이 동시에 공을 보고 달렸다.

굴러가던 공이 속도를 줄이며 기현에게 잡혔다.

회승이 급작스럽게 움직이자 뒤에서 체육복을 잡고 있던 유리가 무방비 상태가 되었다. 기회를 놓치지 않고 기현이 공을 던졌다.

탕!

회승이 몸을 던져 유리를 감싸 안았다. 회승의 등을 맞고 공이 멀리 튕겨 나갔다.

"너 진짜 멋있다, 구회승?"

회승을 올려다보는 유리의 눈이 촉촉이 빛났다.

　수학여행 참가 확인서를 걷어 담임선생님께 드리고 오는 길이었다. 반대편 복도에 3학년 일진 중에서도 싸가지 없는 걸로 으뜸인 언니 3인방이 걸어오고 있었다.

　진즉에 바닥 보며 가고 있을걸.

　앞을 보고 걷다 이제 와서 눈을 깔고 가자니 자존심이 상한다. 저 언니들이 그걸 캐치해 더 깔볼 수도 있고.

　이미 난 구회승과 사귄다는 소식으로 한 번, 그리고 3개월도 못 가 헤어졌다는 걸로 또 한 번 소문이 났기에 학교 내에서는 유명인이었다.

　헤어졌다는 소문이 한창 물오른 지금은 인지도 그래프가 정점을 찍고 있었다. 이런 날 저 언니들이 본다면 재미 삼아 몇 마디 던지고 갈 확률이 아주 높았다.

　자연스럽게 하자. 자연스럽게.

　마음을 다잡아 눈에 힘을 주며 그들을 못 본 척, 그 옆쪽에 초점을 두고 걸었다.

　3미터, 2미터, 1미터. 지나간다……

　"야."

　역시.

　가운데 있던 언니가 날 불렀다. 실실 웃는 얼굴이었지만 말투는 고까웠다.

"네?"

"선배 보고 인사도 안 해?"

'당신 같은 선배 둔 적 없는데.'

인사도 하기 싫었다. 하지만 기에 눌려 고개를 까닥, 하고 얼굴을 드니 그녀들이 비릿하게 웃었다.

이럴 거면 인사는 왜 하라고 한 건지……

"인사하기 싫으면 하지 말지. 되게 성의 없다, 너?"

안 하면 때릴 거면서. 속으론 하고 싶은 말이 넘쳤지만 그냥 조용히 있었다.

"회승이랑 헤어졌다며? 사실이야?"

"……네."

내 대답이 기분 좋은지 셋 다 쿡쿡 웃었다.

"소문엔 네가 찼다던데. 사실 아니지?"

"에이, 저 정도로 생겨서 어떻게 회승이를 차."

이번엔 크게 소리까지 내어 웃었다.

"왜 대답이 없어? 너 정유리한테 회승이 뺏길까 봐 미리 선수 친 거 아냐?"

"정유리랑 사귄대. 재랑 헤어진 다음 날 바로."

"진짜? 그럼 내 말이 맞네. 근데 왜 대답을 안 해?"

"……"

오기가 생겨 더 대답을 하기 싫었다. 이런 사람들에게 일일이 대꾸해 줄 만큼 회승과의 문제는 가볍지 않았다.

"야! 너 지금 선배 말 쌩까니?"

가운데 있던 여자가 나에게로 한 발짝 더 다가섰다. 이번에도 대답을 안 하면 한 대 때릴 기세였다.

"회승이랑 관련된 일은 얘기하고 싶지 않은데요."

"하! 뭐? 이게 진짜, 웃으면서 대해 주니까……."

"누나."

'누나?'

회승이었다. 중앙계단을 내려온 녀석이 이쪽을 보고 섰다.

이 여자들하고 아는 사이? 누나라고 부르는 걸 보면 친한 거겠지?

"어? 회승아, 오랜만."

여자들의 얼굴에 화색이 돌았다. 나를 대할 때 보이던 야비한 표정은 어디로 가고 더없이 천진한 미소를 짓고 있었다.

"뭐해요? 애 하나 놓고?"

교복 바지에 손을 찔러 넣고 묻는 태도가 무척이나 건방져 보였다. 내 위에서 군림하던 언니들이 회승의 앞에선 나와 같은 위치로 전락해 버렸다.

"너 왜 이렇게 얼굴 보기 힘들어? 선배 연락도 다 씹고."

이 언니가 회승의 그 많은 여자 연락처 중 하나구나. 나 같으면 창피해서라도 연락 왜 씹었냐는 소린 안 할 텐데. 그것도 내 앞에서.

"뭐하냐고 내가 물었잖아요, 선배."

말로는 선배라고 했지만, 후배를 대하는 것 같았다. 언니의 표정이 일순 굳었다가 회승의 눈치를 보고는 웃는 얼굴로 돌아갔다.

"별거 아냐. 너랑 깨졌다기에 위로 좀 해 주려고 했는데 얘가 선배 말을 막 씹어 드신다?"

'위로가 언제부터 갈굼질로 변질된 건지.'

"그 말 진짜예요? 선서할 수 있어요? 위증이면 일 년 이하의 징역, 또는 천만 원 이하의 벌금형에 처해질 수 있어요. 누. 나."

까르르, 여자들이 숨넘어갈 듯 웃어젖혔다.

"야, 넌 그만 가 봐."

회승 때문에 기분이 좋아진 언니는 나를 보내 버리고 회승과 담소를 이어 가고 싶은 것 같았다. 이때다 싶어 얼른 뒤돌아섰다. 회승에게 고맙다는 인사는 나중에 하자.

"잠깐."

학교란 정글의 먹이 사슬에서 맨 하위 계층에 해당하는 나는 어쩔 수 없이 다시 뒤돌아섰다.

"너 또 인사 안 하고 간다?"

이 자리를 얼른 피하고 싶어 고개를 숙이려는데,

"그냥 가."

회승이 말했다. 중간쯤 숙여진 고개에 다시 힘이 들어가며 뻣뻣해졌다.

"구회승, 선배 체면이 있는데 그건 좀 아니다."

눈에 띄게 표정이 어두워진 가운데 언니가 말했다. 회승이 한쪽 입매를 비릿하게 올리며 어이없다는 듯 웃었다.

"선배 대접은 해 달라고 떼쓰는 게 아니거든요. 선배 같다고 느껴지면 그때 해 주는 겁니다. 후배가, 알아서."

회승은 싱글싱글 웃으며 말했는데, 내가 봐도 좀 너무하다 싶을 정도였다.

"뭐하냐, 안 가고?"

회승이 교실 쪽으로 움직였다. 다시 언니들과 남게 될까 봐 나도 얼른 뒤따라 걸었다.

"……고마워."

"그럼 한 번 안아 주든가."

"……."

묵묵부답에 앞서 가던 회승이 고개만 돌려 날 쳐다봤다. 녀석과 나란히 서고 싶지 않아 나도 그 자리에 멈췄다.

"왜? 기가 막히냐?"

"……어."

"농담이야."

시니컬하게 말을 내뱉으며 고개를 돌린 회승은 다시 걷기 시작했다.

"나 정유리랑 사귀어."

"……알아."

"아아…… 아는구나. ……그러고 보니 너랑 사귈 때 제대로 된 키스도 한 번 못 해 봤네."

회승이 이죽거렸다. 난 아무런 대답도 하지 않았다. 익숙하지 않은 녀석의 불량스러움은 한동준을 떠올리게 했다.

"나 진짜 뭐한 거지? 나 그렇게 건전하게 사귀고 그런 애 아닌데. 그치?"

성태린 얘기를 하며 헤어지자고 한 일을 언급하는 것 같았다.

그 소문 때문에 헤어진 것으로 알고 있는 회승이 날 자극하기 위해 하는 말. 난 무시하고 속도를 빨리해 걸었다.

chapter 10

내 머릿속엔 온통 네 생각만……

두 번째 야간 자율 학습의 끝을 알리는 종이 울렸다. 아이들이 부산스럽게 가방을 챙기기 시작했다. 종이 울리기 5분 전에 가방을 챙겨 둔 나는 얼른 교실 밖으로 나갔다.

버스 안에서, 원래 자신이 속한 클래스로 돌아간 회승과 마주치는 일이 없었으면 했다.

뛰다시피 발을 놀려 정류장에 도착했다. 우리 학교 교복을 입은 아이들이 있긴 했지만 몇 명에 불과했다.

버스가 오는 방향으로 아예 몸을 돌려 버린 나는 목이 빠져라 버스를 기다렸다. 곧 불빛이 보였다. 정류장 앞에 멈춰 선 버스는 우리 집 방향이 아니었다. 그 후로도 버스 세 대가 지나갔다.

오늘따라 우리 집 방향의 버스는 모습을 보이지 않아 애를 태웠고, 정류장에는 아이들이 점점 많아졌다. 손목시계를 확인하니 15분 남짓 흘러 있었다. 그리고 그렇게 마주치고 싶지 않았던 회승이 유리, 준영과 함께 모습을 드러냈다.

"공제인."

준영이 내 쪽으로 걸어왔다.

"······야자 잘했어?"

유리와 회승 쪽으로는 시선을 주지 않은 채 준영에게 물었다.

"똑같지, 뭐. 넌?"

"나라고 다를 게 있으려고."

준영과 시답잖은 몇 마디를 주고받는 동안에도 신경은 온통 회승에게로 가 있었다.

음악을 듣는지, 회승은 유리와 이어폰을 나누어 끼고 있었다. 나는 회승과 저런 걸 한 적이 있던가?

그렇게 기다려도 오지 않던 버스가 왔다.

회승은 유리와 함께 먼저 버스에 올랐고, 교통카드를 찍고 보니 그들은 맨 뒷자리에 앉아 있었다.

유리가 고개를 돌려 회승에게 뭐라고 얘기를 하고 있었다. 회승은 자리에 앉고 나서부터 날 보고 있었던 듯, 눈이 마주쳐 버렸다.

"뒤로 가자."

"어? 어······."

바로 뒤따라 버스에 오른 준영이 내게 말하며 먼저 뒷자리

로 갔다. 회승을 피하고 있다는 인상은 주기 싫어 별말 없이
따라가 앉았다.

창가에 회승, 그 옆에 유리와 준영, 그리고 내가 차례로 앉
았다.

나에겐 창가 자리를 양보해 주던 녀석이었는데, 유리에게
는 그러지 않았다는 사실이 침울함을 달랬다. 별것도 아닌 건
데 말이다.

"어? 내일 뭐하냐고. 나 이제 이거 안 들을래."

유리의 말소리가 들렸다. 슬쩍 보니 유리가 이어폰을 빼
회승에게 도로 주고 있었다.

"주말에 맨날 하던 거 할 거야."

회승이 대답했다.

"그게 뭔데?"

"넌 몰라도 돼."

유리가 다시 물었고, 회승은 여전히 귀찮아하며 대답했다.

······도서관.

주말에 녀석은 도서관을 갔다. 나랑 같이.

"뭔지 모르지만, 나도 같이해. 내일 일어나면 전화한다?"

유리가 싱긋 웃으며 애교스럽게 말했다. 그리웠다. 회승과
했던, 이제는 할 수 없을 모든 일이.

온 집 안이 삼겹살 냄새였다. 주방 식탁이 아닌 거실 바닥
의 불판 위에서 삼겹살이 지글지글 익고 있었다. 집에 냄새

밴다고 엄마가 싫어하던, 이사 오고 나서는 엄마 때문에 번번이 무산됐었던 저녁 메뉴였다.

"웬 삼겹살?"

"딸, 손만 씻고 빨리 달려들어."

오랜만에 들어보는 아빠의 밝은 음성이었다.

"교복은 갈아입어야지. 뭐해? 얼른 갈아입고 와. 다운이도 나오라고 하고."

멍하니 서 있는 날 엄마가 재촉했다. 엄마 역시 기분이 한껏 고조되어 있는 듯했다.

"딸! 올 때 소주 한 병 꺼내 올래?"

옷을 갈아입고 나오는데 아빠가 말했다. 난 다운이를 부르고 냉장고에서 소주 한 병을 꺼내 거실로 갔다. 다운이가 나와 내 옆에 앉았다.

"엄마 아빠가 너희한테 할 말이 있어요."

"로또 맞았다. 뭐 이런 얘기였음 좋겠다, 아빠."

다운의 말에 아빠가 하하하 웃으셨다. 오랜만이었다. 이렇게 호탕한 웃음소리를 듣는 건.

"그거랑 비슷해. 아빠 회사 그만두고, 장사해 보려고. 가게도 벌써 목 좋은 데 얻어 뒀어."

'가게? 저번에 아빠가 무릎 꿇고 사정했던 거기? 회승이네? 무릎을 꿇어도 안 된다고 했는데, 갑자기 왜지?'

모처럼 기분 좋은 아빠를 보며 같이 웃고 싶은데, 웃음이 나지 않았다. 계약을 물리라고 떼를 쓰고 싶었다.

"매달 수익이 보장되는 곳이야. 얻기 힘들었을 텐데, 아빠가 고생하셨어. 다운이, 술 한 잔 따라 드려."

"다운인 누나 다음에. 우리 딸이 먼저지."

"네네. 딸 바보 아빠님."

다운의 말에 엄마 아빠가 웃음을 터트리며 즐거워했지만, 난 그러지 못했다. 아빠가 저렇게 기뻐하시는데, 자존심을 지키고만 싶은 나 자신이 이기적으로 느껴져 힘들었다.

"딸, 뭐해? 안 따라 줄 거야?"

"……어?"

"옆에 있잖아, 술."

다운이 답답하다는 듯 말했다. 아빠 엄마의 날 바라보는 흐뭇한 눈빛에 천천히 술병을 들고 기울였다. 졸졸졸 흐르던 술이 넘쳤다. 아빠가 얼른 잔을 치켜들었다.

"아이고, 아빠에 대한 정이 넘치네. 역시 우리 딸이 최고야."

술잔이 아빠의 입으로 기울었다. 웃을 때 나와 똑같이 처지는 아빠의 눈꼬리. 아빠는 그렇게 계속 웃으셨다. 나는 이제 더 바랄 게 없다고, 그러니까 이제 나도 그만 웃어야 한다고 생각했다.

회승이보다는 아빠가 먼저니까. 아빠가 무릎을 꿇은 이유는 아빠를 위해서가 아니라, 나를 위해서였으니까.

＊　　　＊　　　＊

공부에 집중이 되지 않았다. 마음이 불안했고 공부하는 시간은 길어졌다.

토요일엔 도서관을 포기하고 대신 집 근처에 있는 독서실을 끊었다. 그리고 오늘도 아빠가 학교까지 태워다 준 그날처럼 아침 일찍 교실에 도착했다.

준영에게 방해가 될까 봐 아침 공부는 포기할까 했지만, 내가 준영보다 먼저 도착만 해 준다면 녀석의 공부 흐름을 그렇게 흩트려 놓을 일은 없을 거라 생각했다.

곧 가게 될 수학여행에, 축제에 공부를 소홀히 할 농후가 짙어, 시간이 날 때 조금이라도 해 둬야 할 듯싶었다.

교실 문을 열기 전에 손목시계를 확인했다. 일곱 시를 조금 넘긴 시각. 준영이 있을 것 같진 않다고 생각하며 문을 열었다.

"어서 와."

……있었다. 미안함과 당황스러움이 교차하는 가운데, 고맙게도 준영이 먼저 인사를 해 주었다.

"안녕……."

싫은 내색은 보이지 않는 것 같아 다행이었다. 내일은 조금 더 빨리 와야겠다고 생각하며 자리로 가 앉았다.

생각보다 공부는 잘됐다. 준영이 옆에 있단 생각에 약간의 긴장이 더해졌다. 혼자였다면 슬며시 밀려오는 잠을 이기지 못하고 책상에 엎드려 버렸을지도 모를 일이었다.

"이제야 물어볼 기회가 생겼네. 회승이랑은 왜?"

달콤한 커피 향이 밀려와 고개를 드니 준영이 종이컵을 내밀고 있었다.

"그냥 어쩌다 보니……. 고마워."

"그 자식, 태린이랑 안 잤어."

쿨럭.

뜨거운 커피에 사레가 들려 한참 동안 기침이 터져 나왔다.

정작 말을 쏟아 낸 준영은 태연한 얼굴로 여유롭게 커피를 마시고 있었다. 이런 모습을 많이 봤다고 생각했는데, 아직 적응이 덜 된 모양이다.

"알아……."

기침을 참으며 대답했다. 태린에게서 들었던 말이 머릿속에 다시금 떠올랐다.

"왜 그 방송이 과학실에만 나갔을까? 그런 방송 사고가 터졌으면 선생들이 난리였을 텐데 조용했잖아. 내가 한 거야, 그거. 친구들하고. 근데 회승이가 너랑은 찢어졌는데 더한 애랑 붙었네? 그래도 다행인 건 너랑 사귈 때처럼 회승이가 실실거리고 다니지 않는 거. 그 꼴 보기 싫었었거든."

"그럼 왜?"

준영은 아예 내 앞자리 책상에 걸터앉았다.

"지금 교복 광고 찍어?"

준영은 내 말에 빙긋이 웃었다. 내가 방해될 거란 걱정을
왜 했더라.

"그 자식한테 말 안 해."

거짓말.

내 눈빛을 읽었는지 준영이 씩 웃었다.

"진짜야. 말하고 나면 속은 시원해질 거 아냐. 회승이 제외
하고서라도 우리, 친구 아니었나?"

친구. 그럴듯하다. 말할까 말까, 마음이 움직였다.

남의 일에는 관심 없을 것 같은 최준영이 친절하게 커피까
지 갖다 바치며 묻는데, 마냥 입을 닫자니 녀석이 민망해할까
불편했다.

"됐다. 말하지 마. 근데 너네 꽤 잘 어울렸어. 너도 안경 벗
고 머리 좀 기르니까 봐줄 만하거든."

준영이 몸을 일으키며 픽 웃더니 말했다.

"칭찬인 거야, 그거?"

"마음대로 생각하고, 이거 하나만 알아 둬. 구회승, 내 친
구라서 하는 말이 아니라 괜찮은 놈이야. 다른 애들처럼 태린
이도 얼굴만 보고 사귄 거 아니고. 성태린 걔가 가끔 지랄 맞
게 굴 때가 있는데 그렇게 된 이유 알고, 좋은 점 봐 주고 진
심으로 대했어. 내 눈엔 좋은 점이 뭔지 개뿔 모르겠다만. 아
무튼, 태린이랑 헤어진 지금은 인간 대 인간으로 걱정하는 마
음이 있을진 몰라도 더 이상 걔한테 미련이 남아서 그런 건
아니라고. 구회승, 마음 떠난 여자랑 다시 만나고 그러진 않

거든."

"그럼 정유리…… 못 들은 걸로 해 줘."

나도 모르게 튀어나온 말에 놀라 얼버무리자 준영이 날 빤히 내려다봤다. 나는 준영의 시선을 은근슬쩍 피했다.

"걔는 나도 의외다. 아니, 네가 의외인 거지."

"나? 왜?"

준영의 눈빛이 약간의 한심스러움을 표했다.

"너 아직 구회승 좋아하지?"

뜨끔했다.

"좋아하면 뭐?"

난 일부러 심각하게 부정하지 않았다. 그게 더 좋아하는 모습으로 비칠 것 같았다.

"왜 튕기냐? 구회승이 그렇게 매달리는데."

"튕기는 거 아닌데. 그냥…… 그냥 그러고 싶었어."

"……"

준영은 내 말에 아무런 대답도 하지 않았다. 그리고 그 정적이 미칠 듯이 답답하다고 느껴졌을 때쯤, 준영이 자리에서 일어났다.

"에휴, 나도 모르겠다. 공부나 해라."

내 머리를 막 헝클어 놓은 준영은 자기 자리로 돌아갔다. 난 준영에게서 고개를 돌려 책상 위의 자습서를 바라봤다.

읽었던 부분을 눈으로 찾아가며 아침 일찍 등교하는 걸 그만둘까 생각하다가, 준영이 말했던 '친구'란 단어를 떠올리고는 공부에 다시 집중했다.

점심시간, 동그랑땡을 집어 들며 나는 후회했다. 한입에 쏙 넣을 수 있는 걸 선택했어야 했다. 김치 같은, 아니다, 그건 고춧가루가 이에 낄 수 있다. 아, 정말이지 점심시간이 이젠 즐겁지 않았다.

왜 구회승은 매번 내 앞자리에 앉는 걸까?

녀석은 얌전히 밥만 먹는 게 아니었다. 아이들과 장난을 치거나 농담을 하며 웃어젖히다가도 날 빤히 쳐다보곤 했다. 유리가 버젓이 옆에 앉아 있는데도 불구하고. 기분이 나쁜 건 아니었지만, 불편하긴 했다.

아무튼 난 동그랑땡을 보며 생각했다. 한입에 다 넣을지, 아니면 두 입에 걸쳐 나눠 먹을 것인지. 한입에 넣기엔 좀 컸다.

에잇, 몰라. 일단 한입에 다 넣자.

지금까지 너무 밥만 먹고 있었다. 밥은 반 이상이 줄었는데, 반찬은 거의 그대로였다. 동그랑땡 하나 먹는 데에 이렇게 심혈을 기울이게 되다니.

"얼짱, 너 이거 왜 안 먹어? 싫어하는구나? 그럼 내가 먹어줄게."

희원이 무말랭이무침을 싹 걷어 갔다.

'아냐! 나 그거 먹을 거야!'

……라고 외치고 싶었지만, 음식물이 흐를까 난 입을 열 수

가 없었다.

"야. 넌 왜 애 걸 뺏어 먹어. 다른 애들 걸 먹든가, 가서 더 달라고 하든가. 쟤도 좀 커야 할 거 아냐?"

회승은 유리의 눈총을 받으면서까지 희원을 타박했다. 하지만 희원은 눈 하나 깜짝하지 않고 말을 내뱉었다.

"큭. 야, 여자들 생리하기 시작하면 끝이야. 안 커."

그의 말에 주변에 앉아서 밥을 먹고 있던 여자아이들이 기함을 했다.

"왜? 사실이잖아?"

그러나 아랑곳하지 않고 천연덕스럽게 왜 그런 표정들을 하냐는 듯한 반응을 보인 김희원에게, 여자아이들이 욕을 한 마디씩 하고 나서야 소란은 가라앉았다.

그나저나, 우린 헤어졌는데 어째서 같은 식탁에서 밥을 먹고 있어야 하는 거지?

맞은편에 앉아 있는 구회승을 보니 문득 그동안의 일들이 떠올랐다.

회승이네가 먼저 자리를 잡고 있으면 은지나 민주가 가서 앉았고, 우리가 자리를 잡고 있으면 희원이나 준영이 우리 쪽으로 오는 일들의 반복이었다.

서로가 다 친구 사이였기에 내 입장을 생각해 달라고 말할 염치가 없었다. 결론은 앞으로도 이런 상황을 견뎌야 한다는 것.

아, 몰라.

난 우걱우걱 밥을 먹기 시작했다.

"김희원, 그거 내놔. 내 무말랭이."

"쏘리. 지금 내가 다 먹어 버릴 거라서."

내 젓가락을 탁 쳐 낸 희원은 남아 있는 무말랭이를 한입에 넣어 버렸다.

"이거 먹어."

멍한 표정으로 희원을 쳐다보는데, 준영이 내 식판에 무말랭이를 반쯤 옮겨다 놓았다.

"요미 요미 귀요미. 플러스 백 점. 까르르 까르르."

개그 프로그램을 따라 하자 애들은 날 보며 인상을 썼다. 심지어 무말랭이를 준 최준영까지도.

비웃음을 날리던 구회승은 한쪽 팔을 등받이에 걸치고 삐딱하게 날 쳐다보며 '너 한번 죽어 볼래?' 하는 눈빛을 쏘아 댔다.

"그치? 의미 없지?"

중얼거리며 무말랭이를 집는 순간, 휴대폰 알림 소리가 났다.

아이들이 모두 자신의 휴대폰을 살폈다. 미안하게도 휴대폰 화면에 불이 들어온 건 나였다.

"또 준하지?"

은지가 물었다. 그녀의 얼굴엔 안타까우면서도 준하가 들이대는 상대가 자신이 아니라 안심하는 듯한 미소가 살포시 걸려 있었다.

"너, 문학 숙제 제출했어?"

이쪽을 빤히 바라보고 있던 구회승이 퉁명스럽게 물었다.

"아, 맞다! 깜박했어. 갔다 올게!"

수행평가에 들어가는 숙제였다. 걷어 놓고 책상 위에 그대로 놔둔 것이 생각났다.

누가 나쁜 마음으로 없애 버리거나 바꿔치기, 뭐 그런 걸 했으면 어쩌지 하는 생각에 식은땀이 쫙 났다.

황급히 급식소를 빠져나와 교실로 뛰었다. 그리고 내 자리로 간 순간, 주저앉고 말았다.

없다. 노트가 사라져 버렸다!

"제인아? 무슨 일 있어?"

기현이 다가와 물었다.

"내 책상 위에 올려져 있던 노트들 못 봤어?"

"문학 수행평가 걷어 놓은 거? 회승이가 점심 먹기 전에 가져가던데? 너 또 정신 빠트리고 그냥 갔다고 뭐라 하면서."

"뭐!"

나도 모르게 지른 소리에 기현이 움찔 놀랬다. 미안하다고 사과를 하고는 쿵쾅쿵쾅, 다시 급식소로 갔다.

"구회승……."

녀석의 이름을 부르며 난 으르렁거렸다. 2학기에도 아이들을 유도해 날 부회장으로 뽑으며 비서 부리듯 하고, 오늘은 이런 장난질까지!

"구회승!"

녀석이 있는 자리로 다가간 난 최대한 목소리에 힘을 주어 이름을 불렀다.

"왜?"

아이들은 '왜 저러지?' 하는 의문이 담긴 표정이었지만, 녀석은 내가 왜 이러는지 잘 아는 듯했다. 근데 태연히 왜 부르냐고 묻다니. 열이 바짝 올랐다.

"네가 가지고 갔다며."

"아, 맞다."

"아아, 맞다아?"

너무 기가 막혔다.

"왜? 노트 얘기할 때 네 반응도 이랬잖아. 나도 깜박 좀 했어."

더 따져서 뭐하겠냐는 생각이 들었다. 제출하지 않은 건 내 잘못이 맞다. 녀석 때문에 분실하지 않아서 다행이라면 다행이었고. 난 그냥 조용히 자리로 가 앉았다.

"다 먹었으면 가자."

회승이 식판을 들고 일어나자 준영과 희원도 자리를 털고 일어섰다.

"나도 같이 가."

유리가 말했다. 우리랑 남아 있는 게 불편해서 그런 건 절대 아닌 것 같았다.

"얘가, 얘가. 오빠들 어디 가는 줄 알고 따라 나서냐? 이따 교실에서 봐."

희원이 방긋 웃으며 말하더니 회승과 준영을 따라갔다.

"구회승!"

유리가 멀어져 가는 회승을 불렀다.

"교실에 가 있어."

유리의 대답도 듣지 않고 회승이 급식소를 나갔다. 미간을 구기고 있는 유리가 좀 안됐다는 생각이 들었다.

"구회승 좀 너무하네. 여자 친구한테."

민주가 말했다. 위로의 말투는 아니었지만.

"쟤 원래 저렇잖아. 나랑도 밥 먹고 나선 같이……."

아차차. 민주를 째려보던 유리의 눈길이 이젠 나에게 넘어왔다. 도와주려고 했던 말인데, 역시 난 눈치가 없는 게 맞구나.

유리가 식판을 들고 자리에서 일어섰다. 의자를 확 밀치고 일어난 탓에 소음이 컸다.

"공제인, 착한 척은……."

"결국 불난 집에 기름 붓는 격이었잖아."

"그건 그래. 어쩌면 눈치가 없어도 이렇게 없을 수가 있는지. 대단하다, 대단해."

은지가 낄낄거리며 내 등을 토닥거렸다.

"아, 너 핸드폰 확인해 봐."

"왜?"

민주의 말에 의아해하며 난 식판 옆에 있던 핸드폰 화면을 터치했다.

"회승이가 만지는 것 같던데?"

"뭐!"

그 애가 내 휴대전화 비밀번호를 알았던가?

"난 몰랐는데. 넌 또 그걸 봤니? 하여튼 김민주, 예리해."

"대놓고 만지던데, 뭘. 누가 보면 아직도 사귀는 사이인 줄 알겠더라."

은지와 민주의 대화를 한 귀로 흘리며 난 얼른 이것저것 뒤졌다.

어? 없다!

회승이 중간에 끼어들어 세 명이 되었던 채팅창은 그대로였지만, 새로 만들었던 준하와의 채팅창이 없었다. 그리고 준영, 희원과 얘기한 흔적도 없었다. 남자들과의 채팅창은 모조리 사라져 버렸다!

"채팅창이 없어……."

"진짜?"

"그럴 리가. ……우리 대화창에는 너 있는데?"

민주가 자신의 스마트 폰을 들여다보더니 얘기했다.

"남자애들하고 얘기한 것만 없어."

"역시 정유리랑 사귀어도 사귀는 게 아니었어. 짜식."

"어머, 어머. 구회승 뭐야? 질투하는 거야? 귀엽다."

내 표정이 어떤지는 살피지도 않고, 민주와 은지가 낄낄거리며 웃었다.

＊　　　＊　　　＊

오늘은 아예 늦게 갈 생각으로 정류장으로 간 덕분인지, 회승과는 같은 버스를 타지 않았다. 오랜만에 편안한 하굣길이었다.

'예쁘다.'

마음의 여유가 있으니, 어둑해진 하늘 아래 나란히 선 가로등 불빛마저 감동적이었다.

조금 멀다고 해도, 가로등이 안내하고 있는 그 길을 따라 걷고 싶었다. 간혹 밤하늘도 올려다보고 선선한 밤바람도 음미하며, 회승이 바래다주었던 날처럼 천천히.

'오늘은 독서실 쉬고 집에서 할까?'

공원을 돌아 집으로 가는 길목으로 들어섰을 때는 확실히 마음이 느슨해져 있었다. 하지만 몇 발걸음 더 내디딘 나는 다시 독서실로 목표를 수정했다.

집에서는 몇 문제 풀다 잘 게 분명했다. 빨리 참고서만 챙겨서 나오는 게 좋을 것 같았다.

"우리 헤어져."

막 놀이터를 지날 때였다. 귀에 익숙한 음성이 들려 고개를 돌리니 유리와 회승이 보였다. 회승은 벤치에 앉아 있었고, 유리는 그 앞에 서 있었다.

정유리가 왜 저기 있는 거야?

당연히 회승은 나 말고 다른 사람과도 이 놀이터에 있을 수 있는데 나도 모르게 울컥해 버렸다.

"그러든가."

회승이 대답했다. 운동장에서 유리가 사귀자고 할 때와 똑같은 대답이었다. 시큰둥하고 뭔가 무료해 보이기까지 하는.

"우리 다시 사귀어."

유리의 목소리였다.

"그러든가."

회승이 일어서며 대답했다. 난 회승에게 들킬까, 얼른 놀이터를 지나갔다. 그리고 집에서 참고서를 챙겨 다시 나왔을 땐, 놀이터에 회승과 유리의 모습은 보이지 않았다.

하긴, 참고서만 챙긴 게 아니라 식빵에 잼을 발라 먹다가 갑자기 신호가 와 화장실에 십 분 정도 앉아 있었으니 그럴 만도 했다.

손에 쥔 식빵을 먹으며 아파트 후문을 빠져나왔다. 그리곤 바로 누군가와 부딪혔다. 코너를 바짝 돈 것이 문제였다.

"내 빵!"

"어어?"

허리가 뒤로 꺾이는 순간, 남자가 내 팔을 잡아 세웠다.

"괜찮아요?"

"아, 네. 덕분에요. 식빵도 무사……."

"하겠지. 그렇게 꽉 잡고 있는데."

이런! 구회승이다.

"둘이 아는 사이야?"

웃는 얼굴의 남자가 우릴 번갈아 보며 물었다.

"그냥 같은 반 애야."

"그래? 안녕. 난 이 자식 과외 쌤."

"안녕하세요. 공제인입니다."

"아…… 네가 제인이구나?"

날 아는 듯한 말투에 의아해하고 있는데, 회승의 휴대폰이 울렸다. 녀석은 우리로부터 멀리 떨어지며 전화를 받았다.

"과외 왜 안 한다고 한 거야? 하면 좋지 않아? 나한테 아무나 못 배우는데. 내가 실력이 좀 되거든."

지난번에 회승이 과외하지 않겠냐고 물은 적이 있었는데, 벌써 언질을 준 모양이었다.

"폐 끼칠까 봐서요. 아무래도 혼자보다는 힘드실 것 같아서……."

"아니지. 나야 시간 조금만 더 할애하면 과외비 얹어 받고 좋지, 뭐. 아무튼 내가 많이 아쉬워졌다."

"네? 과외비요?"

나에겐 공짜로 받는 것처럼 말하더니, 그게 아닌 모양이었다. 날 생각해서 계획했던 일인 건 알겠지만 기분은 썩 좋지 않았다. 자존심이 상하기도 했고.

"응. 회승이 같은 녀석 없지? 앞으로도 잘 지내. 아, 사귀면 더 좋을걸?"

그 후 회승의 과외 선생님은 더 많은 얘기를 했지만, 내 귀에는 들려오지 않았다.

"나한테 여동생이라도 하나 있었으면……."

"그만 가요."

어느새 통화를 끝냈는지 회승이 다가오며 말했다. 선생님은 하던 이야기를 멈추고 고개를 끄덕거렸다.

그래. 과외를 공짜로 할 수 있다고 생각한 것 자체가 말이 안 됐던 거야.

"넌 이 시간에 또 어디 가?"

선생님과 함께 돌아가려다 회승이 퍼뜩 몸을 돌려 물었다.

"알 바 없잖아."

회승의 미간이 미세하게 구겨졌다.

"어디 가냐고, 이 밤에. 장기 털리고 싶어?"

말을 해도. 난 회승을 째려봤다.

"하하…… 회승아, 그건 좀……. 그래도 제인아, 조심해서 다녀라. 부모님보고 마중 나오시라 하고."

"네. 안녕히 가세요."

내가 먼저 돌아서야지 싶어 인사를 하고 가는데, 등 뒤에서 구회승의 발광하는 목소리가 들렸다.

"야! 대답 안 해? 나 따라가?"

"가긴 어딜 가, 인마! 과외 안 해? 에이, 진짜! 제인아, 이 녀석 따라가기 전에 어디 가는지 말 좀 해 주라!"

과외 선생님의 말에 난 할 수 없이 뒤돌아서서 외쳤다.

"독서실이요."

잠잠해진 회승을 목격한 나는 얼른 골목길을 따라 걸었다.

동네에 있는 작은 독서실이라 남녀 구분 없이 같은 공간에 배치가 되었지만, 주인장의 까칠한 성격 덕분에 학습 분위기는 좋았다.

11시 50분에 시간을 확인하고 10분만 더 하고 가잔 생각으로 집중하다 다시 시계를 봤을 땐 30분이 훌쩍 흐른 후였다.

"장기 털리고 싶어?"

회승의 말이 생각나 얼른 가방을 챙겨 독서실을 빠져나왔다.

설마 그런 일이 나에게 일어날까 싶긴 했지만 혹시나 하는 생각에 무섭긴 했다. 시간을 못 맞춘 까닭에 독서실 차량 운행도 없어서 걸어가야 했다.

큰 도로로 가면 괜찮긴 하겠지만 돌아가는 길이라 어찌할까 갈팡질팡하는 마음으로 독서실 계단을 내려왔다.

"맨날 이 시간에 나올 거야?"

"엄마야……."

예상치 못한 사람의 등장에 난 가슴을 쓸어내리며 조심히 얼굴을 올려다봤다. 또 구회승이었다. 검정색 바지에 검정색 티셔츠를 입고 있어 괴한으로 착각할 만했다.

"야! 넌 이 밤에 까맣게 입고 다니면 어떡해? 해지면 눈에 띄게 입어야 하는 거 몰라?"

"교복이 더 심해. 너야말로 이 시간에 교복 입고 돌아다니면 변태가 잡아 가는 거 몰라?"

교복은 나도 후회하고 있는 중이었다.

공원을 산책하고 자습서까지 챙긴다고 시간을 많이 깎아 먹은 탓에 급하게 독서실로 왔다가, 교복을 입은 학생이 몇 명의 남자아이밖에 없다는 걸 깨달은 후부터.

"깜박했어."

"……빨리 와."

회승이 앞서 걸어가며 말했다.

"근데 여긴 웬일이야?"

회승은 걸음을 멈추곤 날 한심하다는 눈빛으로 내려다봤다.

"그냥 한가해서 나왔다. 왜?"

"아아……."

고개를 끄덕이며 걷는데 녀석이 한숨을 푹 내쉬었다.

한숨은 왜? 정말 나 때문에 나오기라도 했다는 건가?

표정이라도 보면 그 의중을 알까 싶어 옆에서 걷고 있는 녀석을 올려다봤다. 하지만 의중은커녕, 턱 선만 도드라져 '멋있다.' 하는 전혀 도움 안 되는 생각만 들 뿐이었다.

"뭘 봐?"

"음. 너 혹시, 나 바래다주려고……."

앞만 보고 있던 회승이 날 지그시 내려다봤다.

"아…… 아니지? 하하하. 농담이야, 농담."

쿵쾅쿵쾅 뛰기 시작한 심장 박동 소리가 녀석에게 들릴까 난 약간 거리를 두었다.

"그런 거면 어쩔 건데?"

"뭐? 어쩌긴 뭘…… 어째……."

"그런 거면, 나랑 다시 사귈래?"

"뭐?"

진짜 나랑 사귀고 싶다는 거야, 아니라는 거야? 진정성이 느껴지지 않는 말투였다.

유리의 말에 대답하던 회승이 모습이 떠올랐다. 사귀자는 말에도 '그러든가'였고, 헤어지자는 말에도 '그러든가'였지.

"독서실 끊었어. 나도."

"뭐!"

"내일부터 다닐 거야. 아, 그리고 정유리랑은 헤어졌다. 너 때문에."

"……뭐?"

"뭐 먹을래?"

"뭐?"

이 와중에 먹는 얘기라니. 기막혀 회승을 쳐다보고 있자, 녀석이 내 손을 잡고는 편의점으로 향했다.

"빨리 골라. 좋아하는 감자칩을 먹든가, 바나나 우유를 먹든가. 아니면 아이스크림? 아무튼 좋아하는 것도 무진장 많아요."

아이스크림 냉장고를 열고 내가 좋아하는 바닐라맛 콘을

집어 드는데 녀석이 말했다.

"오빠 것도."

'오빠라니. 오빠라니!'

말하는 녀석을 쳐다보니, 사복을 입어서 그런가. 분위기는
확실히 고등학생 같지는 않았다.

난 체리맛 콘을 하나 더 꺼내고 있었다.

"담배는 언제부터 피웠어?"

편의점을 나와 아이스크림을 한입 베어 물기 전에 물었다.

"아빠 거야."

"아, 그렇구나."

전혀 믿지 않는 얼굴로 책 읽듯 대답을 하니 회승이 피식
거렸다.

"너한테 차인 그날부터."

"난 중학교 때 널 만난 적이 없는데."

농담이라는 걸 알아들은 회승이 웃었다. 그 모습이 참 예
쁘다고 느끼며 나는 생각했다. 이대로 친한 친구로만 지내도
참 좋겠다고.

"너랑 나 헤어진 거 아는데…… 손잡고 가자, 우리."

"……."

섣불리 대답하지 못했지만, 나도 그러고 싶었다. 다시 사
귈 수는 없어도, 오늘, 단 1분만이라도 회승의 손을 잡고 걷
고 싶다고, 아까 그 공원에서도 그런 생각을 했었다.

"너네 집까지만. 그 후엔 지구가 멸망한다고 생각하고, 지

금은 그냥 손만 잡고 걷는 거야. 안 돼?"

난 시선을 돌려 앞을 바라봤다. 그리고 회승의 손에 내 손 바닥을 맞닿게 가져갔다. 회승이 슬며시 힘주어 내 손을 잡아 왔다.

"나, 기다리려고. 너한테 다른 남자가 생기기 전까지."

"……그전에 너한테 다른 여자가 생기면?"

"그러니까 빨리 와."

"……."

그럴 수 있을까? 내가…… 회승이한테?

절대 희망적인 얘기가 아니었고 그런 일이 일어날 거라고 믿지 않았지만, 이 시간이 난 너무나 소중했고 아름다웠다. 그거면 충분했다.

걷고 있는 거리가 간혹 술에 취한 사람들과 차 소리로 시 끄러웠어도, 회승의 숨소리만 들리고 회승의 온기만 느껴진 그 밤, 그 거리는 가장 그윽하고 가장 따뜻했다.

chapter 11

제주도는 우리에게 상처를 남기고

수학여행 당일, 이른 아침이었다. 난 최대한 조용히 여행용 가방을 끌고 거실로 나왔다. 다운이는 아직 잘 시간이었고 아빠의 모습은 보이지 않았다.

"아빠는? 아직도 주무셔?"

"아니. 일찍 가게 나가셨어. 오늘 오픈이잖아."

"아……. 나 못 가서 어쩌지?"

내색하진 않았지만 개업식에 못 가서 아쉬운 마음, 다행인 마음 반반이었다. 가게에 간다면 아빠가 무릎을 꿇던 그 장면이 날 또 공격할 것이다.

"어쩔 수 없지, 뭐. 빠트린 거 없이 다 챙겼지?"

"응."

"오늘 엄마도 다운이 아침 차려 주고 바로 나가 봐야 해.

311

회승이네 엄마한테 너 좀 같이 데려다 달라고 어제 부탁해 놨어."

"뭐!"

당황스러움에 나도 모르게 큰 소리가 튀어나왔다. 제주도행 수학여행 따위는 가기 싫어졌다.

"다운이 깨! 왜 소리를 질러, 애가?"

엄마가 조용히 윽박질렀다. 이 와중에 다운이 생각만 하는 엄마가 싫다.

"나 회승이랑 헤어졌어."

"뭐!"

이번에 소리 지른 건 엄마였다.

"아니, 왜? 회승이 다른 여자애 만나니?"

공다운의 방문을 한 번 바라본 엄마가 다시 조용조용 물었다.

"아니."

뭐, 만나긴 했었지.

"그럼 왜? 회승이 같은 애가 흔한 줄 알아? 다시 잘 말해서 만나 봐, 응?"

회승의 집안 환경을 알고 난 후, 녀석을 보는 엄마의 시선은 백팔십도 달라져 있었다. 엄마가 속물인 걸 인지한 것은 중학교 때였지만, 그래도 여전히 그 사실이 싫었다.

"싫어. 나 공부에 전념하기로 했어."

"야, 이 맹추야! 회승이만 잡으면 공부 같은 건 좀 못해도 되는 거 몰라? 여자는 무조건 남자를 잘 만나야 돼!"

'엄마, 그냥 차라리 돈 많은 남자를 만나야 하는 거라고 말을 해.' 라는 말이 목구멍까지 튀어 올랐지만 참았다. 좋은 날 엄마 기분까지 망칠 순 없었다. 아빠가 힘들 테니까.

"너 혹시 아빠 가게 때문에 그러니?"

"그게 무슨 소리야?"

엄마도 아빠가 회승의 부모님께 사정사정한 일을 알고 있을 거란 감이 왔다. 하지만 섣불리 묻고 싶지는 않았다.

하다못해 몇 초라도 나에겐 시간이 필요했다. 그 사실을 알고도 나보고 회승을 잡으라고 말한 엄마에 대한 충격을 완화시켜 줄 시간이.

"이 기집애, 너 알고 있으면서 지금 엄마 떠보는 거지?"

엄마는 날 한 번 흘겨보았지만 마지막엔 내 시선을 피했다.

"말해 보라니까."

"아니, 아빠가 처음 원하던 가게는 아니지만 계속 마음에 걸렸는지 더 목 좋은 곳으로 임대 계약서 써 줬대. 그땐 엄마도 몰랐어, 얘. 아는 아줌마 통해서 나중에 우연히 알게 된 거야. 그게 회승이네 건물이라는 거. 물론 아빠는 회승이가 그 집 아들인 것도 모르고 또 너랑 친구 사이인 것도 몰라. 엄마도 계속 모르는 척할 거야. 그래야 아빠 마음이 편하지."

숨이 턱 막혔다. 빨리 이 집에서 나가고 싶었다.

엄마와 엘리베이터에 올랐다. 배웅은 됐다고 몇 번이나 말했지만, 그래도 부탁을 해 놓은 입장에서 그러는 게 아니라며 굳이 따라 나섰다.

엘리베이터에 붙어 있는 거울을 보며 엄마가 머리를 매만졌다. 이럴 시간이 있는 걸 보면, 그냥 엄마가 데려다 줬어도 될 일이었다는 생각이 들었다.

띵.

엘리베이터 문이 열렸다. 캐리어를 챙겨 먼저 내린 엄마의 뒤를 따르는데 회승의 모습이 보였다.

"안녕하세요."

"우리 회승이, 오랜만에 보네?"

엄마가 반색하며 훨씬 더 위에 있는 회승의 등을 토닥였다.

"이리 줘."

엄마의 손길이 끝나길 기다렸다는 듯 회승이 내 캐리어를 가져갔다.

"차 저쪽에 있어요."

엄마가 웃는 얼굴로 고개를 끄덕이자 회승은 캐리어를 끌고 앞서 걸어갔다.

"잘 지내셨어요, 제인 어머니? 제인이도 안녕…… 어머! 너 왜 이렇게 살이 빠졌어? 공부하느라 힘들구나? 아무튼 이놈……이 아니고, 대한민국 교육 제도는 진짜 엉망이라니까. 호호호."

오늘도 명랑 쾌활한 아줌마의 모습에 웃음이 나왔다.

"오늘 너무 고맙네요. 제가 언제 식사 대접 한번 할게요. 회승이도 같이 와."

뭐! 나는 경악스런 얼굴로 엄마를 바라보았다. 도대체 무슨 생각인 거지? 아빠를 위해서 모른 척하라더니, 그새 또 마음이 바뀐 거야? 아빠 입장은 상관없는 걸로?

확실히 여우처럼 꾀가 많은 엄마의 머리는 곰팅이 같은 난 따라갈 수가 없다.

"어머, 좋아라. 저 초대받아서 식사하고 그런 거 무지 좋아한답니다. 애들도 만나고 있으니까 이참에 서로 인사도 나누죠."

이건 또 무슨 소리?

난 동그래진 눈으로 회승을 쳐다봤다.

헤어진 걸 말하지 않은 거냐고 눈빛으로 물었지만, 녀석은 그러거나 말거나 관심 없다는 듯 침착함을 넘어 심드렁해 보이기까지 했다.

"그럼 이제 출발할까?"

아줌마가 자동차 키로 트렁크 문을 열었다. 이제 보니 아줌마가 끌고 다니던 그 슈퍼카가 아니었다.

"제인이랑 회승이는 뒤에 같이 타. 그럼 다음에 또 뵐게요, 제인이 어머니."

"네. 우리 제인이 잘 부탁드려요."

엄마가 한 말에 '오늘'이나 '학교까지만'이란 단어를 넣었으면 참 좋았을 텐데. '네. 우리 제인이 오늘 학교까지만 잘 부탁드려요.' 라고.

"그럼요, 걱정 마세요. 회승이한테 제주도에서도 잘 챙겨 주라고 벌써 일러 뒀답니다."

"어머나……. 그럼 회승아, 우리 제인이 잘 좀 부탁해."

내 캐리어를 트렁크에 싣고 돌아오는 회승에게 엄마가 말했다. 호호호, 엄마의 웃음이 끊이지 않는다.

엄마, 제발…….

여기서 엄마한테 뭐라고 할 수는 없는 노릇이었다.

눈알을 굴려 천장을 한 번 바라봐 주는 것으로 불만을 삭인 나는 차 앞으로 걸어갔다.

손을 뻗어 차 문을 열려는데, 등 뒤에서 저벅저벅 발자국 소리가 들리더니 회승이 내 어깨를 잡아 자기 쪽으로 당기곤 문을 열었다.

"잘생긴 회승이, 매너까지 좋은 것 좀 봐."

엄마가 또 호호 웃음을 터트리며 말했다. 난 더 이상 이러지 말라는 눈빛 레이저를 녀석에게 쏘아 주고는 차에 올랐다.

"성격도 꽤 좋아요, 아줌마. 공부는 진짜 잘하고요."

회승의 넉살에 엄마의 웃음소리가 더 커졌다.

"회승이, 좋은 시간 보내고 잘 갔다 와."

"네, 그럼 다녀오겠습니다. 제인이 걱정은 안 하셔도 돼요."

엄마와 마주 보고 웃은 녀석이 드디어 차에 올랐다. 난 녀석에게 영혼 없는 웃음을 지어 보인 뒤, 입 모양으로 '하지 마.' 라고 힘주어 말하곤 옆자리로 엉덩이를 비켜 주었다.

"제인 어머니, 얼른 들어가세요."

아줌마가 안전벨트를 매며 인사했다.

"들어가, 엄마."

얼른! 빨리!

나도 열린 창문 쪽으로 몸을 기울이며 말했다.

"도착하면 전화해."

세상에 이렇게 다정한 엄마가 없어요, 하는 얼굴로 웃으며 엄마가 손을 흔들었다.

으…… 적응 안 돼, 정말.

이른 아침 시간의 도로엔 차가 그리 많지 않았다.

뻥 뚫린 도로와 높낮이가 비슷한 건물들, 그리고 무미건조하게 지나가는 가로수를 보고 있는데 무릎 위에 올려놓았던 휴대폰의 진동이 울렸다.

메시지의 발신자는 바로 옆에 앉아 있는 녀석이었다.

〈엄마한테 쓸데없는 말 하지 마. 골치 아파지니까.〉

난 빠르게 손가락을 놀렸다.

〈그게 쓸데없는 말은 아니잖아.〉

회승이 메시지를 입력하는 것을 보며 난 원래처럼 앞을 향해 돌아앉았다.

〈쓸데없는 말이야. 다시 사귈 거니까.〉

녀석을 휙 돌아봤지만, 회승은 앞만 보고 앉아 있었다.

〈누구 맘대로?〉

다시 메시지를 입력했다.

〈곧 너도 원하게 될 거야. 조금만 기다려. 마음을 들었다 놨다, 핸드폰을 5초에 한 번씩 들었다 놨다 하게 해 줄게.〉
〈네가 그런 실없는 말을 할 정도로 내가 매력적인 건 알겠는데, 이제 그만 인정할 건 인정했으면 해.〉
〈인정해. 못생겼지만 매력적인 여자는 많지 않고, 그중에 네가 갑이라는 걸.〉

"큭……."
코 고는 소리를 낸 나는 휴대폰을 꺼 버렸다.
"제인이 자?"
아줌마가 물어왔다. 이런 젠장. 코 고는 소리 때문에 내가 잠든 줄 아셨나 보다. 이런 추잡한 버릇을 아줌마에게 들킬

순 없지. 난 얼른 머리를 시트에 기대고 눈을 감았다.

"어."

회승이 대답했다. 살짝 뜬 눈 사이로 날 내려다보며 피식 웃는 녀석의 모습이 보였다.

"엄마."

"응?"

자는 척밖에 할 수 있는 일이 없는 난 자동적으로 회승과 아줌마의 대화에 집중하게 됐다.

"나, 얘가 왜 이렇게 좋지?"

꺄아아아아! 심장이 두근대다 못 해 피부를 뚫고 나올 것 같았다.

"그래? 그럼 결혼해."

아줌마가 웃으면서 대답하셨다. 조금, 아니, 아주 많이 감동이다. 빈말이었겠지만 눈물이 나올 만큼 고마웠다.

내가 생각하기에도 녀석에겐 부족해 보이는 나인데, 아줌마는 그런 날 있는 그대로 받아들여 주고 좋아해 주고 있다는 것이 마음으로 느껴져서.

"……그럴까?"

슬며시 눈을 뜨자 회승이 보였다. 날 내려다보며 씩 웃고 있는 녀석이.

빠진 아이들이 없는지 버스에 앉아 있는 아이들을 체크할 동안, 회승은 희원과 함께 녀석의 어머니가 마련한 빵과 우유, 음료와 기타 간식거리들을 돌리고 있었다.

원래는 내가 해야 할 일이었지만 회승이 무거운 음료 박스를 옆에 있던 희원에게 턱, 넘기더니 나더러는 인원 체크 일을 시켰다.

자꾸 멋지지 말지…….

"다 됐지? 나 이제 건들지 마."

평소답지 않게 조용한 희원이 어깨를 축 늘어트리곤 준영이 앉아 있는 맨 뒷자리로 갔다.

"체크 다 했어?"

빈 박스를 정리하며 회승이 물어왔다.

"응, 다 왔어. 근데 희원이 무슨 일 있어?"

"직접 물어봐."

회승이 희원을 한 번 쳐다보곤 픽 웃으며 대답하더니 뒷자리로 갔다.

난 담임 선생님한테 다 왔다고 보고를 한 후, 은지의 옆으로 가 앉았다. 준영이 옆에 앉은 민주의 앞좌석이었다.

'또 이렇게 뭉쳐 있게 되었구나.'

하지만 회승과 헤어졌던 직후만큼 불편함이 느껴지진 않았다.

회승의 노력 덕분에 우리는 농담도 주고받을 수 있을 정도의 사이가 되어 버렸고, 아이들도 우리 둘의 눈치를 보는 일은 이제 거의 없었다.

다만 아직도 회승의 옆에 붙어 있으려는 게 눈에 뻔히 보이는 유리가 신경 쓰이긴 했다.

회승과 유리가 얘기를 나누거나 같이 있으면 은근히 레이더가 그쪽으로 기우는, 뭐 그런 증상이 나타나는 것이다. 지금처럼…….

"와, 이 빵 되게 맛있다. 회승아, 네 거 나 줘. 너네 엄마가 사 주신 거니까 넌 집에서 많이 먹었을 거 아냐."

"먹어라, 먹어. 이 빵 돼지야. 먹고, 제주도 가면 흑돼지랑 친구 해라."

유리의 무릎 위로 빵을 툭 던지며 회승이 말했다. 둘은 사귀었을 때보다 지금이 한결 편해 보이고 친해 보였다.

"싫어. 거기 가면 흑돼지 먹을 텐데, 잔인하게 어떻게 친구를 해."

무릎 위의 빵을 배 쪽으로 잘 당겨 놓으며 유리는 회승의 반응을 기다리는 눈치였지만, 이미 유리에게서 눈길을 돌린 회승은 이어폰을 귀에 꽂았다.

"너 또 영어로 뭐라고 떠들어 대는 거 들어? 뉴스인가, 라디오인가, 그거."

소리를 크게 해 놨는지 이번에도 유리의 말에 회승은 답이 없었다.

"아무튼 좀 친해졌다 싶으면 꼭 이런다니까?"

투덜거린 유리는 음료수 캔까지 따더니 외모와 전혀 어울리지 않게 음식을 마구 먹어 대기 시작했다. 누구 하나 대꾸해 주는 이가 없는 그녀가 좀 안됐다는 생각이 들었다.

"난 쟤 좀 떨어져 나갔으면 좋겠어."

은지가 한쪽 손으로 입을 막고는 내 귀에다 대고 말했다.

솔직히 유리가 은지에게 피해를 준 일은 없었다. 하지만 내 친구라는 이유만으로 유리에게 반감을 갖고 있다는 티를 확확 내주고 있는 것 같았다. 날 위해서.

그렇게까지 할 필요는 없다고 느꼈지만, 내가 그런 말을 한다면 은지가 민망해할 걸 알기에 그러지 않았다.

그리고 만약 은지가 유리와 그럭저럭 잘 지낸다면 그건 그 거대로 또 서운한 감정을 느낄 것 같았기에 그냥 고개를 끄덕이고 말았다.

"김희원, 무슨 일 있어?"

분위기 메이커인 녀석이 조용하니 신경이 쓰였다. 명색이 수학여행인데 즐겁게 지내길 바랐다. 나는 뒤를 돌아보며 물었다.

"……."

희원은 창밖만 내다볼 뿐 대답이 없었다.

'유리는 이런 민망함을 어떻게 견뎠지?'

"헤어졌어, 이 자식."

뻘쭘해져 고개를 돌리려던 순간, 폰을 만지고 있던 준영이 말했다.

"야, 너도 깨졌잖아!"

얌전하던 희원이 깨어났다. 몇몇 아이들이 뒤돌아볼 정도로 뒷자리는 금세 소란스러워졌다. 아이러니하게도 마음이 편해졌다.

"오늘 아침부터 다시 사귀어."

준영의 대답에 흡사 콧김을 내뿜는 코뿔소처럼 얼굴의 볼 살을 한데 모은 희원은 격하게 음료 캔을 따더니 벌컥벌컥 들이켰다.

"얼짱!"

"어?"

희원이 날 불렀다. 아까 일을 사과하려나 싶어 돌아보니 손을 내민다.

"네 음료수 좀 빌려 줘."

탄산음료는 별로 좋아하지 않아 흔쾌히 음료 캔을 향해 손을 뻗는데 회승의 목소리가 들렸다.

"야, 내 거 마셔."

응? 영어 뉴스인지 뭔지 크게 틀어 놓은 거 아니었나?

"완전히 끝낸 것 같더니……. 누가 잡은 거야?"

아리송해 있는데, 민주가 조용히 물었다.

준영을 향한 민주의 뜨거운 관심. 은지와 난 '쟤 또 시작이다.' 하는 눈길을 주고받음과 동시에 민주에게로 시선을 돌렸다.

다리를 꼰 상태에서 팔짱을 낀 민주는 앞만 뚫어져라 보고 있었는데, 어둠의 오라를 짙게 풍기고 있었다.

준영에게서 완전히 마음이 떠났다고 호언장담하다가도 가끔 저렇게 감정을 숨기지 못할 때가 있었다.

"뭘 누가 잡아? 당근 최준영이지."

희원이 파안대소하며 말했지만 전혀 자극받은 것 같지 않은 준영은 피식 웃기만 할 뿐이었다.

"아니야. 내가 통화하는 거 몰래 엿들었는데 그 언니가 매달리는 것 같던데? 그치, 최준영?"

유리의 말에 준영과 이어폰을 꼽고 있는 회승을 제외한 우리의 표정엔 의아함이 흘렀다.

희원에게 들은 바, 언제나 헤어지자고 하는 쪽은 그 언니였다.

"웬일? 이제 그 언니한테 좀 질려 가? 많이 놀았나 봐?"

오, 마이 갓! 민주야!

내가 아닌 민주가 한 말이었지만, 난 시간을 돌려놓고 싶었다.

어떤 심정인지는 알겠는데 우리끼리 있을 때라면 또 몰라도 민주가 한 이번 말은 좀 셌다. 정말이지 아니었다.

준영의 표정이 순간적으로 굳었다가, 어이없다는 듯 실소를 터트렸다.

"신경 꺼. 질려도 너랑은 안 사귀어."

민주와 준영은 서로 죽일 듯 노려봤다. 은지와 나는 슬그머니 고개를 제자리로 돌리고 앞을 보고 앉았다.

동글동글, 차체의 흔들림에 같이 오른쪽, 왼쪽으로 흔들리고 있는 비슷비슷한 뒤통수들이 재밌었다.

"아, 맞아. 한음예고도 오늘 제주도로 수학여행이라는데?

너네 연락 없었냐?"

희원이 회승과 준영 쪽을 보며 말하더니 휴대폰을 만졌다.

"없었겠니?"

준영이 대꾸했다.

"야, 구회승. 박은혜가 너 전화 안 받는다고 나한테 계속 문자해."

희원이 귀찮다는 투로 말했다. 유리와 민주의 표정이 욕을 한 사발 내뱉을 것처럼 불만스럽게 변해 갔다.

그리고 나는…… 회승이 박은혜를 만나지 않았으면 하는 마음은 있었지만, 그걸 굳이 드러내 보이고 싶진 않았다. 그럴 자격이 없으니까…….

＊　　　＊　　　＊

올레길 출발점에 선 우리는 너 나 할 것 없이 한숨을 푹푹 내쉬고 있었다.

등산을 좋아하는 교장 선생님을 그나마 선생님들이 사고의 위험을 들어 설득해 겨우 올레길 걷기로 변경되었지만, 우중충한 날씨에 왕복으로 4시간이나 걸리는 코스였다.

비록 올레길 걷기 때문에 배 대신 비행기로 편하게 오고 오늘 하루는 교복이 아닌 자유복 착용이 가능했지만, 큰 위로가 되진 못했다.

먹고 놀 생각으로 온 아이들의 표정은 하늘에 낀 먹구름만큼이나 어두웠다.

"그래도 날씨가 이래서 땀은 많이 안 날 거야."

독려하기 위해 한 말이었는데 아이들의 반응은 싸늘했다.

"너 최고다, 진짜."

옆에 서 있던 준영이 피식 웃음을 터트리며 말했다.

"그럼 가 볼까……나?"

눈치가 없어서 미안하다고 사과를 할 수도 없는 노릇이라, 이 상황에서 벗어나는 게 최선이라 생각하며 제일 먼저 앞으로 걸어 나갔다.

반의 임원으로서 내가 아이들을 끌어 주고, 중간에 새는 애들이 없게끔 회승은 맨 뒤에서 따라오기로 했다. 회장의 몫이었지만, 회승의 포스를 이길 애들이 없었기 때문에 담임 쌤이 특별히 내린 지령이었다.

난 길가에 멈춰 섰다. 느낌상 거의 다 온 것 같았다.

선생님과 약속했던 시간에 도착할 수 있을지 손목에 찬 시계를 확인하는데 빗방울이 우둑우둑 떨어지기 시작했다.

뒤를 돌아보니 잘 따라오고 있는 아이들은 몇 없었다. 함께 출발했던 은지와 민주도 지쳐 버려 중간에 뒤로 떨어졌고, 아이들의 격차도 큰 것 같았다.

구회승, 잘 오고 있는 거 맞아?

"안 가고 뭐해?"

최준영이다. 아깐 티셔츠 차림이었는데 지금은 얇은 점퍼를 입고 있었다. 나도 하나 챙겨서 나올걸 하는 후회가 잠깐 들었다.

"애들이 너무 뒤떨어지는 거 같아서 좀 기다렸다 가려고."

"그냥 가. 비도 오는데. 그런 대로 잘 오고 있어."

준영이 점퍼를 벗으며 말했다. 비가 와서 추운데 입고 있던 옷은 왜 벗지? 생각하고 있을 때 준영이 그걸 내 어깨에 걸쳐 주었다.

"어? 야, 안 이래도 돼."

"그 닭살이나 어떻게 처리하고 말해라."

난 반팔 티셔츠 아래로 드러나 있는 팔을 문지르며 내려다보았다.

이런! 좀 타이트하다 싶은 얇은 티셔츠 위로 브래지어 자국이 그대로 드러났다. 흰색이 아니라 천만다행이긴 했지만, 얼굴이 붉어질 정도로 민망했다.

최준영이 점퍼를 벗어 준 이유는 닭살보다는 참아 주기 힘든 몸의 라인 때문이 맞을 거다. 난 지퍼를 끝까지 쭉 끌어올려 채웠다.

"……고마워."

"그럼 업어 주든가."

"어?"

순간 경악하였지만 곧 농담이구나 싶어 웃음이 나왔다.

"왜 웃어? 업어 달라니까."

여전히 웃는 얼굴로 준영의 얼굴을 살피는데, 도통 장난기가 보이지 않았다.

포커페이스 노래가 생각났다. 지금의 준영의 얼굴과 딱 어울리는, 내가 스트레스 받을 때마다 듣는 노래였다.

"캔 릿 마이(Can't read my), 캔 릿 마이……."

최준영이 미간을 구기며 '얘, 뭐지?' 하는 시선으로 날 쳐다봤다.

"왜? 네가 포커페이스라, 포커페이스 부르는 중인데."

"아……."

뒤늦게 작게 탄식을 내뱉은 준영이 날 지나쳐 걸어갔다. 난 그런 준영을 놀리기 위해 노래를 계속 부르며 얼른 따라갔다.

"폴드 엠 렛 엠 힛 미 레이즈 잇, 베비 스테이 윗 미."

"알러빗(I love it)."

어머.

크크크큭. 웃음이 터졌다. 최준영이 코러스를 넣을 줄이야. 지도 웃긴지, 약간의 텀을 두긴 했지만 나만큼이나 크게 웃었다.

"야설 좋아하더니, 노래도 19금만 부르냐?"

준영이 옆에서 걷고 있는 내 쪽으로 고개를 살짝 틀고는 물었다.

"아니, 가끔 17금도 불러. 그리고 누차 강조하지만, 그거 야설 아니거든?"

"17금도 있냐?"

"아니. 나도 몰라."

일시 정지 상태에 놓인 비디오 화면 같은 준영의 얼굴 때문에 나는 배를 잡고 웃어야 했다.

우리가 목적지에 도착했을 땐 언제 비가 왔었냐는 듯 해가 쨍쨍했다.

비에 젖은 생쥐 꼴을 면하지 못한 모습은 딴 세상에서 방금 온 듯했지만, 으슬으슬하던 몸의 긴장이 조금 풀리는 것 같았다.

"제인아! 애들 너무 늦는다. 전화 좀 해 볼래?"

준영이랑 난 나무 밑에 있었고, 멀리 떨어져 옆 반 선생님과 함께 있던 담임선생님이 내게 외쳤다.

반 정도는 도착해 있는 상태였고, 민주와 은지를 포함한 회승의 무리가 모습을 드러내지 않고 있었다.

"네!"

난 얼른 대답하며 휴대폰을 꺼냈다.

"저기 오네."

막 통화 버튼을 누르려는데 준영이 말했다. 꼬부랑 할머니와 같이 축 처진 모습으로 오고 있는 은지, 민주를 선두로 아이들의 모습이 하나둘 보였다.

'구회승은 어디 있는 거야?'

그러고 싶진 않았지만, 내 눈은 회승을 찾고 있었다.

"괜찮겠어?"

은지와 민주에게 가 보려는데 등 뒤에서 준영의 말이 들렸다.

"어? 뭐가?"

고개만 돌려 바라보니 준영이 턱짓으로 어딘가를 가리켰다. 저 멀리 희원의 모습이 보였다. 그리고 녀석에게 가려졌던 그 뒤에…… 회승이 유리를 부축해서 걸어오고 있었다.

회승의 한쪽 팔은 유리의 허리에 둘러져 있었고, 유리는 회승에게 완전히 의지하고 있었다. 둘의 옆구리는 바짝 밀착된 상태였다.

"최준영, 안 보이더니 벌써 와 있었네?"

민주와 함께 우리 쪽으로 온 은지가 헉헉거리며 말했다.

"그러게……. 힘들어하는 우리 버리고 가더니, 제인이 도와주려고 그랬나 보네. 옷도 벗어 주고. 착하다, 최준영?"

준영을 주시하며 말하는 민주의 표정이 예사롭지 않았다. 날이 서 있다고 해야 하나?

민주는 날 보고 있진 않았지만, 그 대상이 준영에게만 국한된 것 같지 않다는 느낌을 받았다.

은지도 뜨악한 표정을 짓더니 날 한 번 쳐다봤다. 네가 이해하라는 눈빛이었다.

앞으론 준영과 둘만 있게 되는 걸 좀 조심해야 할 것 같았다. 축 늘어져 있던 몸이 긴장을 타며 힘이 들어갔다.

"답답해. 가리지 말고 좀 비켜."

준영이 미간을 구기며 민주에게 말했다. 듣고 있는 사람이 민망할 정도로 귀찮고 짜증 난다는 투였다.

"우리 화장실 가자. 나 너무 참았어."

은지가 민주의 팔짱을 끼며 끌어당겼다. 민주는 준영을 보고 한쪽 입매를 비틀며 웃었지만, 다행히 못 이기는 척 은지를 따라나섰다.

"……."

"……."

준영과 나만 남게 된 공간은 조용했다. 은지와 민주가 오기 전엔 자연스럽게 우스갯소리도 했었고 이렇게 불편하지 않았는데. 가시방석이 더 편할 것 같은 분위기가 됐다.

부회장이건 뭐건, 인원 체크건 뭐건 그냥 은지와 민주를 따라갈 걸 그랬나 하는 후회가 밀려들었다.

"아…… 정유리, 진짜!"

투덜거리며 나타났어도 희원의 등장은 지금 내겐 구세주와 동급이었다.

"김희원, 왜 그래! 무슨 일인데?"

난 희원과 눈을 맞추고 부러 열성적으로 물었다.

"너 미쳤지? 나한테 왜 이래?"

녀석 역시 내게서 한 번도 받아 보지 못한 친절한 응대에 당황했는지 순간적으로 뒷걸음질을 쳤다.

"그냥……. 반가워서."

나는 금세 풀이 죽어 대답했다. 조증 환자처럼 밝아졌다 어두워졌다 한 건, N과 S극 마냥 딱 붙은 희승과 유리가 점점 가까워졌기 때문이다.

"쟤들 왜 저러냐?"

알 만하다는 눈빛으로 날 한 번 쳐다본 준영은 턱짓으로 자석들을 가리키며 희원에게 물었다.

"아, 맞아! 그 얘기를 하려고 했었는데 순간 공제인이 미친 줄 알고……. 글쎄, 바닷가 근처를 지나고 있는데 우연찮게 박은혜를 딱 만난 거야. 박은혜가 회승이를 보고 그냥 지나가? 좋다고 쫓아와서 말 걸었지. 근데 정유리가 박은혜를…… 받아 버린 거야. 둘이 그 자갈밭에서 시비 트는데, 말도 마라. 말리느라 죽는 줄 알았다. 그래서 구회승 겁나 짜증 났잖아."

'짜증? 저러고 오는데? N극과 S극인데?'

희원의 말은 신빙성이 없다고 생각하는 동안, 회승은 유리와 함께 우리가 있는 곳에 도착했다.

핫팬츠 밑으로 드러난 유리의 다리엔 여기저기 생채기가 있었고, 가까이서 보니 회승은 희원의 말대로 짜증이 엄청나게 오른 상태인 것 같았다.

준영과 내가 앉아 있는 바닥 쪽으로 유리를 철퍼덕 내려앉게 하고는 한숨을 푹푹 내쉬었다.

"야! 나 다쳤다고. 이렇게 거칠게 대하면……."

큰 소리를 내는 유리를 회승이 휙 돌아봤다. 녀석의 기에 눌린 유리가 합죽이처럼 입을 다물고는 다른 곳으로 시선을 돌렸다.

아휴, 이걸 진짜……. 인상을 구기며 유리를 보는 회승의 시선이 그렇게 말하고 있었다. 한숨과 함께 고개를 돌리려다 나와 눈이 마주친 회승은 날 아래위로 훑어보았다.

"……왜?"

내 얼굴을 뚫어질 듯 쳐다보고만 있자, 괜히 어색해져 먼저 물었다.

"정유리, 벗어."

여전히 시선은 나에게 둔 채 회승이 나직이 말했다.

"뭐?"

나도 경악은 했지만 목소리를 낸 건 유리였다.

"내 카디건 벗으라고."

어쩐지. 유리에겐 많이 크다 싶었는데, 회승이 거였나 보다.

근데 구회승은 왜 아직도 날 저렇게 쳐다보는…… 아, 혹시 이거? 난 내가 입고 있는 준영의 점퍼를 내려다봤다.

하지만 설사 녀석이 준영의 점퍼를 벗길 원한다 하더라도 그럴 순 없었다. 벗으면 야하니까. 게다가 햇빛을 받아 괜찮아졌다 생각한 몸에 다시 한기가 느껴졌다.

"싫어. 나 몸살 오는 것 같단 말이야. 더 입고 있을래."

유리가 단호하게 말했고, 나도 아프다고 당당하게 얘기하고 싶었다.

하지만 여기서 '나도 아픈데.'라고 얘기하는 모습을 생각하니, 그건 마치 '나한테도 좀 관심을 가져줘.' 하고 어리광

333

을 부리는 아이와 다를 게 없는 것 같았다.

마치 회승의 관심이 유리에게 가는 것을 막기 위해 그러는 거라고 오해를 받을 수도 있는 상황이다.

"쌤! 다 온 것 같은데 일단 차에 타죠?"

회승이 옆 반 선생님과 함께 서류를 들여다보고 있는 담임을 향해 외쳤다. 옆 반 선생님과 뭐라 얘기를 하다 고개를 든 담임이 손으로 오케이 표시를 해 보였다.

난 제일 먼저 엉덩이를 털고 일어났다. 몸 상태가 별로였고 배도 고팠다. 빨리 차에 올라 잠시라도 쉬고 싶었다.

"뭐? 어쩌라고?"

다들 얼마쯤 걸어가는데 회승의 목소리가 들렸다.

무슨 일인가 싶어 뒤돌아보니, 유리가 앉아 있는 상태 그대로 회승을 올려다보며 두 손을 내밀고 있었다. 나처럼 힐긋 돌아본 준영과 희원은 별일 아니라는 듯 다시 걸어갔다.

"나 힘들어. 일으켜 줘."

애교 섞인 음성으로 유리가 말했다. 준영, 희원과 거리가 멀어지는 것도 모르고 난 둘을 지켜보고 있었다.

"공제인, 안 와?"

준영이 날 불렀다.

"어? 아, 가야지……."

어물거리다 준영에게서 다시 회승 쪽으로 고개를 돌렸을 땐, 회승이 욕설과 함께 자신의 머리를 마구 헝클어트리고 있었다.

'사귀는 사이도 아니고. 질투심을 느낄 이유가 없잖아.'

나는 준영과 희원을 향해 빨리 걸었다. 그리고 막 거리를 좁혔을 때 고개를 돌린 준영이, 희미했지만 날 보며 웃어 주었다.

반겨 주는 듯한 느낌. 포근했다. 진짜 친구가 된 것처럼.

내가 웃자 준영이 입 모양만으로 말했다. '이리 와.' 라고. 그러면서 희원과 틈을 벌리곤 그 사이로 들어갈 수 있게 해 주었다.

"아, 배고파! 배고파, 배고파, 배고파!"

"병신아, 한 번만 말해라."

병신 소리에 지금껏 그랬듯 희원은 더 난리를 쳤지만 준영은 무시했다. 나는 그런 둘이 재밌어 피식 웃다가 뒤를 돌아봤다. 회승과 유리가 나란히 걸어오고 있었다.

회승은 유리의 손을 잡고 일으켜 세웠을까? 궁금했다.

식당 안은 흑돼지 굽는 냄새와 아이들이 떠들어 대는 소리로 가득했다.

"아프다더니, 참 잘도 먹는다."

옆자리에 앉은 유리를 보며 회승이 말했다. 유리를 보는 녀석의 눈빛은 말투처럼 비난이 담겨 있진 않았다.

"빨리 나으려고 먹는 거야. 돌봐 줄 사람도 없는데 여기서 아프면 나만 손해지. 신 나게 놀아야 하는데."

상추 위에 고기를 두 점이나 얹고 쌈을 싸서 입에 넣은 유리는 아작아작 씹으며 대답했다.

그 때문에 발음은 불분명했지만, 잠시 뒤 또 뭔가 생각난 듯 한쪽 볼로 음식을 몰더니 비밀스럽게 말했다.

"우리 오늘 밤, 달리는 거지?"

천진난만, 내숭 없는 모습이 내가 봐도 귀여웠다.

여자애들이 왜 그렇게 경계를 하나 했는데, 이해가 간다. 보고 있으면 질투할 수밖에 없는 귀요미다. 정유리는.

"당연하지. 이 오빠만 믿어. 안전한 곳에 벌써 다 숨겨 놨어."

회승이 어이없다는 듯 픽 웃는 사이, 희원이 사이다를 원 샷 하더니 대답했다.

"성태린이 전과해서 내 마음과 안구가 편안하다 싶었는데. 복병이다, 쟤."

옆에 앉아 있던 은지가 내 귀에 대고 말했다. 유리를 쳐다 보는 시선에 못마땅함이 가득했다.

"왜 안 먹어?"

"……어?"

나에게 하는 말인 줄 모르고 고개를 들었는데, 준영이 날 쳐다보고 있었다. 회승의 오른쪽 자리, 나와는 마주 보고 앉는 자리에서 준영이 젓가락을 이용해 불판에 놓인 고기를 툭 툭 내 앞쪽으로 밀었다.

"먹어, 좀. 고기가 안 줄잖아, 여긴."

"알았어."

실은 속이 좋지 않아 냄새가 진동하는 이곳에서 나가고 싶은 마음뿐이었지만, 준영의 성의를 생각해 고기 한 점을 입으로 넣었다.

"거기 고기가 안 줄어? 그럼 내가 그리로 갈까?"

"어! 와, 민주야."

유리와 같은 불판의 고기를 먹고 있던 민주가 내 말에 얼른 젓가락과 개인 접시를 들고 옆으로 왔다.

"인상 쓰지 마라? 너 때문에 온 거 아니고, 고기 때문에 온 거니까. 쟤 때문에 안 익은 고기도 먹을 것 같아서."

젓가락을 세워 상을 한 번 탁 친 민주가 불판 위의 고기를 집고는 준영을 응시하며 말했다.

"야! 내가 뭘 얼마나 먹었다고 그렇게 재수 털리게 말하니? 솔까, 난 잘 먹는 것처럼 보일 뿐이지, 입이 짧아서 많이 먹지도 못하거든? 그리고 네가 나보다 적게 먹는다 치면, 그 살들이 너무 창피하지 않니?"

"뭐……."

"그만하고 먹어. 고기 먹으러 왔다며?"

처음엔 소릴 질렀다 나중엔 비웃음을 날리는 유리의 모습에 민주가 젓가락을 내려놓으며 응수하려는 찰나, 준영의 말 한마디가 민주를 진정하게 했다. 왠지 민주는 감동 받은 표정이었다.

"공제인 너도 빨리 먹고."

준영이 나와 민주 앞으로 맛있게 구워진 고기 한 점씩을 밀어 주었다.

"어, 땡큐."

"최준영 되게 다정하다. 그렇게 안 봤는데. 나 너한테 반해
도 돼?"

고맙다고 인사하며 고기를 호, 불어 깻잎에 올리는데 은지
가 말했다.

"안 돼."

"안 돼."

준영과 민주가 동시에 말했다. 그리곤 평온하게 식사를 이
어 가는 둘의 모습이 너무 닮아 웃음이 났다.

"공제인, 좋아?"

회승의 목소리다, 이건. 난 고개를 살짝 틀어 회승을 쳐다
봤다. 두 팔을 뒤로 뻗어 바닥을 짚고 있는 탓에 녀석의 상체
는 뒤로 얼마쯤 젖혀져 있었고, 덕분에 날 보는 시선은 삐딱
했다.

'내가 뭘 잘못했지?'

잠시 생각해 보았지만 회승이 저렇게 삐딱하게 나올 이유
는 없었다. 유리에게 카디건을 벗어 주고, 꽤 귀엽다 하는 눈
빛을 보낸 건 그쪽이니까.

"뭐가?"

"다른 남자가 구워 주는 고기 먹으니까 좋으냐고."

설마, 자기 친구 최준영을 질투하는 건가? 친구로서 좀 챙
겨 준 건데? 남자는 다 애라더니, 유치한 구회승.

"응, 맛있어. 최준영 고기 짱 잘 구워. 근데 남자가 아니라 친구라서 아쉽긴 하다. 그치, 민주야?"

"내 말이. 최준영, 너 내 남자 하자."

다행히 민주가 내 농담을 잘 받아쳐 주었고, 아이들은 야유를 보내면서도 웃고 떠들었다.

당사자인 준영은 이번엔 민주의 작업 멘트가 그렇게 싫지 않았는지 피식 웃었다. 오로지 구회승만이 날 빤히 응시하며 비릿하게 웃을 뿐이었다. 어디 더 해 보라는 식으로.

"최준영, 이거 먹어. 고기 굽느라 못 먹고 있잖아."

흐, 재밌다. 구회승을 놀리는 기회가 흔한가, 어디? 난 최대한 맛있게 싸도록 노력한 쌈을 보란 듯이 준영에게 내밀었다.

"……처먹기만 해."

시선은 나에게 둔 채 회승이 나직이 말했다. 먹을지 말지 결정하는 건 최준영인데, 준영이 이 쌈을 먹었다간 날 가만두지 않겠다는 눈빛이었다.

"아무래도 이건……."

주춤, 준영에게 내밀었던 쌈을 다시 내 쪽으로 끌어오려던 순간이었다.

"고마워."

준영이 입으로 받아먹었다. 결단코 난 입으로 넣어 줄 생각은 아니었다. 그저 손에서 손으로 전해 주는 것을 생각하고 있었다.

난 눈빛으로 회승에게 항변했지만, 녀석의 입가가 느릿하게 올라갔다.

"정유리?"

회승이 유리의 이름을 다정하게 불렀다.

"어?"

"이거 먹어."

"응, 고마워."

회승이 고기 한 점을 유리의 입 앞으로 가져갔고, 유리는 그걸 냉큼 받아먹었다.

"많이 먹어, 우리 제…… 밌는 동영상 볼까?"

유리의 머리를 어루만지며 말하던 회승은 중간에 멈칫하더니 엉뚱한 소릴 했고, 마지막엔 헛기침까지 했다.

"갑자기 동영상은 왜? 그렇게 재밌어?"

내가 궁금해하고 있는 걸 유리가 물었다.

"그냥. 보고 싶어서."

회승은 무뚝뚝하게 말하더니, 휴대폰을 꺼내 손가락을 이리저리 움직였다. 곧 음악 소리가 흘러나왔다.

"구회승, 니가 여기 나오는 가수보다 백만 배는 더 잘생겼어."

유리가 눈을 빛내곤 회승의 얼굴을 우러러 보듯 말했다.

"그딴 건 말하면 입만 아파."

스마트 폰에서 고개를 뗀 회승이 거만하게 웃으며 날 쳐다봤다.

흥!

난 회승에게서 고개를 돌려 버리다 못 해 화장실을 핑계로 자리에서 일어났다. 그렇지 않아도 울렁거리던 속이 회승과 유리가 시시덕거리는 꼴 때문에 더 울렁거렸다.

식당 입구 쪽에 마련된 식혜를 종이컵에 떠 밖으로 나갔다. 자갈이 깔린 주차장 한편에 사람 없는 벤치가 보여 가서 앉았다.

"아, 시원해."

식혜 한 모금이 느글거리는 속을 쓸고 내려갔다.

'약국이네. 감기약 사 놓을까?'

밤에 증세가 더 심해질지 모르니 감기약을 먹든 안 먹든 일단 사 놓는 게 좋을 것 같았다.

자리에서 일어선 나는 식혜를 마저 마시고 휴지통에 버린 뒤 도로를 건너 약국으로 들어섰다. 주머니에 손을 넣어 비상금으로 챙겼던 만 원짜리 지폐를 확인했다.

"종합 감기약 주세요."

"삼천 원입니다."

만 원을 꺼내 내미는데 전화가 왔다. 아빠였다.

"어. 아빠."

휴대전화를 귀와 어깨 사이에 끼고 잔돈과 약을 챙겨 약국을 나왔다.

—우리 딸, 지금 뭐하고 있니?

"밥 먹었어. 아빠는? 가게는 어때?"

휴대폰을 다시 손으로 옮기며 물었다. 친절하고 정다운 목소리에 불편했던 속이 편안해지는 느낌이었다.

─밥은 아직 못 먹었는데 바빠서 너무 좋다, 아빠는.

"손님 많아?"

─어. 많아.

아빠의 행복한 웃음소리에 저절로 미소가 번졌다.

─제주도는 어때? 재밌니? 우리 제인이, 비행기 처음이지?

"어. 촌년이 아빠 잘 만나 출세했어. 비행기도 타 보고. 수학여행 비용 만만치 않잖아."

횡단보도 앞에 선 나는 건널 타이밍을 보며 좌우를 살폈다.

─하하, 우리 딸 촌년이긴 해도 아빨 너무 잘 생각해 주는 착한 딸이야. 사랑한다, 딸.

"나도요. 식사 꼭 챙기고."

'저 차만 가면 건너야겠다.'

─그래, 우리 딸. 여행 즐겁게 하고, 집에 오면 아빠랑 맛있는 거 먹으러 가자. 우리 둘이서만.

"좋지. 그럼 끊어, 아빠."

─그래.

멀리서 오고 있던 트럭이 쌩하니 지나갔다. 이제 건너도 될 것 같았다.

난 종료 버튼을 누르며 도로로 한 걸음 내딛었다.

"어?"

오른쪽 어깨를 누군가 꽉 움켜잡은 순간, 오토바이가 내 앞을 아슬아슬하게 스쳐 지나갔다.

"성가시다, 너?"

어깨에 올려진 손에서 눈길을 뗀 나는 반대편으로 고개를 돌렸다. 준영이 날 내려다보고 있었다. 녀석의 오른손은 아직도 내 어깨에 있었다. 어깨동무를 넘어, 날 품에 꽉 들여놓은 느낌이었다.

"……어, 내가 좀 덜렁대지?"

난 주눅이 들어 말했다. 까딱하면 사고가 날 뻔했다는 불안감에 모든 것이 내 탓 같았다.

오토바이를 미처 발견하지 못한 것도 내 탓, 도로가에서 전화를 받은 것도 내 탓, 성가시게 굴었다면 그것도 내 탓.

"식당 안에 있는 거 아니었어? 언제 나왔어?"

"아……. 살 게 좀 있어서. 가자."

어울리지 않게 잠시 멍해 있던 준영은 차가 오는지 살핀 후 도로로 발을 들여놨다. 도와줄 때와는 다르게 나는 다시 녀석의 안중에 없는 것 같았다. 아이러니하게도 난 안심하며 준영의 뒤를 따랐다.

"아……."

잘 걷던 준영이 아차 싶은 얼굴로 날 돌아봤다. 그러더니 내 손을 잡고 맞은편 도로 밖으로 이끌었다. 준영이 평소와

달리 왠지 좀 어수선해 보여, 나는 손을 놔 달라는 말을 하지
못했다.

"야! 니들 뭐야! 사귀어?"

막 도로 밖으로 나오는데 식당의 주차장, 아까 내가 있던
벤치에 쪼그리고 앉아 있던 희원이 막대 사탕으로 우릴 가리
키며 외쳤다. 그 소란에 뒤돌아서 있던 회승까지 우릴 돌아다
봤다.

"아니거든!"

내가 외치며 준영에게 잡혀 있던 손을 빼냈다. 주차장까지
걸어가는데, 막대 사탕을 물고선 우릴 빤히 응시하고 있는 회
승이 신경 쓰였다.

"그럼 손은 왜 잡아?"

희원이 의심의 눈초리를 지우지 못하고 다시 큰 소리로 물
었다.

"그게……."

"잡을 만하니까 잡았다."

내 말을 자르며 준영이 대답했다. 난 화들짝 놀라 회승을
쳐다봤다. 다행인 것인지, 그렇지 않은 것인지 회승은 막대
사탕을 입에 문 상태 그대로 표정 없이 우릴 지켜보고 있었
다.

"가만있어. 네가 흥분할수록 저 자식 더 난리일 거야."

회승의 속을 몰라 답답해하고 있는데 준영이 작게 말했다.

"사귀네!"

희원이 외쳤다.

"안 사귀어."

준영이 차분히 대답했다.

"그래?"

심드렁하게 대꾸한 희원이 막대 사탕 빠는 일에 집중했다.

'역시 준영의 말이 맞······.'

"사귀어. 잘 어울리네."

무감정한 음성으로 회승이 말했다. 진심이 아닐 거라 생각했지만 그래도 내 마음은 속절없이 흔들리고 있었다.

"진심이냐?"

피식 웃으며 준영이 물었다.

"어."

회승이 대답했다. 주저함이 없었다.

"사귈래?"

준영이 날 쳐다보며 말했다. 회승에게 보여 주기 위한 연막. 사탕을 빨고 있던 희원은 나처럼 눈이 동그래져 나와 준영, 그리고 회승까지 쳐다보느라 바빴다.

"······아니."

내 대답에 준영은 아쉬울 것 없다는 듯 '그래, 뭐.' 하는 표정으로 고개를 끄덕였다.

"공제인, 얘기 좀 해. 너넨 가고."

회승이 내게로 걸어오는 게 보이자 이 불편한 상황이 정리되는 느낌이었다. 긴장이 풀리며 힘이 빠졌다.

"그래, 잘 생각했어. 너넨 얘기 좀 해야 돼. 가자, 최준영."

희원은 준영의 어깨를 두드리며 식당으로 들어가자는 동작을 취해 보였고, 준영은 나와 회승을 잠시 바라보는 듯싶더니 희원을 따라 이동했다.

"최준영 좋아해?"

"아니야, 그런 거."

회승의 질문에 황당해하며 대답했다.

"그럼 손은 왜 잡았는데?"

"약국 갔다가 오는 길에, 오토바이 사고 날 뻔한 거 준영이가 도와줬어. 놀라서 나 챙기려고 그랬던 거고."

"약국은 왜?"

내 설명에도 회승은 여전히 굳은 표정을 풀지 않았다.

"감기약 사러."

"누구 감기약? 너?"

"어."

회승의 미간에 주름이 잡히는 것을 보며 난 별거 아니라는 표정을 지어 보였다.

"이마에 손 얹는다?"

허락이 아니라 통보다. 회승은 내가 대답하기 전에 내 이마를 짚었다.

이런 식의 터치……. 자꾸만 기대고 싶게 만들어 날 아프게 한다.

이마에서 떨어지지 않는 회승의 손 때문에 난 고개를 뒤로 뺐다.

"열 있는데? 감기약 산 거 봐 봐."

이마를 짚었던 회승의 손이 바닥을 보이며 감기약을 원했다.

"그냥 종합 감기약 샀어. 신경 쓰지 마. 심한 거 아니야."

거리를 둬야겠다고 나는 생각했다. 조금씩 조금씩 더 가까워지길 원하는 회승을 그냥 보고만 있기엔 위험했다.

회승은 씁쓸하게 웃었다.

"무슨 뜻인지 알았어. 그런데 한 가지만 짚고 넘어가자. 나 솔직히 좀 불안하거든? 최준영이랑 너."

내 시선을 치밀하게 파고들어 와 흔들리고 있는 동공까지 따라 움직이는 회승의 눈. 친구로 지내는 것이 회승을 더 괴롭히는 일이라는 생각이 처음으로 들었다.

"저기……. 네가 이러는 거 나 부담스러워."

"……뭐?"

"불안하든 어쨌든, 이제 네 마음은 네가 알아서 해야지."

어쩔 줄 몰라 하는 모습. 항상 당당한 모습만 보여 온 회승의 흔들림은 보는 내게도 힘든 일이었다. 하지만 난 독해져야 했다. 그게 옳다.

"너…… 지금 네가 무슨 말 하는지, 똑똑히 인지하고 있는 거야?"

"어, 충분히. 그러니까 나 기다리겠다는 거, 그거 하지 마. 내가 누굴 좋아하든 관심 갖지도 말고. 더 할 말 있어?"

있더라도 지금은 보내 줬으면 했다. 회승을 보고 있는 게 너무 힘들어 도망치고 싶었다.

"없으면 그만 갈게."

난 애써 냉정하게 내뱉고는 몸을 돌렸다.

"그래서 뭐야? 최준영 좋아하기라도 한다는 거야?"

난 걸음을 멈춰 섰지만 회승을 돌아보진 않았다. 아니, 돌아볼 수 없었다. 내 얼굴을 보면, 회승이 내 진심을 알아 버릴 것 같았다.

"너한테 그걸 말할 필요는 없는 것 같은데……."

미안하다는 말을 꾹 눌러 담은 나는 얼른 그 자리를 벗어났다.

숙소로 돌아와 배정받은 방으로 들어갔다. 한 방에 인원은 네 명. 좁지도 크지도 않은 방 안에는 2층 침대가 두 개 놓여 있었다.

"우리 방, 현관문 고장인가 봐. 자동으로 안 잠기니까 조심해."

마지막으로 방에 들어선 내가 말했다. 아이들은 주의 깊게 듣는 것 같지 않았지만 일일이 챙길 정도로 내 상태 역시 그렇게 좋은 건 아니었다.

"아, 진짜 피곤해. 나 1층 쓴다."

유리가 짐을 아무렇게나 내려놓음과 동시에 침대 위로 쓰러졌다.

"야. 네가 1층 써도 괜찮다고 한 사람 여기 아무도 없거든?"

민주가 같잖다는 웃음을 짓더니 침대에 기대며 말했다.

"아, 씨……. 침대 하나 가지고 치사하게. 나 아프잖아. 그냥 아무거나 남는 데 쓰면 안 돼?"

"응. 안 돼."

은지가 입꼬리만 올려 씩 웃으며 대답했다. 여기까지 와서 꼭 저렇게 싸워야 하나 싶기도 했지만, 바닥을 찍은 내 기분은 모든 일에 의욕을 잃게 함으로써, 방관자의 태도를 고수하도록 했다.

"아, 알았어. 가위바위보해, 그럼. 안 내면 술래, 가위바위보!"

노래를 부르던 유리가 벌떡 일어나더니 주먹을 냈다.

민주와 은지는 '얘 뭐야?' 하는 표정을 멀뚱히 짓고 있었는데, 유리는 그 모습을 보곤 자기가 이겼다고 중얼거리더니 다시 침대에 벌러덩 누워 버렸다.

"……야! 안 일어나?"

잠시 멍해 있던 민주가 뒤늦게 제정신을 차린 듯 짜증스럽게 말했지만, 유리는 반응을 보이지 않았다.

"됐어. 착한 우리가 그냥 2층 써. 우리 2층 쓰고 싶어 했잖아. 잘됐지, 뭐. 제인아, 넌 어디 쓸래?"

"난 아무 데나……."

"잠깐, 뭐?"

은지의 말에 잠잠하던 유리가 상체를 벌떡 세우고 앉았다.

"너네 처음부터 2층 쓰고 싶었으면서 나한테 그 난리를 떨었냐? 아오, 재수 없어, 진짜! 못생긴 것들이 더하다니까."

떽떽거리며 쏘아붙인 유리는 이불을 머리끝까지 덮으며 침대에 다시 누워 버렸다.

"뭐냐, 쟤?"

은지와 민주가 예상 못 한 반응에 화들짝 놀라더니 식겁한 표정을 지었다.

"너네 편한 데 먼저 골라."

민주와 은지가 또 버럭 하기 전에 난 얼른 화장실로 들어갔다.

세면대 거울 속, 우중충한 내 얼굴을 마주하니 울고 싶어졌다. 그리고 그 약한 마음은 이내 눈물로 이어졌다. 뚝뚝, 떨어진 눈물방울이 하얀 세면대를 타고 흘렀다.

"와, 진짜. 한 병도 안 남겨 주고 다 뺏어 가냐?"

선생님들이 술병을 수거해 간 지가 언젠데 유리는 아직도 투덜거렸다.

"짜증 나네."

"더 잘 숨겨 놓을걸."

발견된 술병은 압수하는 것이 당연한데도, 술에 있어선 은지와 민주도 유리와 같은 생각인 것 같았다.

"남자애들은 좀 건졌겠지?"

"당연하지. 우리에겐 신의 손이 있잖아."

은지의 말에 민주가 음흉스럽게 웃으며 말했다.

"신의 손?"

유리가 물었다.

"김희원. 중학교 때부터 유명했지. 개가 숨긴 건 선생들이 하나도 못 찾는댄다. 그래서 별명이 신의 손."

민주의 설명은 낮에 만났던 가이드처럼 친절했으며 똑 부러졌다. 유리의 질문임에도 불구하고 말이다.

그렇게 술 앞에서 하나 된 우리는 깊은 어둠을 틈타 남자아이들의 방으로 이동했다.

회승을 피하고 싶기만 했던 나는, 거듭되는 민주와 은지의 회유에 결국 자는 것을 포기할 수밖에 없었다.

"저 방 맞지?"

혹여 도망갈까 내 손목을 잡고 있는 은지가 민주의 속삭임에 고개를 끄덕였다.

똑똑.

유리가 작게 노크를 하자 기다렸다는 듯 문이 열렸다.

스탠드 불빛만 켜진 방 안에는 회승의 무리를 보러 가끔 우리 반으로 오곤 했던 남자아이 둘과, 나와 같은 반에서 야간 자율 학습을 하는 서연이 있었다.

'근데 뭐지, 얘네? 설마 짝 맞춘 건가?'

쭉 둘러보니 그랬다. 유리와 서연, 그리고 우리 셋까지 다섯. 거기에 회승, 준영, 희원과 남자아이 둘까지 또 다섯. 미팅도 아니고, 불편한 자리가 될 것 같은 불길한 예감이 스멀 스멀 올라왔다.

"공제인, 뭐하냐. 오빠 옆으로 와."

안줏거리를 잔뜩 꺼내 놓으며 1층 침대에 걸터앉아 있던 희원이 말했다.

회승의 옆에는 유리가 있었고, 준영의 옆엔 민주가 가서 앉았기 때문에 말하지 않아도 그러려고 했었다. 나는 냉큼 희원이 있는 침대에 올라앉았다.

건너편 침대에 기대앉아 긴 다리를 교차해 뻗고 있는 회승의 모습이 눈에 들어왔다. 내가 이 방에 들어오고 나서부터 나한텐 눈길 한 번 준 적이 없는 녀석이었다.

"그럼 일단 한 잔씩."

바닥에 줄지어 있던 컵들을 희원이 움직이기 시작하더니, 곧 나에게도 잔을 내밀었다.

"에이, 시시해. 겨우 맥주?"

유리가 픽 웃으며 말했다.

"그럴 리가. 일단 마셔 보고 말해."

"그냥 쏘맥일 뿐이잖아. 양주, 이런 건 없냐?"

"닥쳐. 양주 마시고 싶음 끝까지 살아남든가. 그리고 이건 그냥 쏘맥이 아니라고. 이 비율 맞추는 게 얼마나 힘든데, 시키가."

민호란 아이가 타박을 놓아도 희원은 자신만만했다.

"자, 건배. 원샷이다?"

모두 희원이 내민 잔에 자신의 잔을 갖다 대며 그렇게, 진짜 거국적인 건배를 했다.

"마실 수 있겠냐? 폭탄 처음 아냐?"

은지, 민주와 건배한 내 잔에 잔을 부딪쳐 오며 준영이 물었다. 나머지 녀석들은 이미 꿀꺽꿀꺽 잘도 넘기고 있었다.

"응."

고개를 끄덕이며 작게 대답한 난 일단 한 모금을 천천히 들이켰다.

그렇게 맛있다는 느낌은 못 받으며 종이컵을 떼는데, 회승이 눈에 들어왔다. 녀석은 희미하게 웃고 있었는데, 서연과의 대화가 즐거워서인 것 같았다.

그래. 이렇게 우리는 멀어지는 게 맞아······.

뜨끈한 것이 목을 타고 넘어갔다.

시간이 좀 흐르자 아이들은 게임을 하자고 했다. 왕게임.

해 본 적이 없는 나로서는 이름만 듣고 '아, 왕을 정해서 이것저것 시키는 거겠지.' 하는 유추를 할 수는 있었다.

그리고 실제로도, 게임의 룰은 내가 생각했던 것과 비슷하게 흘러갔다. 하지만 벌칙 수행에 있어서는 나를 혼란에 빠트렸다.

"3번, 4번 키스해."

바로 이것 때문이었다.

키스, 그것도 남들 다 보는 앞에서 키스라니.

"나 3번. 4번 누구야?"

서연이 번호가 적힌 나무젓가락을 우리에게 보란 듯 내밀며 말했다.

"나."

회승이었다, 그렇게 바라지 않던. 회승이 바닥으로 던진 나무젓가락을 바라본 난 시선을 움직이지 않았다.

"나 전화 받고 온다."

준영이 휴대전화를 챙겨 밖으로 나갔지만, 키스에 관심이 확 쏠린 아이들은 대답조차 하지 않았다. 오로지 민주만이 준영이 문 뒤로 사라질 때까지 녀석의 뒷모습을 빤히 바라보고 있었다.

"나랑 바꿀래?"

유리가 말했다. 서연은 싫다는 말을 하는 대신 웃음으로 거절의 의사를 밝혔다.

"그럼 구회승, 나랑 바꿔."

희원이 회승의 앞으로 젓가락을 척 내밀었다.

"그러든가."

한쪽 무릎을 접어 그 위에 팔꿈치를 대고 앉아 있던 회승은 희원의 젓가락을 받지 않은 채 시니컬하게 답했다.

"에잇, 야! 이럼 재미없지. 흑기사 하려면 술을 처먹고 하든가!"

영원이 엉덩이까지 들썩이며 흥분한 모습을 보였다.

"하면 될 거 아냐. 구회승, 그냥 빨리 끝내자. 뽀뽀가 뭐 별거야? 인사로도 하는걸."

"뽀뽀가 별거지. 한국에서 누가 뽀뽀를 인사로 해? 넌 공

354

부는 좀 하는데, 기본 상식은 없나 봐? 이래서 요즘 애들이 문제라니까. 공부만 잘하면 오냐오냐 하니까."

서연의 말에 유리가 뾰로통해져 쏘아붙이는 걸 보며, 난 희원의 종이컵을 입으로 가져갔다. 서연 때문에 희원은 제 술잔엔 관심이 없었다.

"아, 시끄러……. 채서연."

"어?"

서연이 회승 쪽으로 고개를 돌렸다. 회승이 고개를 틀어 서연의 얼굴과 아주 가까워졌을 때 난 조용히 침대에서 일어섰다. 역시 여기 오는 게 아니었다.

"공제인, 어디 가?"

민주와 은지가 알 만하다는 얼굴로 날 쳐다봤다.

"화장실 좀……."

애들이 쳐다보고 있다는 걸 알았지만, 난 밖으로 나와 원래 배정받은 방으로 돌아왔다. 약간의 소음을 내며 현관문이 닫혔다. 센서로 작동하는 주황색 불빛도 곧 사라졌다.

베란다 창으로 달빛이 새어 들었지만 방 안은 전체적으로 어두웠다. 그리고 나는 그 어둠을 빌려 눈물을 쏟아 내기 시작했다.

똑똑, 문을 두드리는 소리가 났다.

"공제인, 나 최준영."

아까 뛰쳐나올 때 전화하고 있던 준영과 마주쳤었는데 따라온 모양이었다. 가능하다면 나는 조용히 있고 싶었다. 이런 모습은 은지와 민주에게조차 보여 주기 싫었다.

"괜찮으니까 문 열어 봐."

난 괜찮지 않다.

"공제인!"

문을 열어 줄 때까지 준영은 가지 않을 것 같았다. 이 이상 큰 소리를 내다간 선생님들에게 발각될지도 몰랐다. 난 소매로 눈물을 닦고 문을 열었다.

"울었냐?"

현관 안으로 들어온 준영의 뒤로 무거운 문이 자연히 닫혔다. 좁은 현관에 우리는 가까이 마주 보고 서 있게 됐다.

"아니……."

코맹맹이 소리가 났다. 이런.

준영이 쿡, 작게 웃었다.

"고개 좀 들어 봐."

난 고개를 저었다. 준영이 아무 말 없이 주머니에서 손수건을 꺼내더니 나에게 건네주었다.

예상치 못한 녀석의 행동에 놀라 고개가 살짝 들렸다. 이번엔 수돗가에서 봤던 손수건이 아니라, 남자 것이 분명해 보이는 체크무늬의 손수건이었다.

"내가 눈물보다 콧물이 더 많이 나와서……. 더러워지잖아. 화장실 가서 닦고 나올게."

"……."

작게라도 준영이 웃을 줄 알았다. 하지만 무겁게 가라앉아 버린 분위기는 풀리지를 않았다. 이상했다.

한참이나 날 내려다보는 준영의 눈빛은…… 뭐랄까. 평소보다 좀 더 깊고 어두웠다. 피하고 싶다. 밖으로 나가는 게 좋을 것 같았다.

"저기…… 바람 쐬러 안 갈래?"

긴장하며 말했지만 준영은 계속 대답이 없었다. 난 피하고 있던 눈길을 슬쩍 돌려 준영을 바라봤다. 순간, 준영의 입술이 내 입술에 닿았다.

"……!"

너무 놀라 눈만 커다랗게 뜬 채 굳어 있는데, 문밖에서 내 이름을 크게 부르는 소리가 들렸다.

'구회승? 안 돼!'

준영을 밀어내려는데, 손잡이가 심하게 흔들리더니 문이 벌컥 열렸다. 준영의 입술이 떨어지며 멀어지자 회승의 얼굴이 보였다.

"씨발……. 너네 뭐하냐?"

'아, 저 문 고장이었지.'

생각이 난 건, 회승의 싸늘한 목소리가 귀에 꽂힌 뒤였다.

'어떡하지? 뭐라고 말해야 하는 거지?'

영혼이 유체 이탈을 한 것처럼 난 목소리를 낼 수도, 움직일 수도 없었다. 내 육신만 여기, 회승의 앞에 서 있는 것 같았다.

"……내가 방해한 거냐? 존나 미안. 문 닫아 줄 테니 키스를 하든 떡을 치든 맘대로 해."

'떡?

쾅, 소리를 내며 눈앞에서 문이 닫혔다. 몸이 부들부들 떨렸다.

chapter 12

그날, 파란 하늘에서는 눈이 내렸지

11월의 축제가 있던 날. 새파랗게 맑은 하늘에서는 하얀 눈꽃송이가 춤을 추며 내려앉았다.

"얼짱, 이 패딩 간지나지 않냐?"

체육관으로 가는 길, 희원은 패딩 주머니에 손을 넣고는 몸을 휙휙 돌려 대며 말했다. 돈 백 가까이 한다는 그 패딩이었다.

"어."

속마음은 어찌 됐든 난 망설임 없이 그렇다고 대답해 주었다. 돈 백 가까이 한다는 저 패딩을 이젠 무를 수도 없을 텐데, 괜한 말은 해서 뭣하나 싶었다.

"다 이 오빠가 입어서 그런 거야."

"아, 네."

행사 진행 큐시트를 다시 한 번 살피며 대답하는데 희원이 내 앞을 척 가로막더니 보고 있던 큐시트를 확 채 갔다.

"야, 얼짱. 내가 너 도와주려고 이렇게 추운 날 개고생을 하는데 리액션이 그거밖에 안 나와? 실망이다, 정말."

"난 도와달라고 한 적 없는데? 학생회 임원인 서연이 얼굴 한 번 더 보려고 나 쫓아다니는 거 모르는 사람 없거든? 그리고 그건 가져간 김에 한 번이라도 보는 게 좋을 것 같아."

"너 변했어. 이 겨울바람이 너보단 덜 차가울 거야."

"늦었어. 빨리 가자."

난 두 손으로 희원의 한쪽 팔을 잡아 끌어당겼다.

'역시 비싼 게 좋은 건가?'

패딩 사이로 들어갔을 뿐인데 찬 기운이 돌던 손에 금세 따뜻함이 전달돼 왔다.

"근데 너, 나한테 큐시트 보라는 말이 몇 번째인지 알아?"

희원이 순순히 나에게 딸려 오며 물었다.

"글쎄? 십팔 번째?"

"헉! 욕이 늘었어, 확실히."

"네가 웃어 줄 줄 알았지. 요즘 내가 농담을 해도 애들이 심각해. 예전엔 심각하게 말하면 그렇게 웃더니."

"아, 빨리 가. 늦었다며."

희원이 머쓱해하더니 나보다 속도를 더 내는 바람에 이번엔 내가 희원에 팔에 매달려 가는 꼴이 됐다.

희원과 나는 무대 옆 대기실에서 무대를 준비하거나 정리하는 일을 맡고 있었다. 그래서 공연과 공연 사이의 시간에는 바쁘게 움직여야 했지만 막상 공연이 시작되면 꽤나 지루했다. 게다가 정식 공연이 아닌, 지금 하고 있는 리허설 때는 더욱더 그랬다.

"으아…… 이제 마지막 리허설이……."

공연이 끝나길 의자에 앉아 기다리고 있던 희원은 기지개를 펴더니 큐시트를 살피다 입을 다물었다.

"밴드부만 하면 끝이야. 근데 애들 왜 안 오지?"

내 눈치를 살피는 희원을 보며 내가 대수로울 것 없다는 듯이 말했다.

하지만 댄스부에서 밴드부로 동아리를 옮겨 간 회승이 이제 곧 이리 들어온다 생각하니 속은 편하지 않았다.

"빨리 오라고, 좀! 또 형들한테 죽고 싶냐?"

밖이 소란스럽더니, 둔탁한 소리가 이어지며 대기실 문이 확 열렸다.

"어? 희원 형, 안녕하세요!"

인상을 쓴 채 낑낑대며 악기를 들고 대기실 안으로 들어오던 남자애들 몇 명이 희원을 발견하고는 씩씩하게 인사를 했다.

"구회승은?"

나와 있을 때완 사뭇 다른 분위기의 희원은 거만해 보이기까지 했다. 후배 앞이라고 또 목에 힘이 들어갔다. 난 웃음이 새어 나오지 않게 손등으로 입을 가렸다.

"아, 형들은 세팅 다 해 놓으면 오신다고……."

"병신들……. 악기는 자기들이 쓸 거면서. 그렇지?"

희원의 말에 위로를 받았는지 아이들의 표정이 한결 여유 있어졌다.

"그러니까요, 형. 저희가 세팅 다 해 놔도 어차피 다시 할 거면서."

기다렸다는 듯 희원에게 하소연하기 시작한 아이의 옆구리를 옆에 있던 애가 팔꿈치로 툭 쳤다.

"아, 왜. 형은 저희 마음 이해하시죠?"

옆구리를 붙잡고 친구를 사납게 쳐다본 아이는 희원에게 본격적으로 속내를 털어놓을 작정인 듯했다.

"그럼, 이해하지. 내가 회승이한테 잘 얘기해 줄게. 네가 말한 그대로, 토씨 하나 안 빠트리고."

"거 봐! 이제 어떡할 거야, 새끼야. 네가 다 책임져!"

"형! 이러기예요?"

뜨악한 표정으로 난리를 치는 아이들이 귀여웠다. 희원도 그렇게 생각했는지, 팔짱을 끼고 방관하고 있으면서도 눈엔 웃음이 가득했다.

2학년, 열여덟 살의 끝. 우리는 때론 유치했지만, 한 살을 더 먹어 가는 경계에 있는 만큼 그럭저럭 잘 어른이 되어 가고 있는 것 같았다.

"아, 졸라 웃겨. 크크크크큭."

정식 공연 시작을 앞두고 나와 함께 대기실로 들어온 희원은 연신 배를 잡고 웃어 댔다.

축제 프로그램 중 하나인 '주먹이 운다' 시간에 민주가 준영에게 고백을 했기 때문이었다. 그 장면을 회상하니 나도 다시 웃음이 나오긴 했다.

단상 위로 먼저 올라간 민주가 '최준영, 나와!' 하고 소리를 질렀고, 내 옆에 앉아 있던 준영은 '저거 내가 언젠간 사고 칠 줄 알았어' 라고 하더니 어쩔 수 없이 위로 올라갔다.

"꺄아아! 오빠! 멋있어요!"

준영의 등장에 여학생들은 소리를 지르며 난리를 쳤고, 난 연예인이라도 나타난 듯한 환상을 볼 수 있었다.

"사귀자."

민주가 마이크에 대고 말하자 그녀를 응시하고 있던 준영도 천천히 마이크를 입으로 가져가 말했다.

"싫어."

아쉬움의 함성이 터져 나오는 가운데, '그럼 나랑 사귀어!' 하는 소리가 들렸다.

민주가 그 목소리의 주인공을 찾아 한 번 째려봐 주고는 준영을 다시 쳐다봤다. 그리고 무표정으로 말했다.

"내년에 다시 도전한다."

그러곤 단상에서 내려가려고 하는데, 준영이 민주의 팔을 확 잡고 돌렸다. 민주의 얼굴은 발그레해졌고, 여자애들은 꺅꺅 소리를 지르고 난리가 났다.

모두가 대답을 기다리며 조용해진 순간, 준영이 말했다.

"그냥 지금 사귀어."

의자를 박차고 자리에서 일어난 아이들도 있었고, 몇몇은 저들끼리 끌어안으며 소리를 질러 댔다. 그리고 나머지는 경악한 얼굴을 감싸고는 벌어진 입을 다물지 못하고 있었다.

그때, 준영이 민주의 귀에 대고 뭐라 말하는 것 같았다. 하지만 아이들의 비명에 들리진 않았다.

얼굴이 흙빛으로 변해 자리로 돌아온 민주와 준영에게 물으니, 그때 준영이 했던 말은…… '대신, 5분 뒤에 헤어져.' 였다고 했다.

그런데도 담담한 준영의 표정과 대놓고 준영을 노려보고 있는 민주의 관계에는 큰 문제가 없는 듯 보였다.

"근데 민주 대하는 거 보면 준영이도 그렇게 싫어하는 것 같진 않던데……. 요즘 부쩍 가까워진 것도 같고. 준영이한테 뭐 들은 말 없어?"

첫 무대는 합창부의 공연이라 크게 신경 쓸 건 없었다. 대기실과 무대 사이의 열린 문틈으로 합창 부원들이 서는 걸 보며 희원에게 물었다.

"있지."

"진짜? 뭐래, 최준영이?"

"친구로서, 인간적으로 좋다던데? 김민주가."

그렇게 소득 없는 얘길 해 줄 거였으면서 기대감을 갖게 하는 말로 포문을 열 건 뭐람?

난 황망한 얼굴로 희원을 쳐다보다 노랫소리가 막 들리기 시작하는 문밖으로 시선을 주었다.

"근데 얼짱 너……."

"응?"

답지 않게 선뜻 말을 못 꺼내는 녀석이 이상해, 얘기해 보라는 뜻으로 고개를 돌렸다.

"아까 리허설 때, 구회승 때문에 일부러 자리 피한 거지?"

"아니야. 나 진짜 핸드폰을 교실에 두고 와서……."

"야, 나 여기 좀 있자."

갑자기 문이 열리더니 회승이 들어왔다. 지금 희원에게 거짓말을 하게 만들고 있는 요인인 구회승이.

"여기 관계자 외 출입 금지 구역이야. 문에 붙었잖아. 못 봤어?"

희원이 내 눈치를 한 번 보더니 다시 회승에게로 고개를 돌리며 말했다. 회승은 여유 분으로 있던 의자를 대충 구석진 곳으로 밀어 넣고는 자리를 잡고 앉았다.

"닥치고 이거나 먹어."

회승이 패딩 주머니에서 빼빼로를 꺼내 희원에게로 휙 던졌다. 빼빼로데이니, 녀석도 엄청나게 받았을 것이다. 발렌타인데이 때처럼.

"이딴 거 나도 많이 받았거든?"

희원이 거들먹거리며 말했다. 건방진 애티튜드에 콧방귀를 끼고 싶었지만, 대기실로 오기 전 엄청나게 받은 빼빼로를 은지와 민주에게 넘기는 걸 본 터라 잠자코 있었다.

"근데 너 왜 왔어? 여기 공제인 있는데, 조오기. 너네 서로 피해 다니잖아."

희원이 턱으로 날 가리키며 말했다. 회승은 날 한 번 보더니 못 본 것처럼 다시 시선을 돌렸다.

"여자애들이 좀비처럼 따라다녀서 어쩔 수가 없었어. 귀찮아."

꼰 다리를 위아래로 가볍게 흔들며 회승이 말했다. 나는 보이지 않는 것처럼.

하긴 구회승을 본 순간, 있던 자리에 그대로 바짝 얼어 손가락 하나 까딱하지 못하고 있었으니 그럴 만도 했다.

이럴 바에야……

난 벽 쪽에 붙어 슬금슬금 입구 쪽으로 움직였다. 회승과 희원은 농담을 툭툭 던지며 얘기 중이었고, 이 틈을 타 어디론가 가야겠단 생각을 했다.

"얼짱."

이런. 난 움직임을 멈췄다.

"어디 가?"

희원의 부름에 회승의 시선까지 날 따라왔지만, 차마 회승에게로 시선을 주지 못하고 희원에게만 집중하고자 애썼다.

"아, 그냥 바람 좀 쐬고 오려고……."

"것 봐, 이 자식아. 너 불편해서 얼짱이 자리 피하잖아. 네가 꺼져."

"아, 아니야! 나 진짜 잠깐 나갔다 오려고 했어."

아, 김희원 쟬 어떡하면 좋지?

"가. 그리고 오지 마. 나 계속 여기 있을 거니까."

"……."

회승의 말에 난 문손잡이를 잡은 채 굳어 버렸다. 사실 밖에 나갔다가 마인드 컨트롤을 하고 다시 돌아올 생각이었다. 그런데 이제는 돌아오는 것도 웃기게 돼 버렸다.

"그럼 김희원, 큐시트대로 좀 부탁해."

급하게 말을 하며 난 문을 열었다.

"아, 싫어! 나 혼자 어떻게 하라고! 지금까지 네가 다 했잖아. 그리고 밖에 춥다. 괜히 발바닥에 동상 걸려 뾰족구두도 못 신지 말고 여기 있어, 그냥!"

어느새 뒤로 온 김희원이 내 뒷목을 움켜쥐고 더 안쪽으로 끌어당겼다.

"알았어, 알았어. 이거 좀 놔 봐."

간이 의자까지 펴고 거기에 날 앉힌 뒤에야 희원은 뒷덜미를 놓아주었다.

"그럼 그 빼빼로 좀 주세염."

"이거?"

희원이 조금 전 회승이 던져 준 빼빼로를 패딩 주머니에서 빼내어 앞에서 흔들었다.

나는 빼빼로를 향해 손을 내밀었다.

"김희원, 빼빼로 도로 내놔."

막 내 손바닥 위로 빼빼로가 떨어지려는 찰나였다. 안 먹겠다고 던져 줄 때는 언제고, 구회승이 삐딱하니 다리를 꼬고 앉아 스마트 폰을 만지며 말했다.

"뭐야, 저 새끼. 왜 심통질이냐? 너 나이 세 개냐? 어?"

"세 개건 네 개건 간에 내놓으라고, 내 빼빼로. 이따 노래 부르려면 먹어 둬야 돼. 내놔."

"미친놈. 다 처먹고 목이나 메라."

희원은 내게 넘기려던 빼빼로를 회승에게로 다시 던졌다.

"너한테 물 떠 오라고 시킬 건데?"

회승이 실실 웃으며 빼빼로 껍질을 깠다. 나 보라는 듯이.

"백날 시켜 봐. 내가 하나."

"나 이거 받으면서 너의 그 애 전화번호도 받았는데."

똑똑똑, 빼빼로를 끊어 먹으며 회승이 말하자 희원의 표정에 광명이 비쳤다.

"진짜? 걔 번호 막 안 주잖아!"

"나한텐 막 주쟈나……."

개그맨 말투를 따라 하는 회승이 웃겨 쳐다보는데, 눈이 마주쳤다. 심장이 덜컥 내려앉았다.

"뭘 봐?"

느닷없는 회승의 질문에 난 당황함을 감추지 못했다.

"아니, 그냥, 좀 웃겨서……."

"웃기긴 뭐가 웃겨? 야, 김희원. 이게 날 찬 여자가 있다는 것보다 더 웃기냐?"

"하긴, 네가 차였다는 사실은 좀 쇼킹하긴 하지. 역시 우리 얼짱이야."

둘은 재밌어 보였지만, 난 얼굴에서 핏기가 가시는 걸 느꼈다.

맨 마지막 순서인 밴드부의 공연이 가까워지자, 다른 학교 아이들까지 몰린 체육관은 만원이었다. 2층 난간에서 바라보니 회승의 이름이 적힌 플래카드까지 보였다.

드디어 어두운 체육관 무대 위로 조명이 꽂혔다. 기타와 드럼 소리가 흘러나옴과 동시에 함성이 터졌다. 곧 회승의 목소리가 마이크를 타고 체육관을 채웠다.

트랜스픽션의 내게 돌아와.

내가 좋아하는 노래였다. 회승이 자주 흥얼거려서 좋아하게 된 노래.

　네가 없는 시간은 견디기가 힘들고, 네가 없어서 아무것도 할 수 없다는 노랫말. 그러니까 다시 돌아와 달라는 구애.

　눈물이 맺히더니 뺨 위를 적셨다.

번외

그 녀석의 시선

선생님이 몽둥이를 들고 있는 교문을 통과해 주차 구역까지 매끄럽게 움직인 오토바이는 한순간에 속도를 줄이며 유려한 턴을 한 뒤 멈춰 섰다.

"누구야, 누구야?"

"몰라, 헬멧 때문에 안 보여. 와, 다리 완전 길어."

오토바이에 바짝 붙어 접혀 있던 다리가 쭉 펴지며 목이 긴 스니커즈가 시멘트 지면을 짚었다.

타이트한 남색의 교복 바지는 적당히 근육 잡힌 다리를 보기 좋게 감싸고 있었다.

그곳을 지나가던 적지 않은 학생들은 하나같이 오토바이와 그 주인을 향해 시선을 고정시켰다.

"구회승 아니야?"

"구회승? 대박. 야! 구회승 오빠래."

"뭐? 진짜? 진짜 구느님이라고?"

남학생들이 내뱉은 구회승이라는 이름에, 또 그 소리를 듣게 된 여학생들이 기함을 토하며 숙덕거렸다.

"난 놈은 난 놈일세. 고삐리 주제에 저러고 다니고. 2학년 됐다고 숨통이 좀 트이나 보지? 오토바이 몰고 학교를 오고."

"무슨 소리. 저 자식 숨통은 입학하면서부터 트여 있었을 걸."

오늘도 당연한 듯 따라붙은 시선에서 자유로운 회승은 여유롭게 헬멧을 벗은 뒤 가볍게 고개를 저어 머리를 털었다.

"오토바이 타고 다닌다는 말이 있더니, 저거 샀나 봐. 엄청 비쌀 텐데."

"애마마저도 좀 쌔끈하네."

그리 먼 거리가 아니었기에 질투 섞인 음성은 회승에게도 똑똑히 들렸다. 회승은 피식 웃으며 키를 뽑고 오토바이에서 내렸다.

"고맙다? 우리 자기 칭찬해 줘서."

"어? 어, 뭐……."

회승이 저벅저벅 걸어오며 말하자 쌔끈하네 어쩌네 했던 남학생은 당황한 얼굴로 바짝 굳어 겨우 대답했다.

"근데 나, 네 얼굴 봤다? 내 애마에 스크래치라도 나면 너부터 찾아간다. 고영준. 같은 학년이네? 몇 반?"

회승이 자신보다 키가 한 뼘 이상 아래에 가 있는 아이의 명찰을 들여다보곤 물었다.

"……오, 오 반."

건물로 들어가기 위해 움직이던 회승은 그저 같은 동선에 놓인 녀석이 눈에 띄어 다가간 것이었지만, 이러다 한 대 맞는 건 아닌가 하는 생각에 빠진 영준은 마음을 졸였다.

"공부 열심히 하고."

"어, 고마워. ……너도."

뒤늦게 고맙단 말을 했다는 사실에 아차 싶었던 영준은, 피식 웃으며 건물 안으로 들어가는 회승을 보며 머리를 긁적였다.

"야! 구회승! 너 왜 이제 와, 인마! 네가 오라고 한 시간보다 십 분이나 지났다고!"

회승이 교실이 있는 3층 계단을 오르자마자, 어디서 나타났는지 희원이 달려들어 버럭버럭 소리를 질렀다.

"그러게 왜 내가 오라고 한 시간에 와? 난 네가 늦을 줄 알고 그렇게 말한 건데."

"뭐!"

"시끄러, 인마."

계단을 두세 개씩 성큼성큼 올라 희원과 회승을 따라잡은 준영이 희원의 목을 조르며 말했다. 셋은 나란히 서서 '2—3' 푯말이 달린 교실을 향해 걸었다.

복도에 있던 아이들은 물론, 교실에 있던 학생들까지 창가와 문밖으로 나와 입을 다물지 못하며 희원과 준영, 그리고 회승을 주시했다. 그 광경은 흡사 복도가 런웨이라도 된 듯한 착각을 불러일으켰다.

"씨! 최준영, 넌 왜 이제 오냐?"

"넌 그럼 이 자식이 제 시간에 올 거라 생각했냐?"

어처구니없어 하며 제자리에 멈춰 선 희원을 보며 동시에 웃음을 흘린 회승과 준영이 교실 안으로 먼저 들어갔다.

"왔어?"

교실은 이미 등교한 아이들로 꽉 찼지만, 당연한 듯 비어 있는 창가로 가는 회승의 뒤를 태린이 따랐다. 자신과 달리 별로 반가워 보이지 않는 회승이었지만, 그래도 태린은 같은 반이라는 사실이 마냥 좋았다.

"여기 분위기 왜 이러냐?"

책상에 책가방을 내려놓고 자리에 앉은 회승은 조용한 교실을 한 바퀴 둘러보며 말했다.

"그치? 아무래도 우리 반 잘못 걸린 것 같아."

"네가 그런 말 할 처지는 아닌 것 같은데? 너 때문에 그런 거 아냐, 일진인 너 때문에."

준영의 옆에 자리한 희원이 태린에게 손가락질하며 말했다.

"내가 뭐?"

"우리 오기 전에 얼마나 애들을 잡았으면."

"아니라니까. 회승아, 나 억울해."

회승의 책상에 걸터앉은 태린은 눈망울을 적시곤 회승의

동조를 구했다.

"아우, 성태린. 아침부터…… 그만해, 이년아. 눈꼴셔 못 봐주겠다고."

"니들 보라고 한 거 아닌데. 그치? 구회승?"

녀석들은 그래도 태린에게 야유를 퍼부었다.

"김희원 건들지 마. 지금 김희원도 우리 때문에 완전 억울하거든."

회승의 말에 준영도 큭큭 웃었다. 희원은 그런 둘을 못마땅한 눈초리로 째려보더니 시비를 걸었다. 물론 회승과 준영의 말발에 본전도 못 찾고 웃음만 샀지만.

"아, 차차차. 구회승, 너 타고 왔냐?"

희원의 질문에 씩 웃으며 그렇다고 대답하던 회승의 시선이 무심히 교실 문 쪽으로 닿았고, 살짝 열린 교실 문 사이로 얼굴만 집어넣어 이리저리 눈동자를 굴리는 제인을 포착할 수 있었다.

"야, 쟤 뭐냐?"

자 대고 자른 듯한 똑 단발에 뿔테 안경.

앞머리가 내려진 단발머리는 통통한 볼살이 붙은 얼굴을 더 부각시켰고, 안경이 저렇게 안 어울리는 애는 처음 봤다.

"어머!"

"큭……. 큭큭큭."

회승 때문에 그 자리에 있던 아이들의 시선이 제인에게 쏠리며 웃음을 토해 냈다.

"쟤 공제인 아니니?"

"어? 그러네? 쟤 왜 저러니?"

친구의 말에 제인임을 알아본 태린은 비웃음을 날렸다.

'공제인?'

갑자기 반색하며 제인이 활짝 웃었다. 통통한 볼에 보조개가 움푹 파였다. 회승은 1학년 때 복도에서 처음 본 제인의 모습을 떠올렸다.

'전 학기 때만 해도 저렇지 않았는데……'

하긴 무슨 상관인가. 이제 예쁘지 않은데. 회승은 친구들에게로 고개를 돌렸다.

*　　　*　　　*

체육복으로 갈아입고 준영, 희원과 함께 운동장으로 나가던 회승은 제인의 뒤통수를 발견했다.

똑 단발에서 제법 길어진 머리카락이 오은지, 김민주와 장난을 치며 수다를 떠느라 움직임을 타고 찰랑거렸다.

"미치겠네."

"왜?"

"저거 체육복 거꾸로 입었어."

회승이 제인을 고갯짓으로 가리켰다. 앞에 있어야 할 학교 로고가 등에 붙어 있는 걸 발견한 준영과 희원이 풋, 웃음을 뿜었다.

"아, 귀여워. 쟤 왜 저렇게 자꾸 귀엽지?"

요즘 계속 눈에 들어오는데, 전혀 자신의 이상형(그냥 예쁜 여자)의 범주에 들어오는 애가 아니었다. 그런 여자에게 자신은 왜 자꾸 설레는지.

그 이유를 파악하느라 회승의 말투는 무덤덤하게 흘러나왔다.

"미친놈."

"귀엽긴. 가슴이 없어서 목 돌아간 것 같구먼. 확실히 제정신은 아니다?"

예상하지 못한 부정적 반응이었다.

'수긍할 줄 알았는데, 뭐지? 나만 귀여운 건가?'

"왜? 안경 벗으니까 귀엽지 않냐?"

에너지 드링크를 한 모금 마시며, 회승은 여전히 제인을 응시한 채 대꾸했다. 아니면 말고라는 식으로.

그때, 은지에게 무슨 말을 듣느라 옆모습을 보이며 집중한 제인이 환하게 웃었다. 양쪽 시력 모두 2.0을 찍는 회승의 눈에 제인의 보조개 팬 볼이 여실히 들어왔다.

"뭐, 웃을 땐 봐 줄 만하네."

준영의 말에 고개를 끄덕이려던 회승은 뭔가 찝찝함을 느꼈다. 자신도 모르게 살짝 눈썹을 찌푸린 채 준영을 쳐다봤다.

"그렇다고 쟤가 계속 웃고 있는 것도 아니고. 고로 난 별로. 착하긴 한 것 같지만."

"아, 그래서 좋다는 거야, 별로라는 거야?"

희원이 답답하다는 듯 말했다.

"별로."

준영의 대답에 회승의 짙은 눈썹이 제자리를 찾았다.

"다른 건 모르겠고, 쟤네 웃겨서 좋더라. 유머감각이 있어, 애들이."

"하이고, 네가 싫어하는 여자가 있긴 하냐?"

"왜? 꼭 싫어해야 돼?"

회승의 말에 이해가 안 간다는 투로 대답한 희원은 고개를 한껏 젖히고 잘 나오지 않는 음료수 캔을 입술에 톡톡 흔들었다.

'아, 이 영구 같은 자식. 김희원 새끼는 나보다 잘생겼다고 쳐도, 왠지 안심.'

회승은 피식 웃으며 제인에게서 시선을 떼고는 축구공을 가지고 있는 애들에게로 갔다.

감기 기운이 있는 회승은 점심시간을 이용해 농구를 하러 가자는 애들을 피해 과학실로 먼저 와 버렸다.

문을 열자 교실을 채우고 있는 아이들 중에서 의자 위에서 양반다리를 하고 앉아 뭔가에 집중하는 제인이 눈에 들어왔다.

점심 먹은 후 안 보인다 했더니만 여기에 와 있었군.

흘러내리는 앞머리를 볼펜 뚜껑에 달린 꼭지 부분을 이용해 고정시킨 제인은 가까이 다가가도 모를 정도로 웅얼거리며 영어 단어를 쓰고 있었다. 노트 옆에는 미니 초콜릿 여러 개와 그 껍질이 수북이 쌓여 있었고.

"넌 그 흔한 실 핀 하나가 없어서 이러고 있냐?"

말소리가 들리고 나서야 옆에 앉은 회승을 한 번 쳐다보더니, 제인은 초콜릿 하나를 까 먹고는 다시 빠르게 펜을 놀렸다.

아주 없는 사람 취급이다. 학기 초엔 눈만 마주쳐도 볼이 빨개지던 게.

"이게 뭐냐? 이게?"

초콜릿과 영어 단어에 빠져 자신은 본 척 만 척 하고 있는 제인이 괘씸하지만 시선은 또 끌고 싶고.

회승은 큰 고민 없이 제인의 머리에 있던 볼펜 뚜껑을 잡아 뺐다.

"아…… 아!"

볼펜 뚜껑에 낀 머리카락이 딸려 나오자 제인이 소리를 질렀다.

"……뽑혔네? 아프겠다."

뽑힌 머리카락을 볼펜 뚜껑에서 제거하며 회승이 대수롭지 않게 말했다. 입가엔 약간의 웃음기까지 있어 제인을 더 어이없게 만들었다.

"우씨……. 아프잖아!"

커진 눈으로 회승과 뽑힌 머리카락을 번갈아 가며 쳐다보던 제인은 소리쳤다.

깜박하고 안 한 영어 숙제는 빨리 끝내야 하지, 생리가 곧 시작되려는지 입은 계속 출출하지, 정신이 하나도 없는데 느닷없이 나타난 구회승 때문에 돌아 버릴 지경이었다.

애간장을 살살 태우는 미소를 보이며 웃지만 않아도 참 좋을 텐데.

"웃지 마. 그리고 말 시키지 마. 나 이거 다음 시간까지 내야 한단 말이야."

제인은 퉁명스런 얼굴로 말하더니 다시 영어 단어 쓰기를 시작했는데, 그 모습이 꽤 귀여워 회승은 웃음이 났다.

"근데 너 생리하냐?"

'내가 잘못 들었나?'

너무 황당한 질문에 제인은 슬로모션으로 고개를 돌리고 회승을 쳐다보았다. 초콜릿 포장지를 벗기고 있던 회승은 제인을 마주 보며 그걸 입에 넣고 여유롭게 굴렸다.

"……너 뭐라고 했니?"

"우린 엄마는 생리할 때마다 이런 거 엄청 먹던데. 너도 그런가 하고."

제인은 한숨을 푹 내쉬더니, 초콜릿을 휙 끌어 가며 말했다.

"너 이거 먹지 마. 그리고 다른 자리로 좀 가 줄래?"

그리고 다시 영어 단어를 쓰기 시작했다.

그게 뭐 창피한 일이라고 여자애들은 숨기고 그러는지 모르겠다.

어쨌든 회승은 발그레해진 제인의 얼굴을 보는 게 좋았다. 계속 놀리고 싶을 정도로.

"야, 공제인."

"……."

제인은 대답이 없었다.

"근데, 너 나 좋아하지?"

"……."

여전히 대답하지 않는 제인이었지만, 회승의 말에 반응하기라도 하듯 잠시 펜을 멈추었다가 더 빠른 속도로 움직였다.

"아님 말고. 근데 너 얼굴 빨개졌다?"

생리 얘기를 할 때와는 차원이 다르게 제인의 얼굴은 새빨개졌다. 회승은 책상 위로 얼굴을 괸 채 제인을 보며 쿡쿡 웃었다. 제인은 아예 한 손을 뺨에 바짝 붙여 얼굴을 가리고 과제에 전념했다.

"근데 너 몇 개를 틀렸기에 아직도 하고 있냐?"

회승은 잠시 제인의 노트로 시선을 옮기곤 물었다. 수업 시작 시간이 다 됐는데도 제인은 무척 열심이다.

"걱정할 정도는 아니야."

제발 좀 상관하지 말라는 말을 돌려서 하는 제인 때문에 회승은 웃음이 났다.

팔 안 아프려나?

"줘 봐."

회승이 제인의 노트를 슥 가져왔다. 따라 쓸 단어들은 이미 스펠링과 뜻을 다 알고 있는 것이었다.

"이리 내. 안 도와줘도 돼."

"싫어. 나도 이 단어 몰라."

"그으래?"

제인은 내색을 안 하려는 것 같았지만, 반가워하는 게 느껴졌다.

"초콜릿 먹을래?"

전에 없는 살가운 목소리로 제인이 물었다. 감기 기운이 있어 머리가 몽롱했지만, 역시 해 주길 잘했다. 서비스가 좋다.

"하나 까 봐, 그럼."

제인이 얼른 초콜릿 포장을 벗겨 회승의 입 앞으로 가져갔다.

앙, 회승은 단어에 집중한 척 제인의 손가락까지 이로 깨물고 초콜릿을 받았다. 아, 하는 소리를 뱉은 제인은 다른 곳을 보며 손가락을 내 교복에 쓱쓱 문질렀다.

"뭐하냐?"

"하하, 봤어? 침 묻어서. 네 침이니까……."

이게 그렇게 그냥 더럽기만 한 일이었나?

"내 침이 그렇게 더러워?"

"그럼 안 더러워?"

아오, 진짜…….

"야. 네가 해, 이거. 네가 다 해."

회승은 도로 노트를 제인 쪽으로 휙 밀었다.

얜 진짜 나한테 마음이 있는 거야, 없는 거야?

멍한 얼굴로 이해할 수 없다는 듯 눈을 말똥말똥 뜨고 있
는 제인을 보며 회승은 심각해졌다.

*　　　*　　　*

태린의 전화를 받은 회승은 만나기 싫은 마음을 겨우 누르
고 집 밖으로 나왔다.

몇 번이나 해 왔던 얘기를 태린이 또 하려 한다는 걸 알았
지만, 마지막이란 소리에 진짜 마지막이라 생각하고 태린의
앞에 섰다.

"빨리 말해. 나 들어가 봐야 돼."

담 쪽 가까이에 있던 태린은 다른 곳을 보고 있다가 회승
을 향해 뒤돌아섰다. 빨갛게 충혈된 눈이 회승을 보자 눈물을
뚝뚝 떨구어 냈다.

"회승아……."

태린이 시멘트 바닥에 무릎을 꿇었다.

이런 젠장!

"아씨…… 야! 너 뭐하냐, 지금? 안 일어나?"

인상을 구기며 말해 보지만 태린은 꿈쩍도 하지 않았다.

"내가 다 잘못했어. 다시는 너한테 성질 안 낼게. 제발 나
다시 만나 주라. 네가 하라는 대로 다 할게, 나!"

"일어나라고."

회승이 승낙을 해 줄 때까지 그대로 있고 싶었지만, 하라는 대로 다 한다고 한 말 때문에 태린은 얼른 무릎을 털고 일어섰다.

"나 다시 만나 줄 거야?"

"아니."

"구회승…… 제발…… 내가 이렇게 빌잖아, 응?"

회승은 한숨을 깊게 내뱉었다.

"성태린. 헤어지자고 한 거 너야. 그것도 몇 번씩이나. 이제 나도 질린다. 더 못 만나겠어. 그만 가라."

"내가 그동안 헤어지자고 했던 건, 네 마음을 확인하기 위해서 그랬던 거잖아! 너도 알잖아! 네가 날 예전처럼 좋아하는 것 같지 않으니까!"

태린의 다급함이 느껴졌지만, 빨리 이 대화를 끝내고 싶은 마음은 여전했다. 태린의 말대로 처음엔 이렇지 않았는데, 어쩌다 이런 사이가 돼 버렸는지 모르겠다.

"애들 돈 뺏고, 때리고. 남자애들이랑 술 먹고 돌아다니고. 그것도 내 마음 확인하기 위해서였냐? 말이 되는 소릴 해."

확실히 자신의 마음도 변했지만, 태린도 처음과는 달리 많이 변해 있었다. 자신을 만난 뒤로 애들 위에 군림하려 들었고, 행실이 좋지 못한 녀석들과 어울려 다녔다.

몇 번이나 그러지 말라고 주의를 시켰어도 그때뿐이었다.

"믿기 싫겠지만, 맞아. 네가 나 신경 써 주는 게 좋아서. 그릴 때마다 네가 날 진짜 좋아하고 있다고 느껴졌으니까!"

"너 바보야? 한두 살 먹은 어린애냐고? 네 인생은 네가 책임져야 한다고 몇 번을 말해."

"넌 몰라……. 우리 엄마 아빠는 나한테 관심도 없었어. 어렸을 때부터 내 앞에서 맨날 싸우기만 했고, 내가 밥을 먹었는지, 학교를 다니고 있는지 묻지도 않아. 날 귀찮아하는 게 눈에 보이는데, 너는 그렇지 않았어. 그래서 그랬어. 너한테 관심 받고 사랑 받고 싶어서……. 그걸 확인하고 싶어서……."

태린은 더 크게 흐느꼈다.

태린의 마음을 모르는 것도 아니고 위로해 주고 싶었지만, 그게 관계 변화에 있어서 하나도 이로울 게 없다는 게 마지막 내린 판단이었다.

태린과 다시 시작하기에는 누군가가 자꾸 눈에 들어와서 이제는 그럴 수가 없었다.

"미안하다. 내가 해 줄 수 있는 말은 이것뿐이야. 조심해서 가."

회승은 두 손으로 얼굴을 가린 채 울고 있는 태린을 지나쳤다.

"너 여자 생겼지?"

눈을 거칠게 닦으며 태린이 물었다. 막 대문을 열려던 회승은 천천히 태린을 뒤돌아봤다.

"아직."

"나쁜 새끼……. 너도 나한테는 쓰레기야."

틀린 말은 아니라고 생각하며 회승은 쓰게 웃었다.

"정신 똑바로 차리고 살아. 바닥이라고 생각하지 마. 인생 포기한 사람처럼 살지 말라고."

"이제 와서 멋있는 척하지 마. 이 쓰레기 새끼야."

그 후로 태린의 욕설이 이어졌고, 그것을 다 들어 주고 나서야 회승은 안으로 들어갔다.

대문이 닫혔다. 태린이 악 소리를 내며 크게 욕을 내뱉었다. 동네는 다시 잠잠해졌다.

"아들?"

좆됐다.

주방에서 이리 오라고 손가락을 까딱까딱하는 마녀를 발견한 회승은 한숨을 푹 내쉬었다. 그 옆엔 소주를 홀짝이고 있는, 마녀와 한 커플인 마귀까지 있다. 몰래 방으로 올라가려고 했던 계획은 역시나 무산되었다.

"왜요, 엄마? 나 공부를 너무 열심히 했더니 너무 피곤한데. 내일 얘기하시죠?"

"저 꼴통은 내일 얘기가 안 될 줄 잘 알 텐데, 왜 매번 저러냐? 머리가 나빠, 아무튼……. 누굴 닮아 저래?"

"심각한 얘기할 거니까 분위기 띄우지 마. 같은 남자라고 편들지 말라고."

"편? 누가 누구를? 내가, 저 꼴통을? 에이……."

악랄한 커플이 하는 말을 한 귀로 듣고 한 귀로 흘리며 회승은 뚜벅뚜벅 걸어 식탁에 가 앉았다. 차라리 빨리 끝내고 올라가자고 마음먹었다.

"그럼 나도 같이 한잔……."

"까불지 마."

마녀의 단호한 거부에 회승은 입맛을 다셨다.

"야. 내 발렌타인에서 보리차 맛이 나더라? 그래서 난 앞으로 너한테 이런 거 안 주기로 했어. 넌 내가 주지 않아도 잘 마시니까. 보리차를 색 내느라고 얼마나 진하게 우려 놨는지. 그날 나 너 죽이는 줄 알았어."

"아이, 진짜! 당신 들어가 있어."

"잘못했어. 조용히 할게."

엄마 아빠의 모습을 보며 회승은 피식 웃었다.

"무슨 얘기 하려는지 알아."

"알아? 그럼 말해 봐."

"여자는 꽃 같은 존재다. 함부로 꺾지도 말고, 상처 주지 마라. 울리지도 마라."

회승은 귀에 딱지가 생길 정도로 많이 들은 말을, 한없이 진지한 표정으로 읊었다.

건성건성 대답했을 때 어떤 결과를 초래하는지 경험으로 깨달은 바였다.

"그래. 그런데 연애를 하다 보면 누군가는 상처를 받을 수도 있어. 그런데 그 상처를 주는 쪽이 너라면, 예의를 갖춰. 최대한 상처를 덜 받게 노력하라고."

엄마의 말이 구구절절 다 옳은 건 알지만 회승도 답답했다.

"나도 나름 노력했어."

"그런데 그 애가 동네 떠나가라 소릴 질러? 네가 싸가지 없이 한 거 아냐?"

아니라곤 못하지만. 좋게 말해도 안 통하는 걸 어쩌라는 건지.

"근데, 엿들었어?"

"엿듣긴 누가? 들린 거지."

엿들었네. 알 만하다는 듯 웃자, 엄마가 발끈하려고 하다가 아빠의 만류에 참는 모습을 보였다.

"아, 연애에 그런 게 어디 있어? 상처 받고 상처 주고 그러면서 성숙해지는 거지. 그리고 이쪽에선 좋게 끝내려고 하는데, 저쪽이 그걸 못 받아들이면 답 없다?"

아빠의 말에 회승은 고개를 끄덕였다.

"네 아빠처럼 여자 울리고 다니지 말라고! 너도 예쁘면 다 사귀고 보는, 그런 개 바람둥이는 아니지?"

그러다 소리를 지르는 엄마의 모습에 정신이 번쩍 들었다.

"그럼, 엄마. 근데 엄마는 저런 아빠를 왜 만났어?"

"흠! 그만 들어가 자!"

"네, 엄마. 안녕히 주무세요."

회승은 얼른 자리에서 일어섰다.

주방을 나서기 전에 윙크하는 아빠의 모습에 피식 웃음이

나왔다. '내 덕에 일찍 끝난 줄 알아라.'는 메시지가 담긴 윙
크였다.

도대체 어딜 봐서 아빠 덕이라는 건지.

✳   ✳   ✳

축구 경기에서 막 골을 넣고, 세리머니를 하던 회승은 피
구를 하다가 나자빠지는 제인을 봤다. 공에 맞지도 않고 혼자
넘어지는 모습이 웃기면서도 귀여웠지만, 성태린의 웃는 모
습이 마음에 걸렸다.

제인이 부축을 받으며 준영과 수돗가로 가는 동안 회승은
성태린을 데리고 분리수거를 하는 창고 쪽으로 갔다.

"공제인 건드리지 마."

태린은 가슴 앞으로 팔짱을 끼며 비릿하게 웃었다.

"너 걔 좋아해?"

"어."

"하……. 참 쉽다, 너?"

"나 쉬워. 그러니까 넌 네 감정 정리나 잘해. 나한테 질질
흘리지 말고."

엄마가 한 말이 아직 귀에 생생했지만 속이 탔다. 성태린
성질머리에 제인에게 무슨 일이라도 생길까 봐.

이렇게라도 겁을 줘야 일을 치더라도 한 번 더 생각하게
될 거다.

"뭘 상관이야? 질질 흘려도 네가 안 받아 주면 그만이잖아? 왜? 아직 나 신경 쓰여?"

"아니. 공제인이 신경 쓰여. 그러니까 섣불리 정 떨지는 짓하지 마라. 그래도 학교생활은 편하게 해야지. 너랑 어울리는 애들, 진짜 친구라고 생각하는 건 아니지? 따 생활이 얼마나 힘든지, 너도 잘 알 거 아냐."

태린은 회승을 죽일 듯 노려봤지만, 눈빛에선 불안감과 초조함이 읽혔다. 회승은 안심하고 자리를 떠났다. 가까이에 있는 수돗가에서 소란스러운 소리가 막 들리던 참이었다.

'뭐야, 저거?'

골치 아픈 일 좀 생기겠다 싶었는데, 바닥에 넘어져 있는 여자아이의 얼굴이 보이자 몸이 먼저 반응을 했다.

"이 씨발년이. 누굴 건드리냐, 지금? 너야말로 애한테 지껄인 말 다시 뱉어 봐."

제인의 뺨을 치려는 빌어먹을 한동준의 손목은 잡아챘지만, 붉게 부어오른 제인의 뺨을 보니 이미 늦은 것 같았다.

꼭지가 돌았다. 폭력을 정당화될 수 없다고? 개나 주라 그래.

착한 사람을 때리면 폭력이지만 나쁜 놈을 때리면 그게 정의라는 말, 이해할 수 있었다.

"누군 학비도 못 내서 교무실로 맨날 불려 다니는데. 돈 많아서 좋겠다?"

그냥 지나갔으면 했는데, 한동준은 그러지 않았다.

합의한 부분은 한동준도 억울하겠지 이해가 가면서도, 먼저 제인을 건든 새끼가 이런 식으로 나오니 또 참고 싶지만은 않았다.

내가 돈이 많은 것도 아니었고, 내가 합의하자고 한 일도 아니었다.

"어. 좋아. 부러우면 너도 많이 벌든가."

회승이 이죽거리자, 동준은 비릿하게 웃었다.

"유전 무죄, 무전 유죄라더니. 와, 씨발. 사람을 개처럼 패고도 당당하다, 넌?"

"네가 처맞은 거지. 싸움을 더럽게 못하니까. 넌 돈 있어도 나 못 때렸을걸?"

"뭐 이 새끼야?"

동준의 주먹이 얼굴로 날아왔지만 여유롭게 피한 회승은 배로 날아온 주먹은 맞아 주었다.

"한동준, 그만하고 가라."

준영은 조용히 목소리를 깔았다.

"싫은데?"

동준이 주먹이 다시 회승에게로 향했다. 회승은 이번에도 피하지 않았다.

"너희 엄마 병원 찾아왔더라. 내가 가식 떨지 말고 꺼지라고 내쫓았어."

"미친 새끼. 예의도 없어."

희원이 한마디 했다.

"못 배워서 그래, 내가. 그래도 있는 부모 밑에서 자라도 사람 패는 건 똑같네, 뭐."

처음으로 회승을 일방적으로 때릴 수 있어 동준은 신이 났다. 이렇게 희열을 느낄지 몰랐다.

"아, 구회승! 쓸데없이 처맞고 지랄이야! 피곤하게!"

보다 못한 희원이 나섰다.

"비켜 봐. 좀 맞아 주게. 돈 없어서 서럽다잖냐."

회승이 희원을 밀어내자마자 기다렸다는 듯 동준이 회승에게 달려들었다. 회승은 맞으면서도 웃었다.

그게 동준을 더 도발하고 있다는 걸 알았지만 이렇게 해서라도 제인이 마음을 좀 알아주었으면 좋겠다고 생각했다.

"하…… 진짜. 이 짓도 오랜만에 하려니 힘드네."

"고맙다, 감 잃지 않게 해 줘서? 이 꼴통 새끼야."

회승이 가만히 맞고만 있으니, 이때다 싶었는지 동준의 친구들까지 나대는 통에 준영과 희원은 몸을 바삐 움직여야 했다.

상황이 정리되었을 때는 더운 열기로 술 생각이 간절했다.

"힝…… 최준영 진짜 괜찮아?"

"어. 내가 더 많이 때렸어. 걱정 마."

준영과 여자 친구의 애정 행각을 보며 회승은 비릿한 웃음을 날렸다. 실연당한 친구 앞에서 꼭 저래야 하는 건지…….

"준영아, 쟤들도 고삐리 같지? 역시 어린 애들은 티가 나는구나. 아, 너넨 빼고. 사복 입고 있을 땐 대학교 졸업반이라고 해도 믿겠어. 노안들이야. 크큭."

준영의 여자 친구의 말에 입구 쪽을 바라보던 회승은 눈을 의심했다.

"……미치겠다."

준영도 별로 반갑지 않은 모양이었다.

"왜? 아는 애들이야?"

"우리 반 애들. 이 자식 깐 애가 바로 쟤야. 공제인."

준영이 회승을 보며 놀리듯 말했다.

제인과 그 옆의 남자애들을 발견한 회승은 준영이 뭐라고 지껄이든 관심이 없었다.

"누구? 고양이처럼 생긴 애?"

당연히 제일 눈에 띄는 외모가 회승이 찍은 애일 거라 예슬은 생각하는 듯했다. 자신에게 적대감을 적나라하게 드러내고 있는 그 여자애가.

"아니. 그 옆에."

"어머, 진짜? 그렇게 예쁜 건 모르겠는데?"

"근데 보면 볼수록 괜찮아. 그래서 얘가 그렇게 빠졌잖아. 정신 나갔어."

"뭐야, 최준영? 너도 관심 있니?"

"또 시작이다. 친구가 좋아하는 여자라는데, 매력 없다 그래? 그럼?"

"어."

당연하다는 듯한 예슬의 대답에 준영은 피식 웃고 말았다.

"근데 회승이 열 받았나 보다. 남자애들이랑 같이 와서."

"냅둬."

회승의 심정이 어떨지 대충 짐작한 준영이 예슬에게 말했다.

"어. 근데, 쟤네 쫄았나 봐. 회승이가 하도 무섭게 쳐다봐서 그런가?"

예슬은 작게 소리를 내어 웃었지만, 회승은 여전히 무표정으로 담배를 피워 댔다. 성질대로라면 공제인 마음 따위는 배려해 주고 싶지 않았다.

남자애들이랑 이런 데를 오다니.

저 새끼들 보는 데서 내 거라고 키스라도 하면 짜증이 좀 풀릴 것 같은데, 그러지도 못하는 신세라 더 열이 받는다.

"어? 희원이 왔다."

화장실을 갔다가 자리로 돌아오던 희원은, 제인과 애들을 보고는 눈이 휘둥그레지더니 제인을 데리고 나갔다. 손목을 잡고.

"……죽여 버릴라, 김희원."

준영과 예슬이 키득거리며 웃었다.

"뭘 웃어? 웃겨? 이게?"

회승은 엄한 데다 짜증을 내고 있었다.

"어."

준영과 예슬이 동시에 대답했다.

"아, 짜증 나. 씨발…… 미치겠네."

이번에도 준영과 예슬은 웃었다.

또 욕이 튀어나오려는데, 희원을 뒤따라 들어오는 제인이 보였다. 애들이 있는 자리로 가는 게 아니라 이리로 오고 있었다. 무료하던 심장이 쿵쾅거렸다.

"구회승, 공제인이 너한테 할 말 있대."

희원이 자리에 앉아 버리자 제인은 당황한 듯 보였으나, 침착한 척 애쓰는 모습이 귀여웠다.

"할 말 뭐? 다른 남자 만나는 게 네 대답 아니었어?"

회승은 참지 못하고 말을 꺼냈다. 남자애들은 가 버렸지만, 아직도 질투가 나 친절하게 대해 주고 싶은 마음은 없었다.

"다른 남자 만난 거 아닌데. 걔넨 나한테 관심 없거든."

제인의 말에 준영의 여친이 픕, 웃었다. 회승도 웃고 싶었다. 쭈뼛거리면서도 당황한 얼굴로 그런 말을 하는 제인이 귀여워서.

"지금 자랑하는 거야? 남자한테 인기 없다고? 나한테 왜? 놀아 줘?"

아, 귀여워. 귀여워. 귀여워.

이럼 안 되는데 하는 생각이 지배적이었지만, 회승은 실실 웃음이 나오려 했다.

"어. 놀아 줘. 그리고 사귀자."

아씨, 간 떨어지겠네. 예상치 못한 대답에 회승은 놀랐다.

볼이 빨개져 대답을 기다리는 제인에게 뭐라고 얘길 해야
하나 머릿속은 바삐 돌아갔다. 사귀자는 말을 다시 한 번 들
어도 좋을 것 같았다.

아, 좋아 뒈질 것 같다.

"어떡하지? 싫은데. 미안."

그동안 속 타게 했던 것에 대한 복수였다. 냉큼 오케이 하
면 없어 보이기도 하고. 제인을 좀 놀려 주고 싶은 마음도 있
었다.

"야, 구회승 이 새끼야! 너 취했냐, 벌써?"

희원이 지랄을 했다. 제인은 놀란 듯 토깽이 같은 표정을
지었다가 시무룩해졌다. 울 것도 같은 얼굴이었다. 아, 귀여
워. 확 안아 버릴까?

"방해해서 미안."

어? 잠깐만! 가는 거야?

"죄송합니다. 그럼 좋은 시간 보내세요."

품. 인사와 함께 숙여 버린 고개를 들지도 않고 돌아서는
폼이 좀 웃겼다. 나중엔 손으로 얼굴까지 가리고 뛴다.

"아, 씨발. 졸라 귀여워. 들었냐? 좋은 시간 보내래."

회승은 드디어 크크큭 웃어 버렸다.

"좋기도 하겠다."

"야, 다 내 덕인 줄 알아."

희원의 말에 깊이 동감한 회승은 희원의 머리를 기특하다는 듯 툭툭 쳤다.

*　　　*　　　*

"사귀어. 잘 어울리네."

질투의 화신. 그래, 맞다. 난 요즘 질투의 화신이다. 준영과 손을 잡고 있는 제인을 보며 회승은 또 그 생각을 했다.

제인이 헤어지자고 한 후부터 그 증세가 더욱 심각해졌다. 내 것이라는 이름표가 떼이고 나니 제인이 남자애들과 얘기만 나눠도, 눈빛만 교환해도 짜증이 나 미칠 것 같았다.

예전 같았으면 이별 후 관심을 보이는 애들 중 그 누구와 연애를 다시 시작했겠지만, 지금은 공제인 때문에 그러고 싶은 마음도 없었다.

"진심이야?"

피식 웃으며 준영이 물었다.

그럴 리가 있겠냐, 병신아.

요즘 하는 것을 보면 최준영이 마음에 들지 않는다. 여자 때문에 의심하고 시비 걸고 하는 일은 하고 싶지 않았는데, 오늘은 감정이 좀 격해졌다.

"사귈래?"

미친놈. 확실히 최준영이 미쳤다. 오기로 제인에게 그러는 거라고 공제인과 김희원은 생각하겠지만, 회승은 준영의 말이 어느 정도는 진심을 담고 있다는 걸 알 수 있었다.

준영이 아침 일찍 등교해 제인과 둘만 있는 교실에서 공부했다는 사실을, 친구 중 한 녀석으로부터 우연히 알아 버린 후 그 생각은 견고해졌다.

최준영은 그런 얘기를 하지 않을 리가 없으……니까.

그런데 거기에 최준영의 일방적인 감정만 있었을까? 혹시나 제인이 준영을 좋아하고 있는 건 아닌가 하는 생각이, 처음으로 들었다.

왜 그 생각을 못 했을까? 제인이 성격이라면, 민주가 좋아한다고 하는 최준영이었으니, 그 감정을 절대 드러내는 일은 하지 않았을지도 모른다.

"……아니."

제인은 기대했던 대답을 했지만, 준영에 대한 감정이 어떤지는 말하지 않고 가 버렸다.

불안했다. 기다리기만 하면, 제인이 비밀로 유지하려고 하는 그런 상황들은 시간이 흘러 마모가 될 테고, 그럼 그때 제인이 다시 돌아올 줄 알았는데, 그러지 않을 수도 있다는 생각이 회승을 미치게 했다.

차라리 아빠를 만나러 간 그 샌드위치 가게에서 제인의 아빠를 알아보지 못했더라면.

제인을 이해한다는 명목하에 기다리겠다느니 하는 허접은 떨지 않았겠지. 어쩌면 지금, 제인은 계속 옆에 있을지도 몰랐다.

제인을 다그쳐서라도, 제인이 피하고 싶어 하는 그 문제를 표면 위로 끌어냈을 테니까.

그럼 적어도 준영에 대한 제인의 마음 정도는 파악할 수 있었을 거고, 이렇게 절망적이지는 않았을 거다.

*　　　*　　　*

준영에 대한 제인의 감정은 진짜가 아니었어도, 준영은 그렇지 않았다. 그래서 회승은 제인에게 다가갈 수 없었다.

풋사랑.

내 나이 대에 하는 사랑을 풋사랑이라고 했다. 빠지기도 쉽고, 잊기도 쉬운 풋사랑.

회승은 생각했다. 풋사랑을 하고 있는 거라고. 아니, 했던 거라고. 그러니까 잊을 수 있을 거라고.

시리도록 맑은 하늘에서 펑펑 떨어지는 눈송이를 보며 그렇게 생각했다.

그리고 무대에서 부른 노래로 작별을 고했다.

제인과 내 풋사랑에게.

이 노래를 듣고도 제인이 돌아오지 않는다면, 진짜로 안녕이라고.

노래가 시작하기 전부터 회승의 눈은 제인을 찾아냈다. 무대로부터 멀리 떨어진 자리에 있어도, 회승은 제인이 분명하게 보였다.

오롯이 제인만이 보였다.

제인이 울기 시작했고, 회승의 노래는 더욱 절박해졌다. 그
녀가 울고 있는 이유를 알기 때문에.

제인은…… 돌아오지 않는다.

―*러브썸(Lovesome)-2학년 3반 2부에서 계속……*.